涉世箋言

品茗之外的生活隨筆

周作人的再論喫茶

周作人——著

以生活化角度
對日常點滴進行繪畫與思考——

從茶道看見社會縮影，品茶如品生

初戀青澀記憶，故鄉飲食回憶

渺小微物、金魚蝨子、蚯蚓蒼蠅，皆捕捉入鏡

目錄

目錄

初戀

那時我十四歲，她大約是十三歲吧。我跟著祖父的妾宋姨太太寄寓在杭州的花牌樓，間壁住著一家姚姓，她便是那家的女兒，她本姓楊，住在清波門頭，大約因為行三，人家都稱她作三姑娘。姚家老夫婦沒有子女，便認她做乾女兒，一個月裡有二十多天住在他們家裡，宋姨太太和遠鄰的羊肉店石家的媳婦雖然很說得來，與姚宅的老婦卻感情很壞，彼此都不交口，但是三姑娘並不管這些事，仍舊推進門來遊嬉。她大抵先到樓上去，同宋姨太太搭訕一回，隨後走下樓來，站在我同僕人阮升公用的一張板桌旁邊，抱著名叫「三花」的一隻大貓，看我映寫陸潤庠的木刻的字帖。

我不曾和她談過一句話，也不曾仔細的看過她的面貌與姿態。大約我在那時已經很是近視，但是還有一層緣故，雖然非意識的對於她很是感到親近，一面卻似乎為她的光輝所掩，開不起眼來去端詳她了。在此刻回想起來，彷彿是一個尖面龐，烏眼睛，瘦小身材，而且有尖小的腳的少女，並沒有什麼殊勝的地方，但在我的性的生活裡總是第一個人，使我於自己以外感到對於別人的愛著，引起我沒有明瞭的性之概念的對於異性的戀慕的第一個人了。

我在那時候當然是「醜小鴨」，自己也是知道的，但最終不以此而減滅我的熱情。每逢她抱著貓來看我寫字，我便不自覺的振作起來，用了平常所無的努力去映寫，感著一種無所希求的迷濛的喜樂。並不問她是否愛我，或者也還不知道自己是愛著她，總之對於她的存在感到親近喜悅，並且願為她有所盡力，這是當時實在的心情，也是她所給我的賜物了。在她是怎樣不能知道，自己的情緒大約只是淡淡的一種戀慕，始終沒有想到男女關係的問題。有一天晚上，宋姨太太忽然又發表對於姚姓的憎恨，末了說道：

「阿三那小東西，也不是好貨，將來總要流落到拱辰橋去做婊子的。」

我不很明白做婊子這些是什麼事情，但當時聽了心裡想道：

「她如果真是流落做了，我必定去救她出來。」

大半年的光陰這樣的消費過了。到了七八月裡因為母親生病，我便離開杭州回家去了。一個月以後，阮升告假回去，順便到我家裡，說起花牌樓的事情，說道：

「楊家的三姑娘患霍亂死了。」

我那時也很覺得不快，想像她的悲慘的死相，但同時卻又似乎很是安靜，彷彿心裡有一塊大石頭已經放下了。

女人的禁忌

小時候在家裡常見牆壁上貼有紅紙條，上面恭楷寫著一行字云，姜太公神位在此，百無禁忌。還有曆本，那時稱為時憲書的，在書面上也總有題字云，夜觀無忌，或者有人再加上一句日看有喜，那不過是去湊成一個對子，別無什麼用意的。由此看來，可以知道中國的禁忌是多得很，雖然為什麼夜間看不得曆本，這個理由我至今還不明白。禁忌中間最重要的是關於死，人間最大的凶事，這意思極容易理解。對於死的畏怖避忌，大抵是人同此心，心同此理，種種風俗儀式雖盡多奇形怪狀，根本並無多少不同。若要列舉，固是更僕難盡，亦屬無此必要。我覺得比較有點特別的，是信奉神佛的老太婆們所奉行的暗房制度。凡是最近有人死亡的房間名為暗房，在滿一個月的期間內，吃素唸佛的老太太都是不肯進去的，進暗房有什麼不好，我未曾領教，推想起來大抵是觸了穢，不能走近神前去的緣故吧。期間定為一個月，唯理的說法是長短適中，但是宗教上的意義或者還是在於月之圓缺一週，除舊復新，也是自然的一個段落。又其區域完全以房間計算，最重要的是那條門檻，往往有老太太往喪家弔唁，站在房門口，把頭伸進去對人家說話，只要腳不跨進門檻裡就行了。這是就普通人家而言，可以如此劃分界限，若在公共地方，有如城隍廟，說不定會有乞丐倒斃於廊下，那時候是怎麼演算法，可是不曾知道。平常通稱暗房，為得要說的清楚，這就該正名為白暗房，因為此外還有紅暗房在也。

紅暗房是什麼呢。這就是最近有過生產的產房，以及新婚的新房。因為性質是屬於喜事方面的，故稱之曰紅，但其為暗房則與白的全是一樣，或者在老太婆們要看得更為嚴重亦未可知。這是儀式方面的事，在神話的亦即是神學的方面是怎麼說，有如何的根據呢。老太婆沒有什麼學問，雖是在唸經，唸的都是些《高王經》、《心經》之類，裡邊不曾講到這種問題，可是所聽的寶卷很多，寶卷即是傳，所以這根據乃是出於傳而非出於經的。最好的例是《劉香寶卷》，是那黯淡的中國女人佛教人生觀的教本，捲上記劉香女的老師真空尼的說法，具說女人在禮教以及宗教下所受一切痛苦，有云：

「男女之別，竟差五百劫之分，男為七寶金身，女為五漏之體。嫁了丈夫，一世被他拘管，百般苦樂由他做主。既成夫婦，必有生育之苦，難免血水觸犯三光之罪。」其韻語部分中有這樣的幾行，說的頗為具體，如云：

「生男育女穢天地，血裙穢洗犯河神。」又云：

「生產時，血穢汙，河邊洗淨。

水煎茶，供佛神，罪孽非輕。

對日光，曬血裙，罪見天神。

三個月，血孩兒，穢觸神明。」

老太婆們是沒有學問的，她們所依據的賢傳自然也就不大高明，所說的話未免淺薄，有點近於形而下的，未必真能說得出這些禁忌的本意。原來總是有形而上的意義的，簡單的說一句，可以稱為對於生殖機能之敬畏吧。我們借王右軍《蘭亭序》的話來感嘆一下，死生亦大矣。不但是死的問題，關於生的一切現象，想起來都有點兒神祕，至於生殖，雖然現代的學問給予我們許多說明，自單細胞生物起頭，由蚯蚓蛙雞狗以至人類，性知識可以明白了，不過說到底即以為自然如此，亦就仍不免含有神祕的意味。古代的人，生於現代而知識同於古代人的，即所謂野蠻各民族，各地的老太婆們及其徒眾，驚異自不必說，凡神祕的東西總是可尊而又可怕，上邊說敬畏便是這個意思。我們中國大概是宗教情緒比較的薄，所感覺的只是近理的對於神明的觸犯，這有如《舊約．創世紀》中所記，耶和華上帝對女人夏娃說，我必多多加增你懷胎的苦楚，你生產兒女必受苦楚，因為她聽了蛇的話偷吃蘋果，違犯了上帝的命令。這裡耶和華是人形化的神明，因了不高興而行罰，是人情所能懂的，並無什麼神祕的意思，如《利未記》所說便不相同了。第十二章記耶和華叫摩西曉諭以色列人云：

「若有婦人懷孕生男孩，她就不潔淨七天，像在月經汙穢的日子不潔淨一樣。婦人在產血不潔之中要家居三十三天，她潔淨的日子未滿，不可摸聖物，也不可進入聖所。她若生女孩，就不潔淨兩個七天，像汙穢的時候一樣，要在產血不潔之中家居六十六天。」又第十五章云：

「女人行經必汙穢七天，凡摸她的必不潔淨到晚上。女人在汙穢之中，凡她所躺的對象都為不潔淨，所坐的對象也都不潔淨。凡摸她床的必不潔淨到晚上，並要洗衣服，用水洗澡。凡摸她所坐什麼對象的必不潔淨到晚上，並要洗衣服，用水洗澡。在女人的床上或在她坐的物上，若有別的對象，人一摸了，必不潔淨到晚上。」這裡可以注意的有兩點，其一是汙穢的傳染性，其二是汙穢的毒害之能動性。第一點大家都知道，無須解釋，第二點卻頗特別，如本章下文所云：

「你們要這樣使以色列人與他們的汙穢隔絕，免得他們玷汙我的帳幕，就因自己的汙穢死亡。」這裡明說他們汙穢的人並不因為玷汙耶和華的帳幕而被罰，乃將因了自己的汙穢而滅亡，這汙穢自具有其破壞力，但因什麼機緣而自然爆發起來。在現代人看來，這彷彿與電氣最相像，大家知道電力是偉大的一件東西，卻有極大危險性，須用種種方法和他隔絕才保得安全。生命力與電，這個比較來得恰好，此外要另找一個例子倒還不大容易。汙穢自然有許多是由嫌惡而來的，但是關於生命力特別是關係女人的問題，都是屬於敬畏的一面，所謂不淨實是指一種威力，一不小心就會得被壓倒，俗語云晦氣是也，這總是心理的，後來物質的意義增加上去，據我看來毫不重要。福慶居士所著《燕郊集》中有一篇小文，題曰《性與不淨》，記一故事云：

「就有人講笑話。我家有一個親戚，是一大官，他偶如廁，忽見有女先在，愕然是不必說，卻因此傳以為笑。笑笑也不要緊，他卻別有所恨。恨到有點出奇，其實並不。這是一種晦氣。蘇州人所謂勿識頭，要妨他將來福命的。」文章寫得很乾淨，可以當作好例，其他古今中外的數據雖尚不乏，只可且暫割愛矣。

寒齋有一冊西文書，是芬特萊醫生所著，名曰《分娩閒話》，這閒話二字系用南方通行的意思，未必有閒，只是講話而已。第二章題云《禁制》，內分行經，結婚，懷孕，分娩四項，繪圖列說的講得很有意義，想介紹一點出來，所以起手來寫這篇文章，不料說到這裡想要摘抄，又不知道怎麼選擇才好。各民族的奇異風俗原是不少，大概也是大同小異，上邊有希伯來人的幾條可以為例，也不必再來贅述，反正就是對於生殖之神祕表示敬畏之意而已。倒是在蔡來若博士的《金枝》節本中，第六十章說及隔離不潔淨的婦女的用意，可供我們參考，節譯其大意於下。使她不至於於人有害，如用電學的術語，其方法即是絕緣。這種辦法其實也為她自己，同時也為別人的安全。因為假如她違背了規定的辦法，她就得受害，例如蘇嚕女子在月經初來時給日光照著，她將乾枯成為一副骷髏。總之那時女人似被看作具有一種強大的力，這力若不是限制在一定範圍之內，他會得毀滅她自己以及一切和她接觸的東西。為了一切有關的人物之安全，把這力拘束起來，這即是此類禁忌的目的。這個說法也可用以解釋對於神王與巫師的同類禁例。女人的所謂不沽淨與聖人的神聖，由原始民族想來，實質上並沒有什麼分別。這都不過是同一神祕的力之不同的表現，正如凡力一樣，在本身非善非惡，但只看如何應用，乃成為有益或有害耳。這樣看來，最初的意思是並無惡意的，雖然在受者不免感到困難，後來文化漸進，那些聖人們設法擺脫拘束，充分的保留舊有的神聖，去掉了不便不利的禁忌，但是婦女則無此幸運，一直被禁忌著下來，而時移世變，神祕既視為不潔淨，敬畏也遂轉成嫌惡了。這是世界女性共同的不幸，初不限於一地，中國只是其一分子而已。中國的情形本來比較別的民族都要好一點，因為宗教勢力比較薄弱，其對於女人的輕視大概從禮教出來，只以理論或經驗為本，和出於宗教信念者自有不同。例如《禮緯》云，夫為妻綱，此是理論而以男性主權為本，若在現代社會非夫婦共同勞作不能維持家庭生活，則理論漸難以實行。又《論語》云，唯女子小人為難養也，近之則不遜，遠之則怨，此以經驗為本者也，如不遜與怨的情形不存在，此語自然作為無效，即或不然，此亦只是一種抱怨之詞，被說為難養於女子小人亦實無什麼大損害也。宗教上的汙穢觀大抵受佛教影響為多，卻不甚澈底，又落下成為民間迷信，如無婦女自己為之支援，本來勢力自可漸衰，此則在於民間教育普及，知識提高，而一般青年男女之努力尤為重要。鄙人昔日曾為戲言，在清朝中國男子皆剃頭成為半邊和尚；女人裹兩腳為粽子形，他們固亦有戀愛，但如以此形象演出《西廂》、《牡丹亭》，則觀者當忍俊不禁，其不轉化為喜劇的幾希。現在大家看美國式電影，走狐舞步，形式一新矣，或已適宜於戀愛劇上出現，若是請來到我們所說的陣地上來幫忙，恐預備未充足，尚未能勝任愉快耳。

民國甲申年末，於北京東郭書塾。

風的話

北京多風，時常想寫一篇小文章講講他。但是一拿起筆第一想到的便是大塊噫氣這些話，不覺索然興盡，又只好將筆擱下。近日北京大刮其風，不但三日兩頭的刮，而且一刮往往三天不停，看看妙峰山的香市將到了，照例這半個月裡是不大有什麼好天氣的，恐怕書桌上沙泥粒屑，一天裡非得擦幾回不可的日子還要暫時繼續，對於風不能毫無感覺，不管是好是壞，決意寫了下來。說風的感想，重要的還是在南方，特別是小時候在紹興所經歷的為本，雖然覺得風頗有點可畏，卻並沒有什麼可以嫌惡的地方。紹興是水鄉，到處是河港，交通全用船，道路鋪的是石板，在二三十年前還是沒有馬路。因為這個緣故，紹興的風也就有他的特色。這假如說是地理的，此外也有一點天文的關係。紹興在夏秋之間時常有一種龍風，這是在北京所沒有見過的。時間大抵在午後，往往是很好的天氣，忽然一朵烏云上來，霎時天色昏黑，風暴大作，在城裡說不上飛沙走石，總之是竹木摧折，屋瓦整疊的揭去，嘩喇喇的掉在地下，所謂把井吹出籬笆外的事情也不是沒有。若是在外江內河，正坐在船裡的人，那自然是危險了，不過撐蜑船的老大們大概多是有經驗的，他們懂得占候，會看風色，能夠預先防備，受害或者不很大。龍風本不是年年常有，就是發生也只是短時間，不久即過去了，記得老子說過，「飄風不終朝，驟雨不終日，孰為此者天地，天地尚不能久，而況於人乎。」這話說得很好，此本是自然的紀律，雖然應用於人類的道德也是適合。下龍風一二等的大風卻是隨時多有，大中船不成問題，在小船也還不免危險。我說小船，這是指所謂踏槳船，從前在《烏篷船》那篇小文中有云：

「小船則真是一葉扁舟，你坐在船底席上，篷頂離你的頭有兩三寸，你的兩手可以擱在左右的舷上，還把手掌都露出在外邊。在這種船裡彷彿是在水面上坐，靠近田岸去時便和你的眼鼻接近，而且遇著風浪，或是坐得稍不小心，就會船底朝天，發生危險，但是也頗有趣味，是水鄉的一種特色。」陳晝卿《海角行吟》中有詩題曰《踏槳船》，小注云，船長丈許，廣三尺，坐臥容一身，一人坐船尾，以足踏槳行如飛，向唯越人用以狎潮渡江，今江淮人並用之以代急足。這裡說明船的大小，可以作為補足，但還得添一句，即舟人用一槳一楫，無舵，以楫代之。船的容量雖小，但其危險卻並不在這小的一點上，因為還有一種划划船，更窄而淺，沒有船篷，不怕遇風傾覆，所以這小船的危險乃是因有篷而船身較高之故。在庚子的前一年，我往東浦去弔先君的保母之喪，坐小船過大樹港，適值大風，望見水面波浪如白鵝亂竄，船在浪上顛簸起落，如走遊木，舟人竭力支撐，駛入汊港，始得平定，據說如再顛一刻，不傾沒也將破散了。這種事情是常會有的，約十年後我的大姑母來家拜忌日，午後回吳融村去，小船遇風浪傾覆，遂以溺死。我想越人古來斷髮紋身，入水與蛟龍鬥，幹慣了這些事，活在水上，死在水裡，本來是覺悟的，俗語所謂瓦罐不離井上破，是也。我們這班人有的是中途從別處遷移去的，有的雖是土著，經過二千餘年的歲月，未必能多少儲存長頸鳥喙的氣象，可是在這地域內住了好久，如范少伯所說，黿鼉魚鱉之與處而蛙黽之與同陼，自然也就與水相習，養成了這一種態度。辛丑以後我在江南水師學堂做學生，前後六年不曾學過游泳，本來在魚雷學堂的旁邊有一個池，因為有兩個年幼的學生不慎淹死在裡邊，學堂總辦就把池填平了，等我進校的時候那地方已經改造了三間關帝廟，住著一個老更夫，據說是打長毛立過功的都司。我年假回鄉時遇見人問，你在水師當然是會游水吧。我答說，不。為什麼呢？因為我們只是在船上時有用，若是落了水就不行了，還用得著游泳麼。這回答一半是滑稽，一半是實話，沒有這個覺悟怎麼能去坐那小船呢。

上邊我說在家鄉就只怕坐小船遇風，可是如今又似乎翻船並不在乎，那麼這風也不什麼可畏了。其實這並不盡然。風總還是可怕的，不過水鄉的人既要以船為車，就不大顧得淹死與否，所以看得不嚴重罷了。除此以外，風在紹興就不見得有什麼討人嫌的地方，因為他並不揚塵，街上以至門內院子裡都是石板，刮上一天風也吹不起塵土來，白天只聽得鄰家的淡竹林的摩戛聲，夜裡北面樓窗的板門格答格答的作響，表示風的力量，小時候熟悉的記憶現在回想起來，倒還覺得有點有趣。後來離開家鄉，在東京隨後在北京居住，才感覺對於風的不喜歡。本鄉三處的住宅都有板廊，夏天總是那麼沙泥粒屑，便是給風颳來的，赤腳踏上去覺得很不愉快，桌子上也是如此，伸紙攤書之前非得用手摸一下不可，這種經驗在北京還是繼續著，所以成了習慣，就是在不颳風的日子也會這樣做，北京還有那種蒙古風，彷彿與南邊的所謂落黃沙相似，颳得滿地滿屋的黃土，這土又是特別的細，不但無孔不入，便是用本地高麗紙糊好的門窗格子也擋不住，似乎能夠從那簾紋的地方穿透過去。平常大風的時候，空中呼呼有聲，古人云春風狂似虎，或者也把風聲說在內，聽了覺得不很愉快。古詩有云，白楊多悲風，蕭蕭愁殺人。這蕭蕭的聲音我卻是歡喜，在北京所聽的風聲中要算是最好的。在前院的綠門外邊，西邊種了一棵柏樹，東邊種了一棵白楊，或者嚴格的說是青楊，如今十足過了廿五個年頭，柏樹才只拱把，白楊卻已長得合抱了。前者是長青樹，冬天看了也好看，後者每年落葉，到得春季長出成千萬的碧綠大葉，整天的在搖動著，書本上說他無風自搖，其實也有微風，不過別的樹葉子尚未吹動，白楊葉柄特別細，所以就顫動起來了。戊寅以前老友餅齋常來寒齋夜談，聽見牆外瑟瑟之聲，輒驚問日，下雨了吧，但不等回答，立即省悟，又為白楊所騙了。戊寅春初餅齋下世，以後不復有深夜談天的事，但白楊的風聲還是照舊可聽，從窗裡望見一大片的綠葉也覺得很好看。關於風的話現在可說的就只是這一點，大概風如不和水在一起這固無可畏，卻也就沒有什麼意思了。

陰曆三月末日

志摩紀念

面前書桌上放著九冊新舊的書，這都是志摩的創作，有詩，文，小說，戲劇，——有些是舊有的，有些給小孩們拿去看丟了，重新買來的。《猛虎集》是全新的，襯頁上寫了這幾行字：「志摩飛往南京的前一天，在景山東大街遇見，他說還沒有送你《猛虎集》，今天從志摩的追悼會出來，在景山書社買得此書。」

志摩死了，現在展對遺書，就只感到古人的人琴俱亡這一句話，別的沒有什麼可說。志摩死了，這樣精妙的文章再也沒有人能做了。但是，這幾冊書遺留在世間，志摩在文學上的功績也仍長久存在。中國新詩已有十五六年的歷史，可是大家都不大努力，更缺少鍥而不捨地繼續努力的人，在這中間志摩要算是唯一的忠實同志，他前後苦心地創辦詩刊，助成新詩的生長，這個勞績是很可紀念的，他自己又孜孜矻矻地從事於創作，自《志摩的詩》以至《猛虎集》，進步很是顯然，便是像我這樣外行也覺得這是顯然。散文方面志摩的成就也並不小。據我個人的愚見，中國散文中現有幾派：適之、仲甫一派的文章清新明白，長於說理講學，好像西瓜之有口皆甜；平伯、廢名一派澀如青果；志摩可以與冰心女士歸在一派，仿佛是鴨兒梨的樣子，流麗輕脆，在白話的基本上加入古文方言歐化種種成分，使引車賣漿之徒的話進而為一種富有表現力的文章，這就是單從文體變遷上講也是很大的一個貢獻了。志摩的詩，文，以及小說、戲劇在新文學上的位置與價值，將來自有公正的文學史家會來精查公布，我這裡只是籠統地回顧一下，覺得他半生的成績已經很夠不朽，而在這壯年，尤其是在這藝術地「復活」的時期中途凋喪，更是中國文學的一大損失了。

但是，我們對於志摩之死所更覺得可惜的是人的損失。文學的損失是公的，公攤了時個人所受到的只是一份，人的損失卻是私的，就是分擔也總是人數不會太多而分量也就較重了。照交情來講，我與志摩不算頂深，過從不密切，所以留在記憶上想起來時可以引動悲酸的情感的材料也不很多，但即使如此，我對於志摩的人的悼惜也並不少。的確如適之所說，志摩這人很可愛，他有他的主張，有他的派路，或者也許有他的小毛病，但是他的態度和說話總是和藹真率，令人覺得可親近，凡是見過志摩幾面的人，差不多都受到這種感化，引起一種好感，就是有些小毛病小缺點也好像臉上某處的一顆小黑痣，也是造成好感的一小小部分，只令人微笑點頭，並沒有嫌憎之感。有人戲稱志摩為詩哲，或者笑他的戴印度帽，實在這些戲弄裡都仍含有好意的成分，有如老同窗要舉發從前吃戒尺的逸事，就是有派別的作家加以攻擊，我相信這所以招致如此怨恨者也只是志摩的階級之故，而絕不是他的個人。適之又說志摩是誠實的理想主義者，這個我也同意，而且覺得志摩因此更是可尊了。這個年頭兒，別的什麼都有，只是誠實卻早已找不到，便是爪哇國裡恐怕也不會有了罷，志摩卻還保守著他天真爛漫的誠實，可以說是世所希有的奇人了。我們平常看書看雜誌報章，第一感到不舒服的是那偉大的說誑，上自國家大事，下至社會瑣聞，不是恬然地顛倒黑白，便是無誠意地弄筆頭，其實大家也各自知道是怎麼一回事，自己未必相信，也未必望別人相信，只覺得非這樣地說不可。知識階級的人挑著一副擔子，前面是一筐子馬克思，後面一口袋尼采，也是數見不鮮的事。在這時候有一兩個人能夠誠實不欺地在言行上表現出來，無論這是哪一種主張，總是很值得我們的尊重的了。關於志摩的私德，適之有代為辯明的地方，我覺得這並不成什麼問題。為愛惜私人名譽起見，辯明也可以說是朋友的義務，若是從藝術方面看去這似乎無關重要。詩人文人這些人，雖然與專做好吃的包子的廚師、雕好看的石像的匠人略有不同，但總之小德踰閑與否於其藝術沒有多少關係，這是我想可以明言的。不過這也有例外，假如是文以載道派的藝術家，以教訓指導我們大眾自任，以先知哲人自任的，我們在同樣謙恭地接受他的藝術以前，先要切實地檢察他的生活，若是言行不符，那便是假先知，須得謹防上他的當。現今中國的先知有幾個禁得起這種檢察的呢，這我可不得而知了。這或者是我個人的偏見亦未可知，但截至現在我還沒有找到覺得更對的意見，所以對於志摩的事也就只得仍是這樣地看下去了。

志摩死後已是二十幾天了，我早想寫小文紀念他，可是這從哪裡去著筆呢？我相信寫得出的文章大抵都是可有可無的，真的深切的感情只有聲音，顏色，姿勢，或者可以表出十分之一二，到了言語便有點兒可疑，何況又到了文字。文章的理想境我想應該是禪，是個不立文字，以心傳心的境界，有如世尊拈花，迦葉微笑，或者一聲「且道」，如棒敲頭，夯地一下頓然明瞭，才是正理，此外都不是路。我們回想自己最深密的經驗，如戀愛和死生之至歡極悲，自己以外只有天知道，何曾能夠於金石竹帛上留下一絲痕跡，即使呻吟作苦，勉強寫下一聯半節，也只是普通的哀辭和定情詩之流，那裡道得出一分苦甘，只看汗牛充棟的集子裡多是這樣物事，可知除聖人天才之外誰都難逃此難。我只能寫可有可無的文章，而紀念亡友又不是可以用這種文章來敷衍的，而紀念刊的收稿期限又迫切了，不得已還只得寫，結果還只能寫出一篇可有可無的文章，這使我不得不重又嘆息。這篇小文的次序和內容差不多是套適之在追悼會所發表的演辭的，不過我的話說得很是素樸粗笨，想起志摩平素是愛說老實話的，那麼我這種老實的說法或者是志摩的最好紀念亦未可知，至於別的一無足取也就沒有什麼關係了。

民國二十年十二月十三日，於北平。

喝茶

前回徐志摩先生在平民中學講「喫茶」——並不是胡適之先生所說的「吃講茶」——我沒有工夫去聽，又可惜沒有見到他精心結構的講稿，但我推想他是在講日本的「茶道」（英文譯作 Teaism），而且一定說的很好。茶道的意思，用平凡的話來說，可以稱作「忙裡偷閒，苦中作樂」，在不完全的現世享樂一點美與和諧，在剎那間體會永久，是日本之「象徵的文化」裡的一種代表藝術。關於這一件事，徐先生一定已有透澈巧妙的解說，不必再來多嘴，我現在所想說的，只是我個人的很平常的喝茶觀罷了。

喝茶以綠茶為正宗。紅茶已經沒有什麼意味，何況又加糖——與牛奶？葛辛（George Gissing）的《草堂隨筆》（原名 Private Papers of Henry Ryecroft）確是很有趣味的書，但冬之卷裡說及飲茶，以為英國家庭裡下午的紅茶與奶油麵包是一日中最大的樂事，支那飲茶已歷千百年，未必能領略此種樂趣與實益的百分之一，則我殊不以為然。紅茶帶「土斯」未始不可吃，但這只是當飯，在肚饑時食之而已；我的所謂喝茶，卻是在喝清茶，在賞鑒其色與香與味，意未必在止渴，自然更不在果腹了。中國古昔曾吃過煎茶及抹茶，現在所用的都是泡茶，岡倉覺三在《茶之書》（Book of Tea，1919）裡很巧妙的稱之曰「自然主義的茶」，所以我們所重的即在這自然之妙味。中國人上茶館去，左一碗右一碗的喝了半天，好像是剛從沙漠裡回來的樣子，頗合於我的喝茶的意思，(聽說閩粵有所謂吃工夫茶者自然更有道理，)只可惜近來太是洋場化，失了本意，其結果成為飯館子之流，只在鄉村間還儲存一點古風，唯是屋宇器具簡陋萬分，或者但可稱為頗有喝茶之意，而未可許為已得喝茶之道也。

喝茶當於瓦屋紙窗下，清泉綠茶，用素雅的陶瓷茶具，同二三人共飲，得半日之閒，可抵十年的塵夢。喝茶之後，再去繼續修各人的勝業，無論為名為利，都無不可，但偶然的片刻優遊乃正亦斷不可少。中國喝茶時多吃瓜子，我覺得不很適宜；喝茶時可吃的東西應當是清淡的「茶食」。中國的茶食卻變了「滿漢餑餑」，其性質與「阿阿兜」相差無幾，不是喝茶時所吃的東西了。日本的點心雖是豆米的成品，但那優雅的形色，樸素的味道，很合於茶食的資格，如各色的「羊羹」，(據上田恭輔氏考據，說是出於中國唐時的羊肝餅，)尤有特殊的風味。江南茶館中有一種「乾絲」，用豆腐乾切成細絲，加薑絲醬油，重湯燉熱，上澆麻油，出以供客，其利益為「堂倌」所獨有。豆腐乾中本有一種「茶干」，今變而為絲，亦頗與茶相宜。在南京時常食此品，據云有某寺方丈所製為最，雖也曾嘗試，卻已忘記，所記得者乃只是下關的江天閣而已。學生們的習慣，平常「乾絲」既出，大抵不即食，等到麻油再加，開水重換之後，始行舉箸，最為合適，因為一到即罄，次碗繼至，不遑應酬，否則麻油三澆，旋即撤去，怒形於色，未免使客不歡而散，茶意都消了。

吾鄉昌安門外有一處地方名三腳橋，(實在並無三腳，乃是三出，因以一橋而跨三汊的河上也，)其地有豆腐店曰周德和者，製茶干最有名。尋常的豆腐乾方約寸半，厚可三分，值錢二文，周德和的價值相同，小而且薄，才及一半，黝黑堅實，如紫檀片。我家距三腳橋有步行兩小時的路程，故殊不易得，但能吃到油炸者而已。每天有人挑擔設爐鑊，沿街叫賣，其詞曰：

「辣醬辣，麻油炸

紅醬搽，辣醬拓：

周德和格五香油炸豆腐乾。」

其製法如上所述，以竹絲插其末端，每枚三文。豆腐乾大小如周德和，而甚柔軟，大約系常品，唯經過這樣烹調，雖然不是茶食之一，卻也不失為一種好豆食。——豆腐的確也是極好的佳妙的食品，可以有種種的變化，唯在西洋不會被領解，正如茶一般。

日本用茶淘飯，名曰「茶漬」，以醃菜及「澤庵」（即福建的黃土蘿蔔，日本澤庵法師始傳此法，蓋從中國傳去，）等為佐，很有清淡而甘香的風味。中國人未嘗不這樣吃，唯其原因，非由窮困即為節省，殆少有故意往清茶淡飯中尋其固有之味者，此所以為可惜也。

十三年十二月

談酒

這個年頭兒，喝酒倒是很有意思的。我雖是京兆人，卻生長在東南的海邊，是出產酒的有名地方。我的舅父和姑父家裡時常做幾缸自用的酒，但我終於不知道酒是怎麼做法，只覺得所用的大約是糯米，因為兒歌裡說，「老酒糯米做，吃得變 nio-nio」——末一字是本地叫豬的俗語。做酒的方法與器具似乎都很簡單，只有煮的時候的手法極不容易，非有經驗的工人不辦，平常做酒的人家大抵聘請一個人來，俗稱「酒頭工」，以自己不能喝酒者為最上，叫他專管鑒定煮酒的時節。有一個遠房親戚，我們叫他「七斤公公」，——他是我舅父的族叔，但是在他家裡做短工，所以舅母只叫他作「七斤老」，有時也聽見她叫「老七斤」，是這樣的酒頭工，每年去幫人家做酒；他喜吸旱煙，說玩話，打馬將，但是不大喝酒，（海邊的人喝一兩碗是不算能喝，照市價計算也不值十文錢的酒，）所以生意很好，時常跑一二百里路被招到諸暨嵊縣去。據他說這實在並不難，只須走到缸邊屈著身聽，聽見裡邊起泡的聲音切切察察的，好像是螃蟹吐沫（兒童稱為蟹煮飯）的樣子，便拿來煮就得了；早一點酒還未成，遲一點就變酸了。但是怎麼是恰好的時期，別人仍不能知道，只有聽熟的耳朵才能夠斷定，正如骨董家的眼睛辨別古物一樣。

大人家飲酒多用酒鐘，以表示其斯文，實在是不對的。正當的喝法是用一種酒碗，淺而大，底有高足，可以說是古已有之的香賓杯。平常起碼總是兩碗，合一「串筒」，價值似是六文一碗。串筒略如倒寫的凸字，上下部如一與三之比，以洋鐵為之，無蓋無嘴，可倒而不可篩，據好酒家說酒以倒為正宗，篩出來的不大好吃。唯酒保好於量酒之前先「蕩」（置水於器內，搖盪而洗滌之謂）串筒，蕩後往往將清水之一部分留在筒內，客嫌酒淡，常起爭執，故喝酒老手必先戒堂倌以勿蕩串筒，並監視其量好放在溫酒架上。能飲者多索竹葉青，通稱曰「本色」，「元紅」系狀元紅之略，則著色者，唯外行人喜飲之。在外省有所謂花雕者，唯本地酒店中卻沒有這樣東西。相傳昔時人家生女，則釀酒貯花雕（一種有花紋的酒罈）中，至女兒出嫁時用以餉客，但此風今已不存，嫁女時偶用花雕，也只臨時買元紅充數，飲者不以為珍品。有些喝酒的人預備家釀，卻有極好的，每年做醇酒若乾罈，按次第埋園中，二十年後掘取，即每歲皆得飲二十年陳的老酒了。此種陳酒例不發售，故無處可買，我只有一回在舊日業師家裡喝過這樣好酒，至今還不曾忘記。

我既是酒鄉的一個土著，又這樣的喜歡談酒，好像一定是個與「三酉」結不解緣的酒徒了。其實卻大不然。我的父親是很能喝酒的，我不知道他可以喝多少，只記得他每晚用花生米水果等下酒，且喝且談天，至少要花費兩點鐘，恐怕所喝的酒一定很不少了。但我卻是不肖，不，或者可以說有志未逮，因為我很喜歡喝酒而不會喝，所以每逢酒宴我總是第一個醉與臉紅的。自從辛酉患病後，醫生叫我喝酒以代藥餌，定量是勃蘭地每回二十格闌姆，蒲桃酒與老酒等倍之，六年以後酒量一點沒有進步，到現在只要喝下一百格闌姆的花雕，便立刻變成關夫子了。（以前大家笑談稱作「赤化」，此刻自然應當謹慎，雖然是說笑話。）有些有不醉之量的，愈飲愈是臉白的朋友，我覺得非常可以欣羨，只可惜他們愈能喝酒便愈不肯喝酒，好像是美人之不肯顯示她的顏色，這實在是太不應該了。

黃酒比較的便宜一點，所以覺得時常可以買喝，其實別的酒也未嘗不好。白乾於我未免過凶一點，我喝了常怕口腔內要起泡，山西的汾酒與北京的蓮花白雖然可喝少許，也總覺得不很和善。日本的清酒我頗喜歡，只是彷彿新酒模樣，味道不很靜定。蒲桃酒與橙皮酒都很可口，但我以為最好的還是勃闌地。我覺得西洋人不很能夠了解茶的趣味，至於酒則很有工夫，絕不下於中國。天天喝洋酒當然是一個大的漏卮，正如吸菸卷一般，但不必一定進國貨黨，咬定牙根要抽淨絲，隨便喝一點什麼酒其實都是無所不可的，至少是我個人這樣的想。

喝酒的趣味在什麼地方？這個我恐怕有點說不明白。有人說，酒的樂趣是在醉後的陶然的境界。但我不很了解這個境界是怎樣的，因為我自飲酒以來似乎不大陶然過，不知怎的我的醉大抵都只是生理的，而不是精神的陶醉。所以照我說來，酒的趣味只是在飲的時候，我想悅樂大抵在做的這一剎那，倘若說是陶然，那也當是杯在口的一刻罷。醉了，睏倦了，或者應當休息一會兒，也是很安舒的，卻未必能說酒的真趣是在此間。昏迷，夢魘，囈語，或是忘卻現世憂患之一法門；其實這也是有限的，倒還不如把宇宙性命都投在一口美酒裡的耽溺之力還要強大。我喝著酒，一面也懷著「杞天之慮」，生恐強硬的禮教反動之後將引起頹廢的風氣，結果是借醇酒婦人以避禮教的迫害，沙寧（Sanin）時代的出現不是不可能的。但是，或者在中國什麼運動都未必徹底成功，青年的反撥力也未必怎麼強盛，那麼杞天終於只是杞天，仍舊能夠讓我們喝一口非耽溺的酒也未可知。倘若如此，那時喝酒又一定另外覺得很有意思了罷？

民國十五年六月二十日，於北京。

再論喫茶

郝懿行《證俗文》一云：

「考茗飲之法始於漢末，而已萌芽於前漢，然其飲法未聞，或曰為餅咀食之，逮東漢末蜀吳之人始造茗飲。」據《世說》云，王濛好茶，人至輒飲之，士大夫甚以為苦，每欲候濛，必云今日有水厄。又《洛陽伽藍記》說王肅歸魏住洛陽初不食羊肉及酪漿等物，常飯鯽魚羹，渴飲茗汁，京師士子見肅一飲一斗，號為漏卮。後來雖然王肅習於胡俗，至於說茗不中與酪作奴，又因彭城王的嘲戲，「自是朝貴宴會雖設茗飲，皆恥不復食，唯江表殘民遠來降者好之」，但因此可見六朝時南方喫茶的嗜好很是普遍，而且所吃的分量也很多。到了唐朝統一南北，這個風氣遂大發達，有陸羽盧仝等人可以作證，不過那時的茶大約有點近於西人所吃的紅茶或咖啡，與後世的清茶相去頗遠。明田藝衡《煮泉小品》云：

唐人煎茶多用姜鹽，故鴻漸云，初沸水合量，調之以鹽味，薛能詩，鹽損添常戒，姜宜著更誇。蘇子瞻以為茶之中等用姜煎信佳，鹽則不可。余則以為二物皆水厄也，若山居飲水，少下二物以減嵐氣，或可耳，而有茶則此固無須也。至於今人薦茶類下茶果，此尤近俗，是縱佳者，能損真味，亦宜去之。且下果則必用匙，若金銀大非山居之器，而銅又生腥，皆不可也。若舊稱北人和以酥酪，蜀人入以白土，此皆蠻飲，固不足責。人有以梅花菊花茉莉花薦茶者，雖風韻可賞，亦損茶味，如有佳茶亦無事此。

此言甚為清茶張目，其所根據蓋在自然一點，如下文即很明瞭地表示此意：

「茶之團者片者皆出於碾磑之末，既損真味，復加油垢，即非佳品，總不若今之芽茶也，蓋天真者自勝耳。芽茶以火作者為次，生曬者為上，亦更近自然，且斷煙火氣耳。」謝肇淛《五雜組》十一亦有兩則云：

「古人造茶，多舂令細，末而蒸之，唐詩家僮隔竹敲茶臼是也。至宋始用碾，揉而焙之則自本朝（案明朝）始也。但揉者恐不若細末之耐藏耳。」

「《文獻通考》，茗有片有散。片者即龍團舊法，散者則不蒸而幹之，如今之茶也。始知南渡之後茶漸以不蒸為貴矣。」清乾隆時茹敦和著《越言釋》二卷，有撮泡茶一條，撮泡茶者即葉茶，撮茶葉入蓋碗中而泡之也，其文云：

「《詩》云荼苦，《爾雅》苦荼，茶者荼之減筆字，前人已言之，今不復贅。茶理精於唐，茶事盛於宋，要無所謂撮泡茶者。今之撮泡茶或不知其所自，然在宋時有之，且自吾越人始之。案炒青之名已見於陸詩，而放翁《安國院試茶》之作有曰，我是江南桑苧家，汲泉閒品故園茶，只應碧缶蒼鷹爪，可壓紅囊白雪芽。其自注曰，日鑄以小瓶蠟紙，丹印封之，顧渚貯以紅藍縑囊，皆有歲貢。小瓶蠟紙至今猶然，日鑄則越茶矣。不團不餅，而曰炒青曰蒼龍爪，則撮泡矣。是撮泡者對磑茶言之也。又古者茶必有點。無論其為磑茶為撮泡茶，必擇一二佳果點之，謂之點茶。點茶者必於茶器正中處，故又謂之點心。此極是殺風景事，然裡俗以此為恭敬，斷不可少。嶺南人往往用糖梅，吾越則好用紅姜電影，他如蓮菂榛仁，無所不可。其後雜用果色，盈杯溢盞，略以甌茶注之，謂之果子茶，已失點茶之舊矣。漸至盛筵貴客，累果高至尺餘，又復雕鸞刻鳳，綴綠攢紅以為之飾，一茶之值乃至數金，謂之高茶，可觀而不可食，雖名為茶，實與茶風馬牛。又有從而反之者，聚諸乾蔌爛煮之，和以糖蜜，謂之原汁茶，可以食矣，食竟則摩腹而起，蓋療饑之上藥，非止渴之本謀，其於茶亦了無干涉也。他若蓮子茶龍眼茶種種諸名色相沿成故，而種種糕餮餅餌皆名之為茶食，尤為可笑。由是撮泡之茶遂至為世詬病。凡事以費錢為貴耳，雖茶亦然，何必雅人深致哉。又江廣間有礌茶，是姜鹽煎茶遺制，尚存古意，未可與越人之高茶原汁茶同類而並譏之。」

王侃著《巴山七種》，同治乙丑刻，其第五種曰《江州筆談》，捲上有一則云：

「乾隆嘉慶間宦家宴客，自客至及入席時，以換茶多寡別禮之隆殺。其點茶花果相間，鹽漬蜜漬以不失色香味為貴，春不尚蘭，秋不尚桂，諸果亦然，大者用片，小者去核，空其中，均以鏤刻爭勝，有若為飣盤者，皆閨秀事也。茶匙用金銀，托盤或銀或銅，皆鏨細花，髹漆皮盤則描金細花，盤之顏色式樣人人各異，其中託碗處圍圈高起一分，以約碗底，如託酒盞之護衣碟子。茶每至，主人捧盤遞客，客起接盤自置於幾。席罷乃啜葉茶一碗而散，主人不親遞也。今自客至及席罷皆用葉茶，言及換茶人多不解。又今之茶托子絕不見如舟如梧橐鄂者。事物之隨時而變如此。」

予生也晚，已在馬江戰役之後，幾時有所見聞亦已後於棲清山人者將三十年了。但鄉曲之間有時尚存古禮，原汁茶之名雖不曾聽說，高茶則屢見，有時極精巧，多至五七層，狀如浮圖，疊燈草為欄幹，染芝麻砌作種種花樣，中列人物演故事，不過今不以供客，只用作新年祖像前陳設耳。因高茶而聯想到的則有高果，舊日結婚祭祀時必用之，下為錫碗，其上立竹片，縛諸果高一尺許，大抵用荸薺金桔等物，而令人最不能忘記的卻是甘蔗這一種，因為上邊有「甘蔗菩薩」，以帶皮紅甘蔗削片，略加刻劃，穿插成人物，甚古拙有趣，小時候分得此菩薩一尊，比有甘蔗吃更喜歡也。蓮子等茶極常見，大概以蓮子為最普通，杏酪龍眼為貴，芡慄已平凡，百合與扁豆茶則卑下矣。凡待客以結婚時宴「親送」舅爺為最隆重，用三道茶，即杏酪蓮子及葉茶，平常親戚往來則葉茶之外亦設一果子茶，十九皆用蓮子。范寅《越諺》卷中飲食門下，有「茶料」一條，注曰，「母以蓮慄棗糖遺出嫁女，名此。」又「釃茶」一條注曰，「新婦煮蓮慄棗，遍奉夫家戚族尊長卑幼，名此，又謂之喜茶。」此風至今猶存，即平日往來饋送用提合，亦多以蓮子白糖充數。兒童入書房拜蒙師，以茶盅若干副分裝蓮子白糖為禮，師照例可全收，似向來釃茶系致敬禮。此所謂茶又即是果子茶，為便利計乃用茶料充之，而茶料則以蓮糖為之代表也。點茶用花今亦有之，唯不用鮮花臨時沖入，改而為窨，取桂花茉莉珠蘭等和茶葉中，密封待用。果已少用，但尚存橄欖一種，俗稱元寶茶，新年入茶店多飲之取利市，色香均不惡，與茶尚不甚相恃，至於薑片等則未見有人用過。越中有一種茶盅，高約一寸許，口徑二寸，有蓋，與茶杯茶碗茶缸異，蓋專以盛果子茶者，別有舊式者以銀皮為裡，外面系紅木，近已少見，現所有者大抵皆陶製也。

茶本是樹的葉子，摘來淪汁喝喝，似乎是頗簡單的事，事實卻並不然。自吳至南宋將一千年，始由團片而用葉茶，至明大抵不入姜鹽矣，然而點茶下花果，至今不盡改，若又變而為果羹，則幾乎將與酪競爽了。豈釃茶致敬，以葉茶為太清淡，改用果餌，茶終非吃不可，抑或留戀於古昔之膏香鹽味，故仍於其中雜投華實，嘗取濃厚的味道乎？均未可知也。南方雖另有果茶，但在茶店憑欄所飲的一碗碗的清茶卻是道地的苦茗，即俗所謂龍井，自農工以至老相公蓋無不如此，而北方民眾多嗜香片，以雙窨為貴，此則猶有古風存焉。不佞食酪而亦喫茶，茶常而酪不可常，故酪疏而茶親，唯亦未必平反舊案，主茶而奴酪耳，此二者蓋牛羊與草木之別，人性各有所近，其在不佞則稍喜草木之類也。

［附記］

大義汪氏《大宗祠祭規》，嘉慶七年刊，有汪龍莊序，其《祭器祭品式》一篇中云大廳中堂用水果五碗，注日高尺三，神座前及大廳東西座各用水果五碗，注日高一尺。案此即高果，蕭山風俗蓋與郡城同，但《越諺》中高果卻失載，不知何也。

二十三年五月

關於苦茶

去年春天偶然做了兩首打油詩，不意在上海引起了一點風波，大約可以與今年所謂中國本位的文化宣言相比，不過有這差別，前者大家以為是亡國之音，後者則是國家將興必有禎祥罷了。此外也有人把打油詩拿來當作歷史傳記讀，如字的加以檢討，或者說玩骨董那必然有些鐘鼎書畫吧，或者又相信我專喜談鬼，差不多是蒲留仙一流人。這些看法都並無什麼用意，也於名譽無損，用不著宣告更正，不過與事實相遠這一節總是可以奉告的。其次有一件相像的事，但是卻頗愉快的，一位友人因為記起吃苦茶的那句話，順便買了一包特種的茶葉拿來送我。這是我很熟的一個朋友，我感謝他的好意，可是這茶實在太苦，我終於沒有能夠多吃。

據朋友說這叫做苦丁茶。我去查書，只在日本書上查到一點，云系山茶科的常綠灌木，幹粗，葉亦大，長至三四寸，晚秋葉腋開白花，自生山地間，日本名曰唐茶（Tocha），一名龜甲茶，漢名皋蘆，亦云苦丁。趙學敏《本草拾遺》卷六云：

「角刺茶，出徽州。土人二三月採茶時兼採十大功勞葉，俗名老鼠刺，葉曰苦丁，和勻同炒，焙成茶，貨與尼庵，轉售富家婦女，云婦人服之終身不孕，為斷產第一妙藥也。每斤銀八錢。」案十大功勞與老鼠刺均系五加皮樹的別名，屬於五加科，又是落葉灌木，雖亦有苦丁之名，可以製茶，似與上文所說不是一物，況且友人也不說這茶喝了可以節育的。再查類書關於皋蘆卻有幾條，《廣州記》云：

「皋蘆，茗之別名，葉大而澀，南人以為飲。」又《茶經》有類似的話云：

「南方有瓜蘆木，亦似茗，至苦澀，取為屑茶飲亦可通夜不眠。」《南越志》則云：

「茗苦澀，亦謂之過羅。」此木蓋出於南方，不見經傳，皋蘆云云本系土俗名，各書記錄其音耳。但是這是怎樣的一種植物呢，書上都未說及，我只好從茶壺裡去拿出一片葉子來，彷彿制臘葉似的弄得乾燥平直了，仔細看時，我認得這乃是故鄉常種的一種墳頭樹，方言稱作枸樸樹的就是，葉長二寸，寬一寸二分，邊有細鋸齒，其形狀的確有點像龜殼。原來這可以泡茶吃的，雖然味大苦澀，不但我不能多吃，便是且將就齋主人也只喝了兩口，要求泡別的茶吃了。但是我很覺得有興趣，不知道在白菊花以外還有些什麼葉子可以當茶？《毛詩草木鳥獸蟲魚疏》「山有栲」一條下云：

「山樗生山中，與下田樗大略無異，葉似差狹耳，吳人以其葉為茗。」《五雜俎》卷十一云：

「以菉豆微炒，投沸湯中傾之，其色正綠，香味亦不減新茗，宿村中覓茗不得者可以此代。」此與現今炒黑豆作咖啡正是一樣，又云：

「北方柳芽初茁者採之入湯，云其味勝茶。曲阜孔林楷木其芽可烹。閩中佛手柑橄欖為湯，飲之清香，色味亦旗槍之亞也。」卷十《記孔林楷木》條下云：

「其芽香苦，可烹以代茗，亦可幹而茹之，即俗云黃連頭。」孔林吾未得瞻仰，不知楷木為何如樹，唯黃連頭則少時嘗茹之，且頗喜歡吃，以為有福建橄欖豉之風味也。關於以木芽代茶，《湖雅》卷二亦有二則云：

「桑芽茶，案山中有木俗名新桑荑，採嫩芽可代茗，非蠶所食之桑也。」

「柳芽茶，案柳芽亦採以代茗，嫩碧可愛，有色而無香味。」汪謝城此處所說與謝在杭不同，但不佞卻有點左袒汪君，因為其味勝茶的說法覺得不大靠得住也。

許多東西都可以代茶，咖啡等洋貨還在其外，可是我只感到好玩，有這些花樣，至於我自己還只覺得茶好，而且茶也以綠的為限，紅茶以至香片嫌其近於咖啡，這也別無多大道理，單因為從小在家裡吃慣本山茶葉耳。口渴了要喝水，水裡照例泡進茶葉去，吃慣了就成了規矩，如此而已。對於茶有什麼特別了解，賞識，哲學或主義麼？這未必然。一定喜歡苦茶，非苦的不喝麼？這也未必然。那麼為什麼詩裡那麼說，為什麼又叫做庵名，豈不是假話麼？那也未必然。今世雖不出家亦不打誑語。必要說明，還是去小學上找罷。吾友沈兼士先生有詩為證，題曰《又和一首自調》，此係後半首也：

端透於今變澄徹魚模自古讀歌麻

眼前一例君須記茶苦原來即苦茶

二十四年二月

買墨小記

我的買墨是壓根兒不足道的。不但不曾見過邵格之，連吳天章也都沒有，怎麼夠得上說墨，我只是買一點兒來用用罷了。我寫字多用毛筆，這也是我落伍之一，但是習慣了不能改，只好就用下去，而毛筆非墨不可，又只得買墨。本來墨汁是最便也最經濟的，可是膠太重，不知道用的什麼煙：難保沒有「化學」的東西，寫在紙上常要發青，寫稿不打緊，想要稍儲存的就很不合適了。買一錠半兩的舊墨，磨來磨去也可以用上一個年頭，古人有言，非人磨墨墨磨人，似乎感慨系之，我只引來表明墨也很禁用，並不怎麼不上算而已。

買墨為的是用，那麼一年買一兩半兩就夠了。這話原是不錯的，事實上卻不容易照辦，因為多買一兩塊留著玩玩也是人情之常。據閒人先生在《談用墨》中說，「油煙墨自光緒五年以前皆可用。」凌宴池先生的《清墨說略》，「墨至光緒二十年，或日十五年，可謂遭亙古未有之浩劫，蓋其時礦質之洋煙輸入，…… 墨法遂不可復問。」所以從實用上說，「光緒中葉」以前的製品大抵就夠我們常人之用了，實在我買的也不過光緒至道光的，去年買到幾塊道光乙未年的墨，整整是一百年，磨了也很細黑，覺得頗喜歡，至於乾嘉諸老還未敢請教也。這樣說來，墨又有什麼可玩的呢？道光以後的墨，其字畫雕刻去古益遠，殆無可觀也已。我這裡說玩玩者乃是別一方面，大概不在物而在人，亦不在工人而在主人，去墨本身已甚遠而近於收藏名人之著書矣。

我的墨裡最可記唸的是兩塊「曲園先生著書之墨」，這是民廿三春間我做那首「且到寒齋吃苦茶」的打油詩的時候平伯送給我的。墨的又一面是春在堂三字，印文曰程氏掬莊，邊款曰，光緒丁酉仲春鞠莊精選清煙。

其次是一塊圓頂碑式的松煙墨，邊款曰，鑒瑩齋珍藏。正面篆文一行云，同治九年正月初吉，背文曰，績溪胡甘伯會稽趙撝未校經之墨，分兩行寫，為趙手筆。趙君在《謫麟堂遺集》敘目中云：「歲在辛未，余方入都居同歲生胡甘伯寓屋，」即同治十年，至次年壬申而甘伯死矣。趙君有從弟為余表兄，鄉俗亦稱親戚，余生也晚，乃不及見。小時候聽祖父常罵趙益甫，與李蓴客在日記所罵相似，蓋諸公性情有相似處故反相剋也。

近日得一半兩墨，形狀凡近，兩面花邊作木器紋，題曰，會稽扁舟子著書之墨，背曰，徽州胡開文選煙，邊款云，光緒七年。扁舟子即范寅，著有《越諺》共五卷，今行於世。其《事言日記》第三冊中光緒四年戊寅紀事云：

「元旦，辛亥。巳初書紅，試新模扁舟子著書之墨，甚堅細而佳，唯新而膩，須俟三年後用之。」蓋即與此同型，唯此乃後年所制者耳。日記中又有丁丑十二月初八日條曰：

「陳槐亭曰，前月朔日營務處朱懋勛方伯明亮回省言，禹廟有聯繫范某撰書並跋者，梅中丞見而贊之，朱方伯保舉范寅能造輪船，中丞囑起稿云云，子有禹廟聯乎，果能造輪船乎？應曰，皆是也。」范君用水車法以輪進舟，而需多人腳踏，其後仍改用篙櫓，甲午前後曾在范君宅後河中見之，蓋已與普通的「四明瓦」無異矣。

前所云一百年墨共有八錠，篆文曰，墨緣堂書畫墨，背曰，蔡友石珍藏，邊款云，道光乙未年汪近聖造。又一枚稍小，篆文相同，背文兩行曰，一點如漆，百年如石，下云，友石清賞，邊款云，道光乙未年三月。甘實庵《白下瑣言》卷三云：

「蔡友石太僕世松精鑑別，收藏尤富，歸養家居，以書畫自娛，與人評論娓娓不倦。所藏名人墨跡，鉤摹上石，為墨緣堂帖，真信而好古矣。」此外在《金陵詞鈔》中見有詞幾首，關於蔡友石所知有限，今看見此墨卻便覺得非陌生人，彷彿有一種緣分也。貨布墨五枚，形與文均如之，背文二行曰，齋谷山人屬胡開文仿古，邊款云，光緒癸巳年春日。此墨蓋尋常，只因是刻《習苦齋畫絮》的惠年所造，故記之。又有墨二枚，無文字，唯上方橫行五字曰云龍舊衲制，據云亦是惠菱舫也。

又墨四錠，一面雙魚紋，中央篆書曰，大吉昌宜侯王，背作橋上望月圓，題曰湖橋鄉思。兩側隸書曰，故鄉親友勞相憶，丸作喻糜當尺鱗。仲儀所貽，蒼佩室制。疑是譚復堂所作，案譚君曾宦遊安徽，事或可能，但體制凡近，亦未敢定也。

墨緣堂墨有好幾塊，所以磨了來用，別的雖然較新，卻捨不得磨，只是放著看看而已。從前有人說買不起古董，得貨布及龜鶴齊壽錢，製作精好，可以當作小銅器看，我也曾這樣做，又蒐集過三五古磚，算是小石刻。這些墨原非佳品，總也可以當墨玩了，何況多是先哲鄉賢的手澤，豈非很好的小古董乎。我前作《骨董小記》，今更寫此，作為補遺焉。

廿五年二月十五日，於北平苦茶庵中

談養鳥

李笠翁著《閒情偶寄》頤養部行樂第一，「隨時即景就事行樂之法」下有看花聽鳥一款云：

花鳥二物，造物生之以媚人者也。既產嬌花嫩蕊以代美人，又病其不能解語，復生群鳥以佐之。此段心機竟與購覓紅妝，習成歌舞，飲之食之，教之誨之以媚人者，同一週旋之至也。而世人不知，目為蠢然一物，常有奇花過目而莫之睹，鳴禽悅耳而莫之聞者，至其捐資所買之侍妾，色不及花之萬一，聲僅竅鳥之緒餘，然而睹貌即驚，聞歌輒喜，為其貌似花而聲似鳥也。噫，貴似賤真，與葉公之好龍何異。予則不然。每值花柳爭妍之日，飛鳴鬥巧之時，必致謝洪鈞，歸功造物，無飲不奠，有食必陳，若善士信嫗之佞佛者，夜則後花而眠，朝則先鳥而起，唯恐一聲一色之偶遺也。及至鶯老花殘，輒快快如有所失，是我之一生可謂不負花鳥，而花鳥得予亦所稱一人知己死可無恨者乎。

又鄭板橋著《十六通家書》中，「濰縣署中與舍弟墨第二書」末有「書後又一紙」云：

所云不得籠中養鳥，而予又未嘗不愛鳥，但養之有道耳。欲養鳥莫如多種樹，使繞屋數百株，扶疏茂密，為鳥國鳥家，將旦時睡夢初醒，尚展轉在被，聽一片啁啾，如云門咸池之奏，又披衣而起，嗽口啜茗，見其揚翬振彩，倏往倏來，目不暇給，固非一籠一羽之樂而已。大率平生樂處欲以天地為囿，江漢為池，各適其天，斯為大快，比之盆魚籠鳥，其巨細仁忍何如也。

李鄭二君都是清代前半的明達人，很有獨得的見解，此二文也寫得好。笠翁多用對句八股調，文未免甜熟，卻頗能暢達，又間出新意奇語，人不能及，板橋則更有才氣，有時由透澈而近於誇張，但在這裡二人所說關於養鳥的話總之都是不錯的。近來看到一冊筆記抄本，是乾隆時人秦書田所著的《曝背餘談》，捲上也有一則云：

盆花池魚籠鳥，君子觀之不樂，以囚鎖之象寓目也。然三者不可概論。鳥之性情唯在林木，樊籠之與林木有天淵之隔，其為犴狴固無疑矣，至花之生也以土，魚之養也以水，江湖之水水也，池中之水亦水也，園囿之土土也，盆中之土亦土也，不過如人生同此居第少有廣狹之殊耳，似不為大拂其性。去籠鳥而存池魚盆花，願與體物之君子細商之。

三人中實在要算這篇說得頂好了，樸實而合於情理，可以說是儒家的一種好境界，我所佩服的《梵網戒疏》裡賢首所說「鳥身自為主」乃是佛教的，其徹底不徹底處正各有他的特色，未可輕易加以高下。抄本在此條下卻有硃批云：

「此條格物尚未切到，盆水豢魚，不繁易滄，亦大拂其性。且玩物喪志，君子不必待商也。」下署名曰於文叔。查《餘談》又有論種菊一則云：

李笠翁論花，於蓮菊微有軒輊，以藝菊必百倍人力而始肥大也。余謂凡花皆可藉以人力，而菊之一種止宜任其天然。蓋菊，花之隱逸者也，隱逸之侶正以蕭疏清癯為真，若以肥大為美，則是李勣之擇將，非左思之招隱矣，豈非失菊之性也乎。東籬主人，殆難屬其人哉，殆難屬其人哉。

其下有於文叔的硃批云：

「李笠翁金聖嘆何足稱引，以昔人代之可也。」於君不贊成盆魚，不為無見，唯其他思想頗謬，一筆抹殺笠翁聖嘆，完全露出正統派的面目。至於隨手抓住一句玩物喪志的咒語便來胡亂嚇唬人，尤為不成氣候，他的態度與《餘談》的作者正立於相反的地位，無怪其總是格格不入也。秦書田並不聞名，其意見卻多很高明，論菊花不附和笠翁固佳，論魚鳥我也都同意。十五年前我在西山養病時寫過幾篇《山中雜信》，第四信中有一節云：

「遊客中偶然有提著鳥籠的，我看了最不喜歡。我平常有一種偏見，以為作不必要的惡事的人比為生活所迫不得已而作惡者更為可惡，所以我憎惡蓄妾的男子，比那賣女為妾—因貧窮而吃人肉的父母，要加幾倍。對於提鳥籠的人的反感也是出於同一的淵源。如要吃肉，便吃罷了。（其實飛鳥的肉於養生上也並非必要。）如要賞玩，在他自由飛鳴的時候可以儘量的看或聽，何必關在籠裡，擎著走呢？我以為這同喜歡纏足一樣的是痛苦的賞鑒，是一種變態的殘忍的心理。」（十年七月十四日信。）那時候的確還年青一點，所以說的稍有火氣，比起上邊所引的諸公來實在慚愧差得太遠，但是根本上的態度總還是相近的。我不反對「玩物」，只要不大違反情理。至於「喪志」的問題我現在不想談，因為我乾脆不懂得這兩個字是怎麼講，須得先來確定他的界說才行，而我此刻卻又沒有工夫去查十三經註疏也。

談娛樂

我不是清教徒，並不反對有娛樂。明末謝在杭著《五雜組》卷二有云：

「大抵習俗所尚，不必強之，如競渡遊春之類，小民多有衣食於是者，損富家之羨鏹以度貧民之餬口，非徒無益有損比也。」

清初劉繼莊著《廣陽雜記》卷二云：

「余觀世之小人未有不好唱歌看戲者，此性天中之詩與樂也。未有不看小說聽說書者，此性天中之書與春秋也。未有不信占卜祀鬼神者，此性天中之易與禮也。聖人六經之教原本人情，而後之儒者乃不能因其勢而利導之，百計禁止遏抑，務以成周之芻狗茅塞人心，是何異塞川使之不流，無怪其決裂潰敗也。夫今之儒者之心為芻狗之所塞也久矣，而以天下大器使之為之，爰以圖治，不亦難乎。」

又清末徐仲可著《大受堂札記》卷五云：

「兒童與媪皆有歷史觀念。於何徵之？徵之於吾家。光緒丙申居蕭山，吾子新六方七齡，自塾歸，老傭趙餘慶於燈下告以戲劇所演古事如《三國志》、《水滸傳》等，新六聞之手舞足蹈。乙丑居上海，孫大春八齡，女孫大慶九齡大庚六齡，皆喜就楊媪王媪聽談話，所語亦戲劇中事。楊京兆人，謂之曰講古今；王紹興人，謂之曰說故事。三孩端坐傾聽，樂以忘寢。可於是知戲劇有啟牖社會之力，未可以淫盜之事導人入於歧途，且又知力足以延保母者之尤有益於兒童也。」

三人所說都有道理，徐君的話自然要算最淺，不過社會教育的普通話，劉君能看出六經的本相來，卻是絕大見識，這一方面使人知道民俗之重要性，別一方面可以少開儒者一流的茅塞，是很有意義的事。謝君談民間習俗而注意經濟問題，也很可佩服，這與我不贊成禁止社戲的意思相似，雖然我並不著重消費的方面，只是覺得生活應該有張弛，高攀一點也可以說不過是柳子厚《題毛穎傳》裡的有些話而已。

我所謂娛樂的範圍頗廣，自競渡遊春以至講古今，或坐茶店，站門口，嗑瓜子，抽旱煙之類，凡是生活上的轉換，非負擔而是一種享受者，都可算在裡邊。為得要使生活與工作不疲敝而有效率，這種休養是必要的。不過這裡似乎也不可不有個限制，正如在一切事上一樣，即是這必須是自由的，不，自己要自由，還要以他人的自由為界。娛樂也有自由，似乎有點可笑，其實卻並不然。娛樂原來也是嗜好，本應各有所偏愛，不會統一，所以正當的娛樂須是各人所最心愛的事，我們不能干涉人家。但人家亦不該來強迫我們非附和不可。我是不反對人家聽戲的，雖然這在我自己是所厭惡的東西之一，這個態度至少在最近二十年中一點沒有改變。其實就是說好唱歌看戲是性天中之詩與樂的劉繼莊，他的態度也未嘗不如此，如《廣陽雜記》卷二有云：

「飯後益冷，沽酒群飲，人各二三杯而止，亦皆醺然矣。飲訖，某某者忽然不見，詢之則知往東塔街觀劇矣。噫，優人如鬼，村歌如哭，衣服如乞兒之破絮，科諢如潑婦之罵街，猶有人焉沖寒而久立以觀之，則聲色之移人固有不關美好者矣。」

又卷三云：

「亦舟以優觴款予，劇演「玉連環」，楚人強作吳歈，醜拙至不可忍。予向極苦觀劇，今值此酷暑如焚，村優如鬼，兼之惡釀如藥，而主人之意則極誠且敬，必不能不終席，此生平之一劫也。」

劉君所厭棄者初看似是如鬼之優人，或者有上等聲色亦所不棄，但又云向極苦觀劇，則是性所不喜歡也。有人沖寒久立以觀潑婦之罵街，亦有人以優觴相款為生平一劫，於此可見物性不齊，不可勉強，務在處分得宜，趨避有道，皆能自得，斯為善耳。不佞對於廣陽子甚有同情，故多引用其語，差不多也就可以替我說話。不過他的運氣還比較的要好一點，因為那時只有人請他吃酒看戲，這也不會是常有的事，為敷衍主人計忍耐一下，或者還不很難，幾年裡碰見一兩件不如意事豈不是人生所不能免的麼。優觴我不曾遇著過，被邀往戲園裡去看當然是可能的，但我們可以謝謝不去，這就是上文所說還有避的自由也。譬如古今書籍浩如煙海，任人取讀，有些不中意的，如卑鄙的應制宣傳文，荒謬的果報錄，看不懂的詩文等，便可乾脆拋開不看，並沒人送到眼前來，逼著非讀不可。戲文是在戲園裡邊，正如鴉片是在某種國貨店裡，白麵在某種洋行裡一樣，喜歡的人可以跑去買，若是閉門家裡坐，這些貨色是不會從頂棚上自己掉下來的。現在的世界進了步了，我們的運氣便要比劉繼莊壞得多，蓋無線電盛行，幾乎隨時隨地把戲文及其他擅自放進人家裡來，吵鬧得著實難過，有時真使人感到道地的絕望。去年五月間我寫過一篇《北平的好壞》，曾講到這件事，有云：

「我反對舊劇的意見不始於今日，不過這只是我個人的意見，自己避開戲園就是了，本不必大聲疾呼，想去警世傳道，因為如上文所說，趣味感覺各人不同，往往非人力所能改變，固不特鴉片小腳為然也。但是現在情形有點不同了，自從無線電廣播發達以來，出門一望但見四面多是歪斜碎裂的竹竿，街頭巷尾充滿著非人世的怪聲，而其中以戲文為最多，簡直使人無所逃於天地之間，非硬聽京戲不可，此種壓迫實在比苛捐雜稅還要難受。」

我這裡只舉戲劇為例，事實上還有大鼓書，也為我所同樣的深惡痛絕的東西。本來我只在友人處聽過一回大鼓書，留聲機片也有兩張劉寶全的，並不覺得怎麼可厭。這一兩個月裡比鄰整夜的點電燈並開無線電，白天則全是大鼓書，我的耳朵裡充滿了野卑的聲音與單調的歌詞，猶如在頭皮上不斷的滴水，使我對於這有名的清口大鼓感覺十分的厭惡，只要聽到那崩崩的鼓聲，就覺得滿身不愉快。我真個服這種強迫的力量，能夠使一個人這樣確實的從中立轉到反對的方面去。這裡我得到兩個教訓的結論。宋季雅曰，百萬買宅，千萬買鄰。這的確是一句有經驗的話。孔仲尼曰，己所不欲，勿施於人。這句話雖好，卻還只有一半，己之所欲勿妄加諸人，也是同樣的重要。我願世人於此等處稍為吝嗇點，不要隨意以鐘鼓享愛居，庶幾亦是一種忠恕之道也。

二十六年六月二十三日於北平。

燈下讀書論

以前所做的打油詩裡邊，有這樣的兩首是說讀書的，今並錄於後。其辭曰：

飲酒損神茶損氣，讀書應是最相宜，聖賢已死言空在，手把遺編未忍披。

未必花錢逾黑飯，依然有味是青燈，偶逢一冊長恩閣，把卷沉吟過二更。

這是打油詩，本來嚴格的計較不得。我曾說以看書代吸紙煙，那原是事實，至於茶與酒也還是使用，並未真正戒除。書價現在已經很貴，但比起土膏來當然還便宜得不少。這裡稍有問題的，只是青燈之味到底是怎麼樣。古人詩云，青燈有味似兒時。出典是在這裡了，但青燈究竟是怎麼一回事呢？同類的字句有紅燈，不過那是說紅紗燈之流，是用紅東西糊的燈，點起火來整個是紅色的，青燈則並不如此，普通的說法總是指那燈火的光。蘇東坡曾云，紙窗竹屋，燈火青熒，時於此間，得少佳趣。這樣情景實在是很有意思的，大抵這燈當是讀書燈，用清油注瓦盞中令滿，燈芯作炷，點之光甚清寒，有青熒之意，宜於讀書，消遣世慮。其次是說鬼，鬼來則燈光綠，亦甚相近也。若蠟燭的火便不相宜，又燈火亦不宜有蔽障，光須裸露，相傳東坡夜讀佛書，燈花落書上燒卻一僧字，可知古來本亦如是也。至於用的是什麼油，大概也很有關係，平常多用香油即菜子油，如用別的植物油則光色亦當有殊異，不過這些迂論現在也可以不必多談了。總之這青燈的趣味在我們曾在菜油燈下看過書的人是頗能了解的，現今改用了電燈，自然便利得多了，可是這味道卻全不相同，雖然也可以裝上青藍的磁罩，使燈光變成青色，結果總不是一樣。所以青燈這字面在現代的詞章裡，無論是真詩或是諧詩，都要打個折扣，減去幾分顏色，這是無可如何的事，好在我這裡只是要說明燈右觀書的趣味，那些小問題都沒有什麼關係，無妨暫且按下不表。

聖賢的遺編自然以孔孟的書為代表，在這上邊或者可以加上老莊吧。長恩閣是大興傅節子的書齋名，他的藏書散出，我也收得了幾本，這原是很平常的事，不值得怎麼吹噓，不過這裡有一點特別理由。我有的一種是兩小冊抄本，題曰「明季雜誌」。傅氏很留心明末史事，看《華延年室題跋》兩卷中所記，多是這一類書，可以知道，今此冊只是隨手抄錄，並未成書，沒有多大價值，但是我看了頗有所感。明季的事去今已三百年，並鴉片洪楊義和團諸事變觀之，我輩即使不是能懼思之人，亦自不免沉吟，初雖把卷終亦掩卷，所謂過二更者乃是詩文裝點語耳。那兩首詩說的都是關於讀書的事，雖然不是鼓吹讀書樂，也總覺得消遣世慮大概以讀書為最適宜，可是結果還是不大好，大有越讀越懊惱之慨。蓋據我多年雜覽的經驗，從書裡看出來的結論只是這兩句話，好思想寫在書本上，一點兒都未實現過，壞事情在人世間全已做了，書本上記著一小部分。昔者印度賢人不惜種種布施，求得半偈，今我因此而成二偈，則所得不已多乎。至於意思或近於負的方面，既是從真實出來，亦自有理存乎其中，或當再作計較罷。

聖賢教訓之無用無力，這是無可如何的事，古今中外無不如此。英國陀生在講希臘的古代宗教與現代民俗的書中曾這樣的說過：

「希臘國民看到許多哲學者的升降，但總是隻抓住他們世襲的宗教。柏拉圖與亞利士多德，什諾與伊壁鳩魯的學說，在希臘人民上面，正如沒有這一回事一般。但是荷馬與以前時代的多神教卻是活著。」

史賓賽在寄給友人的信札裡，也說到現代歐洲的情狀：

「宣傳了愛之宗教將近二千年之後，憎之宗教還是很占勢力。歐洲住著二萬萬的外道，假裝著基督教徒，如有人願望他們照著他們的教旨行事，反要被他們所辱罵。」

上邊所說是關於希臘哲學家與基督教的，都是人家的事，若是講到孔孟與老莊，以至佛教，其實也正是一樣。在二十年以前寫過一篇小文，對於教訓之無用深致感慨，末後這樣的解說道：

「這實在都是真的。希臘有過梭格拉底，印度有過釋迦牟尼，中國有過孔子老子，他們都被尊崇為聖人，但是在現今的本國人民中間，他們可以說是等於不曾有過。我想這原是當然的，正不必代為無謂的悼嘆。這些偉人倘若真是不曾存在，我們現在當不知怎麼的更為寂寞，但是如今既有言行流傳，足供有知識與趣味的人的欣賞，那也就儘夠好了。」

這裡所說本是聊以解嘲的話，現今又已過了二十春秋，經歷增加了不少，卻是終未能就此滿足，固然也未必真是床頭摸索好夢似的，希望這些思想都能實現，總之在濁世中展對遺教，不知怎的很替聖賢感覺得很寂寞似的，此或者亦未免是多事，在我自己卻不無珍重之意。前致廢名書中曾經說及，以有此種悵惘，故對於人間世未能恝置，此雖亦是一種苦，目下卻尚不忍即捨去也。

《閉戶讀書論》是民國十七年冬所寫的文章，寫的很有點彆扭，不過自己覺得喜歡，因為裡邊主要的意思是真實的，就是現在也還是這樣。這篇論是勸人讀史的。要旨云：

「我始終相信二十四史是一部好書，他很誠懇地告訴我們過去曾如此，現在是如此，將來要如此。歷史所告訴我們的在表面的確只是過去，但現在與將來也就在這裡面了。正史好似人家祖先的神像，畫得特別莊嚴點，從這上面卻總還看得出子孫的面影，至於野史等更有意思，那是行樂圖小照之流，更充足的儲存真相，往往令觀者拍案叫絕，嘆遺傳之神妙。」

這不知道算是什麼史觀，叫我自己說明，此中實只有暗黑的新宿命觀，想得透澈時亦可得悟，在我卻還只是悵惘，即使不真至於懊惱。我們說明季的事，總令人最先想起魏忠賢客氏，想起張獻忠李自成，不過那也罷了，反正那些是太監是流寇而已。使人更不能忘記的是國子監生而請以魏忠賢配享孔廟的陸萬齡，東林而為閹黨又引清兵入閩的阮大鋮，特別是記起《詠懷堂詩》與《百子山樵傳奇》，更覺得這事的可怕。史書有如醫案，歷歷記著症候與結果，我們看了未必找得出方劑，可以去病除根，但至少總可以自肅自戒，不要犯這種的病，再好一點或者可以從這裡看出些衛生保健的方法來也說不定，我自己還說不出讀史有何所得，消極的警戒，人不可化為狼，當然是其一，積極的方面也有一二，如政府不可使民不聊生，如士人不可結社，不可講學，這後邊都有過很大的不幸做實證，但是正面說來只是老生常談，而且也就容易歸入聖賢的說話一類裡去，永遠是空言而已。說到這裡，兩頭的話又碰在一起，所以就算是完了，讀史與讀經子那麼便可以一以貫之，這也是一個很好的讀書方法罷。

古人勸人讀書，常說他的樂趣，如《四時讀書樂》所廣說，讀書之樂樂陶陶，至今暗誦起幾句來，也還覺得有意思。此外的一派是說讀書有利益，如云書中自有黃金屋，書中自有顏如玉，是升官發財主義的代表，便是唐朝做《原道》的韓文公教訓兒子，也說的這一派的話，在世間勢力之大可想而知。我所談的對於這兩派都夠不上，如要說明一句，或者可以說是為自己的教養而讀書吧。既無什麼利益，也沒有多大快樂，所得到的只是一點知識，而知識也就是苦，至少知識總是有點苦味的。古希伯來的傳道者說：

「我又專心察明智慧狂妄和愚昧，乃知這也是捕風，因為多有智慧就多有愁煩，加增知識就加增憂傷。」

這所說的話是很有道理的。但是苦與憂傷何嘗不是教養之一種，就是捕風也並不是沒有意思的事。我曾這樣的說：

「察明同類之狂妄和愚昧，與思索個人的老死病苦，一樣是偉大的事業。虛空盡由他虛空，知道他是虛空，而又偏去追跡，去察明，那麼這是很有意義的，這實在可以當得起說是偉大的捕風。」

這樣說來，我的讀書論也還並不真是如詩的表面上所顯示的那麼消極。可是無論如何，寂寞總是難免的，唯有能耐寂寞者乃能率由此道耳。

民國甲申，八月二日

愛竹

我對於植物的竹有一種偏愛，因此對於竹器也有特別的愛好。首先是竹榻，夏天涼颼颼的頂好睡，尤其赤著膊，唯一的缺點是竹條的細縫會得挾住了背上的「寒毛」，比蚊子咬還要痛。有一種竹汗衫，說起來有點相像，用長短粗細一定竹枝，穿成短衫，襯在衣服內，有隔汗的功用，也是很好的，也就是有夾肉的毛病。此外竹的用處，如筆，手杖，筷子，晾竿，種種編成的筐子、合子、簟席、凳椅，說不盡的各式器具。竹的服裝比較的少，除汗衫外，只有竹笠。我又從竹工專家的章福慶（「閏土」的父親）那裡看見過「竹屐」，這是他個人的發明，用半節毛竹釘在鞋底上，在下雨天穿了，同釘鞋一樣走路。不見有第二個人穿過，但他的嶄新的創意，這裡總值得加以紀錄的。

這時首先令人記憶起的，是宋人的一篇《黃岡竹樓記》。這是專講用竹子構造的房子，我因小時候的影響，所以很感得一種嚮往，不敢想得到這麼一所房子來住，對於多竹的地方總是覺得很可愛好的。用竹來建築，竹劈開一半，用作「水溜」，大概是頂好的，此外多少有些缺點，這便是竹的特點，它愛裂開，有很好的竹子本可做柱，因此就有了問題了。細的竹竿曬晾衣服又總有裂縫，除非是長久泡在水裡的「水竹管」，這才不會得開裂。假如有了一間好的竹房，卻到處都是裂縫，也是十分掃興的事，因此推想起來，這在事實上大抵是不可能的了。

不得已而思其次，是在有竹的背景裡，找這麼一個住房，便永遠與竹為鄰。竹的好處我曾經說過，因為它好看，而且有用。樹木好看的，特別是我主觀的選定的也並不少，有如楊柳、梧桐、棕櫚等皆是，只是用處較差，柳與桐等木材與棕皮都是有用的東西，可是比起竹來，還相形見絀，它們不能吃，就是沒有竹筍。愛竹的緣故說了一大篇，似乎是很「雅」，結果終於露出了馬腳，歸根結蒂是很俗的，為的愛吃筍。說起竹誰都喜愛，似乎這代表「南方」，黃河以南的人提到竹，差不多都感到一種「鄉愁」，但這嚴格的說來，也是很俗的鄉愁罷了。將來即使不能到處種竹，竹器和竹筍能利用交通工具，迅速運到，那末這種鄉愁也就不難消滅了。

南北的點心

中國地大物博，風俗與土產隨地各有不同，因為一直缺少人紀錄，有許多值得也是應該知道的事物，我們至今不能知道清楚，特別是關於衣食住的事項。我這裡只就點心這個題目，依據淺陋所知，來說幾句話，希望拋磚引玉，有旅行既廣、遊歷又多的同志們，從各方面來報匯出來，對於愛鄉愛國的教育，或者也不無小補吧。

我是浙江東部人，可是在北京住了將近四十年，因此南腔北調，對於南北情形都知道一點，卻沒有深厚的了解。據我的觀察來說，中國南北兩路的點心，根本性質上有一個很大的區別。簡單的下一句斷語，北方的點心是常食的性質，南方的則是閒食。我們只看北京人家做餃子餛飩麵總是十分茁實，餡絕不考究；面用芝麻醬拌，最好也只是炸醬；饅頭全是實心。本來是代飯用的，只要吃飽就好，所以並不求精。若是回過來走到東安市場，往五芳齋去叫了來吃，儘管是同樣名稱，做法便大不一樣，別說蟹黃包子，雞肉餛飩，就是一碗三鮮湯麵，也是精細鮮美的。可是有一層，這絕不可能吃飽當飯，一則因為價錢比較貴，二則昔時無此習慣。抗戰以後上海也有陽春麵，可以當飯了，但那是新時代的產物，在老輩看來，是不大可以為訓的。我母親如果在世，已有一百歲了，她生前便是絕對不承認點心可以當飯的，有時生點小毛病，不喜吃稻米飯，隨叫家裡做點餛飩或面來充饑，即使一天裡仍然吃過三回，她卻總說今天胃口不開，因為吃不下飯去，因此可以證明那餛飩和麵都不能算是飯。這種論斷，雖然有點兒近於武斷，但也可以說是有客觀的佐證，因為南方的點心是閒食，做法也是趨於精細鮮美，不取茁實一路的。上文五芳齋固然是很好的例子，我還可以再舉出南方做烙餅的方法來，更為具體，也有意思。我們故鄉是在錢塘江的東岸，那裡不常吃麵食，可是有烙餅這物事。這裡要注意的，是烙不讀作老字音，乃是「洛」字入聲，又名為山東餅，這證明原來是模仿大餅而作的，但是烙法卻大不相同了，鄉間賣餛飩麵和饅頭都分別有專門的店鋪，唯獨這烙餅只有攤，而且也不是每天都有，這要等待那裡有社戲，才有幾個擺在戲臺附近，供看戲的人買吃，價格是每個制錢三文，計油條價二文，蔥醬和餅只要一文罷了。做法是先將原本兩折的油條扯開，改作三折，在熬盤上烤焦，同時在預先做好的直徑約二寸，厚約一分的圓餅上，滿搽紅醬和辣醬，撒上蔥花，卷在油條外面，再烤一下，就做成了。它的特色是油條加蔥醬烤過，香辣好吃，那所謂餅只是包裹油條的東西，乃是客而非主，拿來與北方原來的大餅相比，厚大如茶盤，捲上黃醬與大蔥，大嚼一張，可供一飽，這裡便顯出很大的不同來了。

上邊所說的點心偏於麵食一方面，這在北方本來不算是閒食吧。此外還有一類幹點心，北京稱為餑餑，這才當作閒食，大概與南方並無什麼差別。但是這裡也有一點不同，據我的考察，北方的點心歷史古，南方的歷史新，古者可能還有唐宋遺制，新的只是明朝中葉吧。點心鋪招牌上有常用的兩句話，我想借來用在這裡，似乎也還適當，北方可以稱為「官禮茶食」，南方則是「嘉湖細點」。

我們這裡且來作一點繁瑣的考證，可以多少明白這時代的先後。查清顧張思的《土風錄》卷六，「點心」條下云：「小食日點心，見《吳曾漫錄》。唐鄭

為江淮留後，家人備夫人晨饌，夫人謂其弟曰：『治妝未畢，我未及餐，爾且可點心』俄而女僕請備夫人點心，

詬曰：『適已點心，今何得又請！』由此可知點心古時即是晨饌。同書又引周輝《北轅錄》云：「盥洗冠櫛畢，點心已至。」後文說明點心中饅頭餛飩包子等，可知說的是水點心，在唐朝已有此名了。茶食一名，據《土風錄》云：「幹點心曰茶食，見宇文懋《昭金志》：『婿先期拜門，以酒饌往，酒三行，進大軟脂小軟脂，如中國寒具，又進蜜糕，人各一盤，曰茶食。』《北轅錄》云：『金國宴南使，未行酒，先設茶筵。進茶一盞，謂之茶食。』」茶食是喝茶時所吃的，與小食不同，大軟脂，大抵有如蜜麻花，蜜糕則明系蜜餞之類了。從文獻上看來，點心與茶食兩者原有區別，性質也就不同，但是後來早已混同了。本文中也就混用，那招牌上的話也只是利用現代文句，茶食與細點作同意語看，用不著再分析了。

我初到北京來的時候，隨便在餑餑鋪買點東西吃，覺得不大滿意，曾經埋怨過這個古都市，積聚了千年以上的文化歷史，怎麼沒有做出些好吃的點心來。老實說，北京的大八件小八件，儘管名稱不同，吃起來不免單調，正和五芳齋的前例一樣，東安市場內的稻香村所做的南式茶食，並不齊備，但比起來也顯得花樣要多些了。過去時代，皇帝向在京裡，他的享受當然是很豪華的，卻也並不曾創造出什麼來，北海公園內舊有「仿膳」，是前清御膳房的做法，所做小點心，看來也是平常，只是做得小巧一點而已。南方茶食中有些東西，是小時候熟悉的，在北京都沒有，也就感覺不滿足，例如糖類的酥糖、麻片糖、寸金糖，片類的云片糕、椒桃片、松仁片，軟糕類的松子糕、棗

子糕、蜜仁糕、桔紅糕等。此外有纏類，如松仁纏、核桃纏，乃是在乾果上包糖，算是上品茶食，其實倒並不怎麼好吃。南北點心粗細不同，我早已注意到了，但這是怎麼一個系統，為什麼有這差異？那我也沒有法子去查考，因為孤陋寡聞，而且關於點心的文獻，實在也不知道有什麼書籍。但是事有湊巧，不記得是哪一年，或者什麼原因了，總之見到幾件北京的舊式點心，平常不大碰見，樣式有點別緻的，這使我忽然大悟，心想這豈不是在故鄉見慣的「官禮茶食」麼？故鄉舊式結婚後，照例要給親戚本家分「喜果」，一種是乾果，計核桃、棗子、松子、榛子，講究的加荔枝、桂圓。又一種是幹點心，記不清它的名字。查范寅《越諺》飲食門下，記有金棗和瓏纏豆兩種，此外我還記得有佛手酥、菊花酥和蛋黃酥等三種。這種東西，平時不通銷，店鋪裡也不常備，要結婚人家訂購才有，樣子雖然不差，但材料不大考究，即使是可以吃得的佛手酥，也總不及紅綾餅或梁湖月餅，所以喜果送來，只供小孩們胡亂吃一陣，大人是不去染指的。可是這類喜果卻大抵與北京的一樣，而且結婚時節非得使用不可。云片糕等雖是比較要好，卻是絕不使用的。這是什麼理由？這一類點心是中國舊有的，歷代相承，使用於結婚儀式。一方面時勢轉變，點心上發生了新品種，然而一切儀式都是守舊的，不輕易容許改變，因此即使是送人的喜果，也有一定的規矩，要定做現今市上不通行了的物品來使用。同是一類茶食，在甲地尚在通行，在乙地已出了新的品種，只留著用於「官禮」，這便是南北點心情形不同的緣因了。

上文只說得「官禮茶食」，是舊式的點心，至今流傳於北方。至於南方點心的來源，那還得另行說明。「嘉湖細點」這四個字，本是招牌和仿單上的口頭禪，現在正好借用過來，說明細點的起源。

因為據我的了解，那時期當為前明中葉，而地點則是東吳西浙，嘉興湖州正是代表地方。我沒有文書上的數據，來證明那時吳中飲食豐盛奢華的情形，但以近代蘇州飲食風靡南方的事情來作比，這裡有點類似。明朝自永樂以來，政府雖是設在北京，但文化中心一直還是在江南一帶。那裡官紳富豪生活奢侈，茶食一類也就發達起來。就是水點心，在北方作為常食的，也改作得特別精美，成為以賞味為目的的閒食了。這南北兩樣的區別，在點心上存在得很久，這裡固然有風俗習慣的關係，一時不易改變；但在「百花齊放」的今日，這至少該得有一種進展了吧。其實這區別不在於質而只是量的問題，換一句話即是做法的一點不同而已。我們前面說過，家庭的雞蛋炸醬麵與五芳齋的三鮮湯麵，固然是一例。此外則有大塊粗製的窩窩頭，與「仿膳」的一碟十個的小窩窩頭，也正是一樣的變化。北京市上有一種愛窩窩，以江米煮飯搗爛（即是餈粑）為皮，中裹糖餡，如元宵大小。李光庭在《鄉言解頤》中說明它的起源云：相傳明世中官有嗜之者，因名御愛窩窩，今但曰愛而已。這裡便是一個例證，在明清兩朝裡，窩窩頭一件食品，便發生了兩個變化了。本來常食閒食，都有一定習慣，不易輕輕更變，在各處都一樣是閒食的幹點心則無妨改良一點做法，做得比較精美，在人民生活水平日益提高的現在，這也未始不是切合實際的事情吧。國內各地方，都富有不少有特色的點心，就只因為地域所限，外邊人不能知道，我希望將來不但有人多多報導，而且還同土產果品一樣，陸續輸到外邊來，增加人民的口福。

一九五六年七月二十七日

故鄉的野菜

我的故鄉不止一個，我住過的地方都是故鄉。故鄉對於我並沒有什麼特別的情分，只因釣於斯遊於斯的關係，朝夕會面，遂成相識，正如鄉村裡的鄰舍一樣，雖然不是親屬，別後有時也要想唸到他。我在浙東住過十幾年，南京東京都住過六年，這都是我的故鄉；現在住在北京，於是北京就成了我的家鄉了。

日前我的妻往西單市場買菜回來，說起有薺菜在那裡賣著，我便想起浙東的事來。薺菜是浙東人春天常吃的野菜，鄉間不必說，就是城裡只要有後園的人家都可以隨時採食，婦女小兒各拿一把剪刀一隻「苗籃」，蹲在地上搜尋，是一種有趣味的遊戲的工作。那時小孩們唱道，「薺菜馬蘭頭，姊姊嫁在後門頭。」後來馬蘭頭有鄉人拿來進城售賣了，但薺菜還是一種野菜，須得自家去採。關於薺菜向來頗有風雅的傳說，不過這似乎以吳地為主。《西湖遊覽志》云：「三月三日男女皆戴薺菜花。諺云，三春戴薺花，桃李羞繁華。」顧祿的《清嘉錄》上亦說，「薺菜花俗呼野菜花，因諺有三月三螞蟻上竈山之語，三日人家皆以野菜花置竈陘上，以厭蟲蟻。侵晨村童叫賣不絕。或婦女簪髻上以祈清目，俗號眼亮花。」但浙東人卻不很理會這些事情，只是挑來做菜或炒年糕吃罷了。

黃花麥果通稱鼠麴草，系菊科植物，葉小，微圓互生，表面有白毛，花黃色，簇生梢頭。春天採嫩葉，搗爛去汁，和粉作糕，稱黃花麥果糕。小孩們有歌讚美之云：

黃花麥果韌結結，

關得大門自要吃，
半塊拿弗出，一塊自要吃。

清明前後掃墓時，有些人家——大約是儲存古風的人家——用黃花麥果作供，但不作餅狀，做成小顆如指頂大，或細條如小指，以五六個作一攢，名曰繭果，不知是什麼意思，或因蠶上山時設祭，也用這種食品，故有是稱，亦未可知。自從十二三歲時外出不參與外祖家掃墓以後，不復見過繭果，近來住在北京，也不再見黃花麥果的影子了。日本稱作「御形」，與薺菜同為春天的七草之一，也採來做點心用，狀如艾餃，名曰「草餅」，春分前後多食之，在北京也有，但是吃去總是日本風味，不復是兒時的黃花麥果糕了。

掃墓時候所常吃的還有一種野菜，俗名草紫，通稱紫雲英。農人在收穫後，播種田內，用作肥料，是一種很被賤視的植物，但採取嫩莖瀹食，味頗鮮美，似豌豆苗。花紫紅色，數十畝接連不斷，一片錦繡，如鋪著華美的地毯，非常好看，而且花朵狀若胡蝶，又如雞雛，尤為小孩所喜。間有白色的花，相傳可以治痢，很是珍重，但不易得。日本《俳句大辭典》云，「此草與蒲公英同是習見的東西，從幼年時代便已熟識。在女人裡邊，不曾採過紫雲英的人，恐未必有罷。」中國古來沒有花環，但紫雲英的花球卻是小孩常玩的東西，這一層我還替那些小人們欣幸的。浙東掃墓用鼓吹，所以少年們常隨了樂音去看「上墳船裡的姣姣」；沒有錢的人家雖沒有鼓吹，但是船頭上篷窗下總露出些紫雲英和杜鵑的花束，這也就是上墳船的確實的證據了。

選自《雨天的書》，北京北新書局 1925 年版。

蒼蠅

蒼蠅不是一件很可愛的東西，但我們在做小孩子的時候都有點喜歡他。我同兄弟常在夏天乘大人們午睡，在院子裡棄著香瓜皮瓤的地方捉蒼蠅——蒼蠅共有三種，飯蒼蠅太小，麻蒼蠅有蛆太髒，只有金蒼蠅可用。金蒼蠅即青蠅，小兒謎中所謂「頭戴紅纓帽身穿紫羅袍」者是也。我們把他捉來，摘一片月季花的葉，用月季的刺釘在背上，便見綠葉在桌上蠕蠕而動，東安市場有賣紙制各色小蟲者，標題云「蒼蠅玩物」，即是同一的用意。我們又把他的背豎穿在細竹絲上，取燈心草一小段放在腳的中間，也便上下顛倒的舞弄，名曰「嬉棍」；又或用白紙條纏在腸上縱使飛去，但見空中一片片的白紙亂飛，很是好看。倘若捉到一個年富力強的蒼蠅，用快剪將頭切下，他的身子便仍舊飛去。希臘路吉亞諾思（Lukianos）的《蒼蠅頌》中說：「蒼蠅在被切去了頭之後，也能生活好些時光，」大約二千年前的小孩已經是這樣的玩耍的了。

我們現在受了科學的洗禮，知道蒼蠅能夠傳染病菌，因此對於他們很有一種惡感。三年前臥病在醫院時曾作有一首詩，後半云：

「大小一切的蒼蠅們，
美和生命的破壞者，
中國人的好朋友的蒼蠅們呵，

我詛咒你的全滅，
用了人力以外的
最黑最黑的魔術的力。」

但是實際上最可惡的還是他的別一種壞癖氣，便是喜歡在人家的顏面手腳上亂爬亂舔，古人雖美其名曰「吸美」，在被吸者卻是極不愉快的事。希臘有一篇傳說說明這個緣起，頗有趣味。據說蒼蠅本來是一個處女，名叫默亞（Muia），很是美麗，不過太喜歡說話。她也愛那月神的情人恩迭米盎（Endymion），當他睡著的時候，她總還是和他講話或唱歌，弄得他不能安息，因此月神發怒，把她變成蒼蠅。以後她還是紀念著恩迭米盎，不肯叫人家安睡，尤其是喜歡攪擾年青的人。

蒼蠅的固執與大膽，引起好些人的讚歎。訶美洛思（Homeros）在史詩中嘗比勇士於蒼蠅，他說，雖然你趕他去，他總不肯離開你，一定要叮你一口方才罷休。又有詩人云，那小蒼蠅極勇敢地跳在人的肢體上，渴欲飲血，戰士卻躲避敵人的刀鋒，真可羞了。我們僥倖不大遇見渴血的勇士，但勇敢地攻上來舐我們的頭的卻常常遇到。法勃耳（Febre）的《昆蟲記》裡說有一種蠅，乘土蜂負蟲入穴之時，下卵於蟲內，後來蠅卵先出，把死蟲和蜂卵一併吃下去。他說這種蠅的行為好像是一個紅巾黑衣的暴客在林中襲擊旅人，但是他的慓悍敏捷的確也可佩服，倘使希臘人知道，或者可以拿去形容阿迭修思（Odysseus）一流的狡獪英雄罷。

中國古來對於蒼蠅似乎沒有什麼反感。《詩經》裡說：「營營青蠅，止於樊。豈弟君子，無信讒言。」又云：「非雞則鳴，蒼蠅之聲。」據陸農師說，青蠅善亂色，蒼蠅善亂聲，所以是這樣說法。

傳說裡的蒼蠅，即使不是特殊良善，總之絕不比別的昆蟲更為卑惡。在日本的俳諧中則蠅成為普通的詩料，雖然略帶湫穢的氣色，但很能表現出溫暖熱鬧的境界。小林一茶更為奇特，他同聖芳濟一樣，以一切生物為弟兄朋友，蒼蠅當然也是其一。檢閱他的俳句選集，詠蠅的詩有二十首之多，今舉兩首以見一斑。一云：

「笠上的蒼蠅，比我更早地飛進去了。」

這詩有題曰《歸庵》。又一首云：

「不要打哪，蒼蠅搓他的手，搓他的腳呢。」

我讀這一句，常常想起自己的詩覺得慚愧，不過我的心情總不能達到那一步，所以也是無法。《埤雅》云：「蠅好交其前足，有絞蠅之象……亦好交其後足。」這個描寫正可作前句的註解。又紹興小兒謎語歌云：「像烏豇豆格烏，像烏豇豆格粗，堂前當中央，坐得拉鬍鬚。」也是指這個現象。（格猶云「的」，坐得即「坐著」之意。）

據路吉亞諾思說，古代有一個女詩人，慧而美，名叫默亞，又有一個名妓也以此為名，所以滑稽詩人有句云：「默亞咬他直達他的心房。」中國人雖然永久與蒼蠅同桌吃飯，卻沒有人拿蒼蠅作為名字，以我所知只有一二人被用為諢名而已。

十三年七月

苦雨

伏園兄：

北京近日多雨，你在長安道上不知也遇到否，想必能增你旅行的許多佳趣。雨中旅行不一定是很愉快的，我以前在杭滬車上時常遇雨，每感困難，所以我於火車的雨不能感到什麼興味，但臥在烏篷船裡，靜聽打篷的雨聲，加上欸乃的櫓聲，以及「靠塘來，靠下去」的呼聲，卻是一種夢似的詩境。倘若更大膽一點，仰臥在腳划小船內，冒雨夜行，更顯出水鄉住民的風趣，雖然較為危險，一不小心，拙劣地轉一個身，便要使船底朝天。二十多年前往東浦弔先父的保母之喪，歸途遇暴風雨，一葉扁舟在白鵝似的波浪中間滾過大樹港，危險極也愉快極了。我大約還有好些「為魚」時候——至少也是斷髮紋身時候的脾氣，對於水頗感到親近，不過北京的泥塘似的許多「海」實在不很滿意，這樣的水沒有也並不怎麼可惜。你往「陝半天」去似乎要走好兩天的準沙漠路，在那時候倘若遇見風雨，大約是很舒服的，遙想你胡坐騾車中，在大漠之上，大雨之下，喝著四打之內的汽水，悠然進行，可以算是「不亦快哉」之一。但這只是我的空想，如詩人的理想一樣也靠不住，或者你在騾車中遇雨，很感困難，正在叫苦連天也未可知，這須等你回京後問你再說了。

我住在北京，遇見這幾天的雨，卻叫我十分難過。北京向來少雨，所以不但雨具不很完全，便是家屋構造，於防雨亦欠周密。除了真正富翁以外，很少用實堆磚牆，大抵只用泥牆抹灰敷衍了事。近來天氣轉變，南方酷寒而北方淫雨，因此兩方面的建築上都露出缺陷。一星期前的雨把後園的西牆淋坍，第二天就有「樑上君子」來摸索北房的鐵絲窗，從次日起趕緊邀了七八位匠人，費兩天工夫，從頭改築，已經成功十分八九，總算可以高枕而臥，前夜的雨卻又將門口的南牆衝倒二三丈之譜。這回受驚的可不是我了，乃是川島君「佢們」倆，因為「樑上君子」如再見光顧，一定是去躲在「佢們」的窗下竊聽的了。為清除「佢們」的不安起見，一等天氣晴正，急須大舉地修築，希望日子不至於很久，這幾天只好暫時拜託川島君的老弟費神代為警護罷了。

前天十足下了一夜的雨，使我夜裡不知醒了幾遍。北京除了偶然有人高興放幾個爆仗以外，夜裡總還安靜，那樣嘩喇嘩喇的雨聲在我的耳朵裡已經不很聽慣，所以時常被它驚醒，就是睡著也彷彿覺得耳邊黏著麵條似的東西，睡的很不痛快。還有一層，前天晚間據小孩們報告，前面院子裡的積水已經離臺階不及一寸，夜裡聽著雨聲，心裡胡裡胡塗地總是想水已上了臺階，浸入西邊的書房裡了。好容易到了早上五點鐘，赤腳撐傘，跑到西屋一看，果然不出所料，水浸滿了全屋，約有一寸深淺，這才嘆了一口氣，覺得放心了；倘若這樣興高采烈地跑去，一看卻沒有水，恐怕那時反覺得失望，沒有現在那樣的滿足也說不定。幸而書籍都沒有溼，雖然是沒有什麼價值的東西，但是溼成一餅一餅的紙糕，也很是不愉快。現今水雖已退，還留下一種漲過大水後的普通的臭味，固然不能留客坐談，就是自己也不能在那裡寫字，所以這封信是在裡邊炕桌上寫的。

這回大雨，只有兩種人最喜歡。第一是小孩們。他們喜歡水，卻極不容易得到，現在看見院子裡成了河，便成群結隊的去「蹚河」去。赤了足伸到水裡去，實在很有點冷，但是他們不怕，下到水裡還不肯上來。大人見小孩們玩的很有趣，也一個兩個地加入，但是成績卻不甚佳，那一天裡滑倒了三個人，其中兩個都是大人——其一為我的兄弟，其一是川島君。第二種喜歡下雨的則為蝦蟆。從前同小孩們往高亮橋去釣魚釣不著，只捉了好些蝦蟆，有綠的，有花條的，拿回來都放在院子裡，平常偶叫幾聲，在這幾天裡便整日叫喚，或者是荒年之兆吧，卻極有田村的風味。有許多耳朵皮嫩的人，很惡喧囂，如麻雀蝦蟆或蟬的叫聲，凡足以妨礙他們的甜睡者，無一不深惡而痛絕之。大有滅此而午睡之意，我覺得大可以不必如此，隨便聽聽都是很有趣味的，不但是這些久成詩料的東西，一切鳴聲其實都可以聽。蝦蟆在水田裡群叫，深夜靜聽，往往變成一種金屬音，很是特別，又有時彷彿是狗叫，古人常稱蛙蛤為吠，大約是從實驗而來。我們院子裡的蝦蟆現在只見花條的一種，它的叫聲更不漂亮，只是格格格這個叫法，可以說是革音，平常自一聲至三聲，不會更多，唯在下雨的早晨，聽它一口氣叫上十二三聲，可見它是實在喜歡極了。

這一場大雨恐怕在鄉下的窮朋友是很大的一個不幸，但是我不曾親見，單靠想像是不中用的，所以我不去虛偽地代為悲嘆了。倘若有人說這所記的只是個人的事情，於人生無益，我也承認，我本來只想說個人私事，此外別無意思。今天太陽已經出來，傍晚可以出外去遊嬉，這封信也就不再寫下去了。

我本等著看你的秦遊記，現在卻由我先寫給你看，這也可以算是「意表之外」的事吧。

十三年七月十七日在京城書。

金魚

草木蟲魚之一

我覺得天下文章共有兩種，一種是有題目的，一種是沒有題目的。普通做文章大都先有意思，卻沒有一定的題目，等到意思寫出了之後，再把全篇總結一下，將題目補上。這種文章裡邊似乎容易出些佳作，因為能夠比較自由地發表，雖然後寫題目是一件難事，有時竟比寫本文還要難些。但也有時候，思想散亂不能集中，不知道寫什麼好，那麼先定下一個題目，再做文章，也未始沒有好處，不過這有點近於賦得，很有做出試帖詩來的危險罷了。偶然讀英國密倫（A. A. Milne）的小品文集，有一處曾這樣說，有時排字房來催稿，實在想不出什麼東西來寫，只好聽天由命，翻開字典，隨手抓到的就是題目。有一回抓到金魚，結果果然有一篇金魚收在集裡。我想這倒是很有意思的事，也就來一下子，寫一篇金魚試試看，反正我也沒有什麼非說不可的大道理，要儘先發表，那麼來做賦得的詠物詩也是無妨，雖然並沒有排字房催稿的事情。

說到金魚，我其時是很不喜歡金魚的，在豢養的小動物裡邊，我所不喜歡的，依著不喜歡的程度，其名次是叭兒狗，金魚，鸚鵡。鸚鵡身上穿著大紅大綠，滿口怪聲，很有野蠻氣，叭兒狗的身體固然太小，還比不上一隻貓，（小學教科書上卻還在說，貓比狗小，狗比貓大！）而鼻子尤其聳得難過。我平常不大喜歡聳鼻子的人，雖然那是人為的，暫時的，把鼻子聳動，並沒有永久的將它縮作一堆。人的臉上固然不可沒有表情，但我想只要淡淡地表示就好，譬如微微一笑，或者在眼光中露出一種感情，——自然，戀愛與死等可以算是例外，無妨有較強烈的表示，但也似乎不必那樣掀起鼻子，露出牙齒，彷彿是要咬人的樣子。這種嘴臉只好放到影戲裡去，反正與我沒有關係，因為二十年來我不曾看電影。然而金魚恰好兼有叭兒狗與鸚鵡二者的特點，它只是不用長繩子牽了在貴夫人的裙邊跑，所以減等發落，不然這第一名恐怕準定是它了。

我每見金魚一團肥紅的身體，突出兩隻眼睛，轉動不靈地在水中游泳，總會聯想到中國的新嫁娘，身穿紅布襖褲，紮著褲腿，拐著一對小腳伶俜地走路。我知道自己有一種毛病，最怕看真的，或是類似的小腳。十年前曾寫過一篇小文曰《天足》，起頭第一句云：「我最喜歡看見女人的天足，」曾蒙友人某君所賞識，因為他也是反對「務必腳小」的人，我倒並不是怕做野蠻，現在的世界正如美國洛威教授的一本書名，誰都有「我們是文明麼」的疑問，何況我們這道統國，剮呀割呀都是常事，無論個人怎麼努力，這個野蠻的頭銜休想去掉，實在凡是稍有自知之明，不是誇大狂的人，恐怕也就不大有想去掉的這種野心與妄想。小腳女人所引起的另一種感想乃是殘廢，這是極不愉快的事，正如駝背或脖子上掛著一個大瘤，假如這是天然的，我們不能說是嫌惡，但總之至少不喜歡看總是確實的了。有誰會賞鑒駝背或大瘤呢？金魚突出眼睛，便是這一類的現象。另外有叫做緋鯉的，大約是它的表兄弟罷，一樣的穿著大紅棉襖，只是不開衩，眼睛也是平平地裝在腦袋瓜兒裡邊，並不比平常的魚更為鼓出，因此可見金魚的眼睛是一種殘疾，無論碰在水草上時容易戳瞎烏珠，就是平常也一定近視的了不得，要吃饅頭末屑也不大方便罷。照中國人喜歡小腳的常例推去，金魚之愛可以說宜乎眾矣，但在不佞實在是兩者都不敢愛，我所愛的還只是平常的魚而已。

想像有一個大池，——池非大不可，須有活水，池底有種種水草才行，如從前碧云寺的那個石池，雖然老實說起來，人造的死海似的水窪都沒有多大意思，就是三海也是俗氣寒傖氣，無論這是哪一個大皇帝所造，因為皇帝壓根兒就非俗惡粗暴不可，假如他有點兒懂得風趣，那就得亡國完事，至於那些俗惡的朋友也會亡國，那是另一回事。如今話又說回來，一個大池，裡邊如養著魚，那最好是天空或水的顏色的，如鯽魚，其次是鯉魚。我這樣的分等級，好像是以肉的味道為標準，其實不然。我想水裡游泳著的魚應當是暗黑色的才好，身體又不可太大，人家從水上看下去，窺探好久，才看見隱隱的一條在那裡，有時或者簡直就在你的鼻子前面，等一忽兒卻又不見了，這比一件紅鬈鬈的東西漸漸地近攏來，好像望那西湖裡的廣告船，（據說是點著紅燈籠，打著鼓，）隨後又漸漸地遠開去，更為有趣得多。鯽魚便具備這種資格，鯉魚未免個兒太大一點，但他是要跳龍門去的，這又難怪他。此外有些白鰷，細長銀白的身體，遊來游去，彷彿是東南海邊的泥☒龍船，有時候不知為什麼事出了驚，撥刺地翻身即逝，銀光照眼，也能增加水界的活氣。在這樣地方，無論是金魚，就是平眼的緋鯉，也是不適宜的。紅襖褲的新嫁娘，如其腳是小的，那隻好就請她在炕上爬或坐著，即使不然，也還是坐在房中，在油漆氣藝香或花露水氣中，比較地可以得到一種調和，所以金魚的去處還是富貴人家的繡房，浸在五彩的磁缸中，或是玻璃的圓球裡，去和叭兒狗與鸚鵡做伴侶罷了。

幾個月沒有寫文章，天下的形勢似乎已經大變了，有志要做新文學的人，非多講某一套話不容易出色。我本來不是文人，這些時式的變遷，好歹於我無干，但以旁觀者的地位看去，我倒是覺得可以贊成的。為什麼呢？文學上永久有兩種潮流，言志與載道。二者之中，則載道易而言志難。我寫這篇賦得金魚，原是有題目的文章，與帖括有點相近，蓋已少言志而多載道歟。我雖未敢自附於新文學之末，但自己覺得頗有時新的意味，故附記於此，以志作風之轉變云耳。

十九年三月十日

蝨子

草木蟲魚之二

偶讀羅素所著的《結婚與道德》，第五章講中古時代思想的地方，有這一節話：

「那時教會攻擊洗浴的習慣，以為凡使肉體清潔可愛好者皆有發生罪惡之傾向。骯髒不潔是被讚美，於是聖賢的氣味變成更為強烈了，聖保拉說，身體與衣服的潔淨，就是靈魂的不淨。蝨子被稱為神的明珠，爬滿這些東西是一個聖人的必不可少的記號。」我記起我們東方文明的選手故辜鴻銘先生來了，他曾經禮讚過不潔，說過相仿的話，雖然我不能知道他有沒有把蝨子包括在內，或者特別提出來過。但是，即是辜先生不曾有什麼頌詞，蝨子在中國文化歷史上的位置也並不低，不過這似乎只是名流的裝飾，關於古聖先賢還沒有文獻上的證明罷了。晉朝的王猛的名譽，一半固然在於他的經濟的事業，他的捉蝨子這一件事恐怕至少也要居其一半。到了二十世紀之初，梁任公先生在橫濱辦《新民叢報》，那時有一位重要的撰述員，名叫捫蝨談虎客，可見這個還很時髦，無論他身上是否真有那晉朝的小動物。

洛威（R. H. Lowie）博士是舊金山大學的人類學教授，近著一本很有意思的通俗書《我們是文明麼》，其中有好些可以供我們參考的地方。第十章講衣服與時裝，他說起十八世紀時婦女梳了很高的髻，有些矮的女子，她的下巴頦兒正在頭頂到腳尖的中間。在下文又說道：

「宮裡的女官坐車時只可跪在臺板上，把頭伸在窗外，她們跳著舞，總怕頭碰了掛燈。重重撲粉厚厚襯墊的三角塔終於滿生了蝨子，很是不舒服，但西歐的時風並不就廢止這種時裝。結果發明了一種象牙鉤釵，拿來搔癢，算是很漂亮的。」第二十一章講衛生與醫藥，又說到「十八世紀的太太們的頭上成群的養著蝨子。」又舉例說明道：

「一二三九三年，一個法國著者教給他美麗的讀者六個方法，治她們的丈夫的跳蚤。一五三九年出版的一本書列有奇效方，可以除滅跳蚤，蝨子，蝨卵，以及臭蟲。」照這樣看來，不但證明「西洋也有臭蟲」，更可見貴夫人的青絲上也滿生過蝨子。在中國，這自然更要普遍了，褚人獲編《堅瓠集》丙集卷三有一篇《須蝨頌》，其文曰：

「王介甫王禹玉同侍朝，見蝨自介甫襦領直緣其須，上顧而笑，介甫不知也。朝退，介甫問上笑之故，禹玉指以告，介甫命從者去之。禹玉曰，未可輕去，願頌一言。介甫曰，何如？禹玉曰，屢遊相須，曾經御覽，未可殺也，或曰放焉。眾大笑。」我們的荊公是不修邊幅的，有一個半個小蟲在鬍鬚上爬，原算不得是什麼奇事，但這卻令我想起別一件軼事來，據說徽宗在五國城，寫信給舊臣道，「朕身上生蟲，形如琵琶。」照常人的推想，皇帝不認識蝨子，似乎在情理之中，而且這樣傳說，幽默與悲感混在一起，也頗有意思，但是參照上文，似乎有點不大妥帖了。宋神宗見了蝨子是認得的，到了徽宗反而退步，如果屬實，可謂不克繩其祖武了。《堅瓠集》中又有一條《恆言》，內分兩節如下：

「張磊塘善清言，一日赴徐文貞公席，食鯧魚鰉魚。庖人誤不置醋。張云，倉皇失措。文貞腰捫一蝨，以齒斃之，血濺齒上。張云，大率類此。文貞亦解頤。」

「清客以齒斃蝨有聲，妓哂之。頃妓亦得蝨，以添香置爐中而爆。客顧曰，熟了。妓曰，愈於生吃。」

這一條筆記是很重要的蝨之文獻，因為他在說明貴人清客妓女都有捫蝨的韻致外，還告訴我們斃蝨的方法。《我們是文明麼》第二十一章中說：

「正如老鼠離開將沉的船，蝨子也會離開將死的人，依照冰地的學說。所以一個沒有蝨子的愛斯吉摩人是很不安的。這是多麼愉快而且適意的事，兩個好友互捉頭上的蝨以為消遣，而且隨復莊重的將它們送到所有者的嘴裡去。在野蠻世界，這種互動的服務實在是很有趣的遊戲。黑龍江邊的民族不知道有別的更好的辦法，可以表示夫婦的愛情與朋友的交誼。在亞爾泰山及南西伯利亞的突厥人也同樣的愛好這個玩藝兒。他們的皮衣裡滿生著蝨子，那妙手的土人便永遠在那裡搜查這些生物，捉到了的時候，咂一咂嘴兒把它們都吃下去。拉得洛夫博士親自計算過，他的嚮導在一分鐘內捉到八九十匹。在原始民間故事裡多講到這個普遍而且有益的習俗，原是無怪的。」由此可見普通一般斃蝨法都是同徐文貞公一樣，就是所謂「生吃」的，只可惜「有禮節的歐洲人是否吞噬他們的寄生物查不出證據」，但是我想這總也可以假定是如此罷，因為世上恐怕不會有比這個更好的辦法，不過史有闕文，洛威博士不敢輕易斷定罷了。

但世間萬事都有例外，這裡自然也不能免。佛教反對殺生，殺人是四重罪之一，犯者波羅夷不共住，就是殺畜生也犯波逸提罪，他們還注意到水中土中幾乎看不出的小蟲，那麼對於蝨子自然也不肯忽略過去。《四分律》卷五十《房舍犍度法》中云：

「於多人住處拾蝨棄地，佛言不應爾。彼上座老病比丘數數起棄蝨，疲極，佛言應以器，若毳，若劫貝，若敝物，若綿，拾著中。若蝨走出，應作筒盛。彼用寶作筒，佛言不應用寶作筒，聽用角牙，若骨，若鐵，若銅，若鉛錫，若竿蔗草，若竹，若葦，若木，作筒，蝨若出，應作蓋塞。彼寶作塞，佛言不應用寶作塞，應用牙骨乃至木作，無安處，應以縷繫著床腳裡。」小林一茶（1763—1827）是日本近代的詩人，又是佛教徒，對於動物同聖芳濟一樣，幾乎有兄弟之愛，他的詠蝨的詩句據我所見就有好幾句，其中有這樣的一首，曾譯錄在《雨天的書》中，其詞曰：

捉到一個蝨子，將它掐死固然可憐，要把它舍在門外，讓它絕食，也覺得不忍，忽然想到我佛從前給與鬼子母的東西，成此。

「蝨子呵，放在和我味道一樣的石榴上爬著。」

（注，日本傳說，佛降伏鬼子母，給與石榴實食之，以代人肉，因榴實味酸甜似人肉云。據《鬼子母經》說，她後來變為生育之神，這石榴大約只是多子的象徵罷了。）

這樣的待遇在一茶可謂仁至義盡，但蝨子恐怕有點覺得不合式，因為像和尚那麼吃淨素它是不見得很喜歡的。但是，在許多蝨的本事之中，這些算是最有風趣了。佛教雖然也重聖貧，一面也還講究——這稱作清潔未必妥當，或者總叫做「威儀」罷。因此有些法則很是細密有趣，關於蝨的處分即其一例，至於一茶則更是浪漫化了一點罷了。中國捫蝨的名士無論如何不能到這個境界，也決做不出像一茶那樣的許多詩句來，例如——

「喂，蝨子呵，爬罷爬罷，向著春天的去向。」

實在譯不好，就此打住罷。——今天是清明節，野哭之聲猶在於耳，回家寫這小文，聊以消遣，覺得這倒是頗有意義的事。

民國十九年四月五日，於北平。

〔附記〕

友人指示，周密《齊東野語》中有材料可取，於卷十七查得《嚼蝨》一則，今補錄於下：

「余負日茅簷，分漁樵半席，時見山翁野媼捫身得蝨，則致之口中，若將甘心焉，意甚惡之。然揆之於古，亦有說焉。應侯謂秦王曰，得宛臨，流陽夏，斷河內，臨東陽，邯鄲猶口中蝨。王莽校尉韓威曰，以新室之威而吞胡虜，無異口中蚤蝨。陳思王著論亦曰，得蝨者莫不劘之齒牙，為害身也。三人皆當時貴人，其言乃爾，則野老嚼蝨亦自有典故，可發一笑。」

我當推究嚼蝨的原因，覺得並不由於「若將甘心」的意思，其實只因蝨子肥白可口，臭蟲固然氣味不佳，蚤又太小一點了，而且放在嘴裡跳來跳去，似乎不大容易咬著。今見韓校尉的話，彷彿基督同時的中國人曾兩者兼嚼，到得後來才人心不古，取大而舍小，不過我想這個證據未必怎麼可靠，恐怕這單是文字上的支配，那麼跳蚤原來也是一時的陪綁罷了。

四月十三日又記。

兩株樹

草木蟲魚之三

我對於植物比動物還要喜歡，原因是因為我懶，不高興為了區區視聽之娛一日三餐地去飼養照顧，而且我也有點相信「鳥身自為主」的迂論，覺得把他們活物拿來做囚徒當奚奴，不是什麼愉快的事，若是草木便沒有這些麻煩，讓它們直站在那裡便好，不但並不感到不自由，並且還真是生了根地不肯再動一動哩。但是要看樹木花草也不必一定種在自己的家裡，關起門來獨賞，讓它們在野外路旁，或是在人家粉牆之內也並不妨，只要我偶然經過時能夠看見兩三眼，也就覺得欣然，很是滿足的了。

樹木裡邊我所喜歡的第一個是白楊。小時候讀古詩十九首，讀過「白楊何蕭蕭，松柏夾廣路」之句，但在南方終未見過白楊，後來在北京才初次看見。謝在杭著《五雜俎》中云：

「古人墓樹多植梧楸，南人多種松柏，北人多種白楊。白楊即青楊也，其樹皮白如梧桐，葉似冬青，微風擊之輒淅瀝有聲，故古詩云，白楊多悲風，蕭蕭愁殺人。予一日宿鄒縣驛館中，甫就枕即聞雨聲，竟夕不絕，侍兒曰，雨矣。予訝之曰，豈有竟夜雨而無簷溜者？質明視之，乃青楊樹也。南方絕無此樹。」

《本草綱目》卷三五下引陳藏器曰,「白楊北土極多,人種墟墓間,樹大皮白,其無風自動者乃楊柀,非白楊也。」又寇宗奭云,「風才至,葉如大雨聲,謂無風自動則無此事,但風微時其葉孤極處則往往獨搖,以其蒂長葉重大,勢使然也。」王象晉《群芳譜》則云楊有二種,一白楊,一青楊,白楊蒂長兩兩相對,遇風則簌簌有聲,人多植之墳墓間,由此可知白楊與青楊本自有別,但「無風自動」一節卻是相同。在史書中關於白楊有這樣的兩件故事:

《南史.蕭惠開傳》,「惠開為少府,不得志,寺內齋前花草甚美,悉剷除,別植白楊。」

《唐書.契苾何力傳》,「龍翔中司稼少卿梁脩仁新作大明宮,植白楊於庭,示何力日,此木易成,不數年可芘。何力不答,但誦白楊多悲風蕭蕭愁殺人之句,脩仁驚悟,更植以桐。」

這樣看來,似乎大家對於白楊都沒有什麼好感。為什麼呢?這個理由我不大說得清楚,或者因為它老是簌簌的動的緣故罷。聽說蘇格蘭地方有一種傳說,耶穌受難時所用的十字架是用白楊木做的,所以白楊自此以後就永遠在發抖,大約是知道自己的罪孽深重。但是做釘的鐵卻似乎不曾因此有什麼罪,黑鐵這件東西在法術上還總有點位置的,不知何以這樣地有幸有不幸。(但吾鄉結婚時忌見鐵,凡門窗上鉸鏈等悉用紅紙糊蓋,又似別有緣故。)我承認白楊種在墟墓間的確很好看,然而種在齋前又何嘗不好,它那瑟瑟的響聲第一有意思。我在前面的院子裡種了一棵,每逢夏秋有客來齋夜話的時候,忽聞淅瀝聲,多疑是雨下,推戶出視,這是別種樹所沒有的佳處。梁少卿怕白楊的蕭蕭改植梧桐,其實梧桐也何嘗一定吉祥,假如要講迷信的話,吾鄉有一句俗諺云,「梧桐大如斗,主人搬家走」,所以就是別莊花園裡也很少種梧桐的。這實在是一件很可惜的事,梧桐的枝幹和葉子真好看，且不提那一葉落知天下秋的興趣了。在我們的後院裡卻有一棵，不知已經有若干年了，我至今看了它十多年，樹幹還遠不到五合的粗，看它大有黃楊木的神氣，雖不厄閏也總長得十分緩慢呢。——因此我想到避忌梧桐大約只是南方的事，在北方或者並沒有這句俗諺，在這裡梧桐想要如斗大恐怕不是容易的事罷。

第二種樹乃是烏桕，這正與白楊相反，似乎只生長於東南，北方很少見。陸龜蒙詩云，「行歇每依鴉舅影」，陸遊詩云，「烏桕赤於楓，園林二月中」，又云：「烏桕新添落葉紅」，都是江浙鄉村的景象。《齊民要術》卷十列「五穀果蓏菜茹非中國物產者」，下注云「聊以存其名目，記其怪異耳，爰及山澤草木任食非人力所種者，悉附於此，」其中有烏臼一項，引《玄中記》云，「荊陽有烏臼，其實如雞頭，迮之如胡麻子，其汁味如豬脂。」《群芳譜》言，「江浙之人，凡高山大道溪邊宅畔無不種」，此外則江西安徽蓋亦多有之。關於它的名字，李時珍說，「烏喜食其子，因以名之。……或曰，其木老則根下黑爛成臼，故得此名。」我想這或曰恐太迂曲，此樹又名鴉舅，或者與烏不無關係，鄉間冬天賣野味有桕子鵖（讀如呆鳥字），是道墟地方名物，此物殆是烏類乎，但是其味頗佳，平常所謂鵖肉幾乎便指此鵖也。

桕樹的特色第一在葉，第二在實。放翁生長稽山鏡水間，所以詩中常常說及桕葉，便是那唐朝的張繼寒山寺詩所云江楓漁火對愁眠，也是在說這種紅葉。王端履著《重論文齋筆錄》卷九論及此詩，注云，「江南臨水多植烏桕，秋葉飽霜，鮮紅可愛，詩人類指為楓，不知楓生山中，性最惡溼，不能種之江畔也。此詩江楓二字亦未免誤認耳。」范寅在《越諺》卷中桕樹項下說，「十月葉丹，即楓，其子可榨油，農皆植田邊」，就把兩者誤合為一。羅逸長《青山記》云，「山之麓朱村，蓋考亭之祖居也，自此倚石嘯歌，松風上下，遙望木葉著霜如渥丹，始見怪以為紅花，久之知為烏桕樹也。」《蓬窗續錄》云，「陸子淵《豫章錄》言，饒信間桕樹冬初葉落，結子放蠟，每顆作十字裂，一叢有數顆，望之若梅花初綻，枝柯詰曲，多在野水亂石間，遠近成林，真可作畫。此與柿樹俱稱美蔭，園圃植之最宜。」這兩節很能寫出桕樹之美，它的特色彷彿可以說是中國畫的，不過此種景色自從我離了水鄉的故國，已經有三十年不曾看見了。

桕樹子有極大的用處，可以榨油制燭。《越諺》卷中蠟燭條下注曰，「卷芯草幹，熬桕油拖蘸成燭，加蠟為皮，蓋紫草汁則紅。」汪曰楨著《湖雅》卷八中說得更是詳細：

「中置燭心，外裹烏桕子油，又以紫草染蠟蓋之，曰桕油燭。用棉花子油者曰青油燭，用牛羊油者曰葷油燭。湖俗祀神祭先必然兩炬，皆用紅桕燭。婚嫁用之曰喜燭，綴蠟花者曰花燭，神壽所用曰壽燭，喪家則用綠燭或白燭，亦桕燭也。」

日本寺島安良編《和漢三才圖會》五八引《本草綱目》語云，「燭有蜜蠟燭蟲蠟燭牛脂燭桕油燭，」後加案語曰：

「案唐式云少府監每年供蠟燭七十挺，則元以前既有之矣。有數品，而多用木蠟牛脂蠟也。有油桐子蠶豆蒼耳子等為蠟者，火易滅。有鯨鯢油為蠟者，其焰甚臭，牛脂蠟亦臭。近年制精，去其臭氣，故多以牛蠟偽為木蠟，神佛燈明不可不辨。」

但是近年來蠟燭恐怕已是倒了運，有洋人替我們造了電燈，其次也有洋蠟洋油，除了拿到妙峰山上去之外大約沒有它的什麼用處了。就是要用蠟燭，反正牛羊脂也湊合可以用得，神佛未必會得見怪，——日本真宗的和尚不是都要娶妻吃肉了麼？那麼桕油並不再需要，田邊水畔的紅葉白實不久也將絕跡了罷。這於國民生活上本來沒有什麼關係，不過在我想起來的時候總還有點懷念，小時候喜讀《南方草木狀》，《嶺表錄異》和《北戶錄》等書，這種脾氣至今還是存留著，秋天買了一部大板的《本草綱目》，很為我的朋友所笑，其實也只是為了這個緣故罷了。

十九年十二月二十五日，於北平煆藥廬。

莧菜梗

草木蟲魚之四

近日從鄉人處分得醃莧菜梗來吃，對於莧菜彷彿有一種舊雨之感。莧菜在南方是平民生活上幾乎沒有一天缺的東西，北方卻似乎少有，雖然在北平近來也可以吃到嫩莧菜了。查《齊民要術》中便沒有講到，只在卷十列有人莧一條，引《爾雅》郭注，但這一卷所講都是「五穀果蓏菜茹非中國物產者」，而《南史》中則常有此物出現，如《王智深傳》云，「智深家貧無人事，嘗餓五日不得食，掘莧根食之」，又《蔡樽附傳》云，「樽在吳興不飲郡齋井，齋前自種白莧紫茹以為常餌，詔褒其清」，都是很好的例。

莧菜據《本草綱目》說共有五種，馬齒莧在外。蘇頌曰：「人莧白莧俱大寒，其實一也，但大者為白莧，小者為人莧耳，其子霜後方熟，細而色黑。紫莧葉通紫，吳人用染爪者，諸莧中唯此無毒不寒。赤莧亦謂之花莧，莖葉深赤，根莖亦可糟藏，食之甚美味辛。五色莧今亦稀有，細莧俗謂之野莧，豬好食之，又名豬莧。」

李時珍曰，「莧並三月撒種，六月以後不堪食，老則抽莖如人長，開細花成穗，穗中細子扁而光黑，與青箱子雞冠子無別，九月收之。」《爾雅》釋草，「蕢赤莧」，郭注云，「今之莧赤莖者，」郝懿行疏乃云，「今驗赤莧莖葉純紫，濃如燕支，根淺赤色，人家或種以飾園庭，不堪啖也。」照我們經驗來說，嫩的紫莧固然可以食，但是「糟藏」的卻都用白莧，這原只是一鄉的習俗，不過別處的我不知道，所以不能拿來比較了。

說到莧菜同時就不能不想到甲魚。《學圃餘疏》云，「莧有紅白二種，素食者便之，肉食者忌與鱉共食。」《本草綱目》引張鼎曰，「不可與鱉同食，生鱉瘕，又取鱉肉如豆大，以莧菜封裹置土坑內，以土蓋之，一宿盡變成小鱉也。」其下接聯地引汪機曰，「此說屢試不驗。」《群芳譜》採張氏的話稍加刪改，而末云「即變小鱉」之後卻接寫一句「試之屢驗」，與原文比較來看未免有點滑稽。這種神異的物類感應，讀了的人大抵覺得很是好奇，除了雀入大水為蛤之類無可著手外，總想怎麼來試他一試，莧菜鱉肉反正都是易得的材料，一經實驗便自分出真假，雖然也有越試越胡塗的，如《酉陽雜俎》所記，「蟬未脫時名復育，秀才韋翾莊在杜曲，常冬中掘樹根，見復育附於朽處，怪之，村人言蟬固朽木所化也，翾因剖一視之，腹中猶實爛木。」這正如剖雞胃中皆米粒，遂說雞是白米所化也。莧菜與甲魚同吃，在三十年前曾和一位族叔試過，現在族叔已將七十了，聽說還健在，我也不曾肚痛，那麼鱉瘕之說或者也可以歸入不驗之列了罷。

莧菜梗的製法須俟其「抽莖如人長」，肌肉充實的時候，去葉取梗，切作寸許長短，用鹽醃藏瓦壇中，候發酵即成，生熟皆可食。平民幾乎家家皆制，每食必備，與乾菜醃菜及螺螄黴豆腐千張等為日用的副食物，莧菜梗鹵中又可浸豆腐乾，鹵可蒸豆腐，味與「溜豆腐」相似，稍帶枯澀，別有一種山野之趣。讀外鄉人遊越的文章，大抵眾口一詞地譏笑土人之臭食，其實這是不足怪的，紹興中等以下的人家大都能安貧賤，敝衣惡食，終歲勤勞，其所食者除米而外唯菜與鹽，蓋亦自然之勢耳。幹醃者有乾菜，湮醃者以醃菜及莧菜梗為大宗，一年間的「下飯」差不多都在這裡。詩云，「我有旨蓄，可以御冬」，是之謂也，至於存且日久，乾脆者別無問題，湮醃則難免氣味變化，顧氣味有變而亦別具風味，此亦是事實，原無須引西洋乾酪為例者也。

《邵氏聞見錄》云，「汪信民常言，人常咬得菜根則百事可做，胡康侯聞之擊節嘆賞。」俗語亦云，「布衣暖，菜根香，讀書滋味長。」明洪應明遂作《菜根談》以駢語述格言，《醉古堂劍掃》與《娑羅館清言》亦均如此，可見此體之流行一時了。咬得菜根，吾鄉的平民足以當之，所謂菜根者當然包括白菜芥菜頭，蘿蔔芋艿之類，而莧菜梗亦附其下，至於莧根雖然救了王智深的一命，實在卻無可吃，因為這只是梗的末端罷了，或者這裡就是梗的別稱也未可知。咬了菜根是否百事可做，我不能確說，但是我覺得這是頗有意義的，第一可以食貧，第二可以習苦，而實在卻也有清淡的滋味，並沒甚這樣難吃，膽這樣難嘗。這個年頭兒人們似乎應該學得略略吃得起苦才好。中國的青年有些太嬌養了，大抵連冷東西都不會吃，水果冰激淋除外，我真替他們憂慮，將來如何上得前敵，至於那粉澤不去手，和穿紅裡子的夾袍的更不必說了。其實我也並不激烈地想禁止跳舞或抽白麵，我知道在亂世的生活中耽溺亦是其一，不滿於現世社會制度而無從反抗，往往沉浸於醇酒婦人以解憂悶，與山中餓夫殊途而同歸，後之人略跡原心，也不敢加以菲薄，不過這也只是近於豪傑之徒才可以，絕不是我們凡人所得以援引的而已。——喔，似乎離本題太遠了，還是就此打住，有話改天換了題目再談罷。

二十年十月二十六日，於北平。

水裡的東西

草木蟲魚之五

我是在水鄉生長的，所以對於水未免有點情分。學者們說，人類曾經做過水族，小兒喜歡弄水，便是這個緣故。我的原因大約沒有這樣遠，恐怕這只是一種習慣罷了。

水，有什麼可愛呢？這件事是說來話長，而且我也有點兒說不上來。我現在所想說的單是水裡的東西。水裡有魚蝦，螺蚌，茭白，菱角，都是值得記憶的，只是沒有這些工夫來一一紀錄下來，經了好幾天的考慮，決心將動植物暫且除外。——那麼，是不是想來談水底里的礦物類麼？不，絕不。我所想說的，連我自己也不明白它是那一類，也不知道它究竟是死的還是活的，它是這麼一種奇怪的東西。

我們鄉間稱它作 Chosychiu，寫出字來就是「河水鬼」。它是溺死的人的鬼魂。既然是五傷之一，——五傷大約是水，火，刀，繩、毒罷，但我記得又有虎傷似乎在內，有點弄不清楚了，總之水死是其一，這是無可疑的，所以它照例應「討替代」。聽說吊死鬼時常騙人從圓窗伸出頭去，看外面的美景，（還是美人？）倘若這人該死，頭一伸時可就上了當，再也縮不回來了。河水鬼的法門也就差不多是這一類，它每幻化為種種對象，浮在岸邊，人如伸手想去撈取，便會被拉下去，雖然看來似乎是他自己鑽下去的。假如吊死鬼是以色迷，那麼河水鬼可以說是以利誘了。它平常喜歡變什麼東西，我沒有打聽清楚，我所記得的只是說變「花棒槌」，這是一種玩具，我在兒時聽見所以特別留意，至於所以變這玩具的用意，或者是專以引誘小兒亦未可知。但有時候它也用武力，往往有鄉人游泳，忽然沉了下去，這些人都是像蝦蟆一樣地「識水」的，論理絕不會失足，所以這顯然是河水鬼的勾當，只有外道才相信是由於什麼腳筋拘攣或心臟麻痺之故。

照例，死於非命的應該超度，大約總是唸經拜懺之類，最好自然是「翻九樓」，不過翻的人如不高妙，從七七四十九張桌子上跌了下來的時候，那便別樣地死於非命，又非另行超度不可了。翻九樓或拜懺之後，鬼魂理應已經得度，不必再討替代了，但為防萬一危險計，在出事地點再立一石幢，上面刻南無阿彌陀佛六字，或者也有刻別的文句的罷，我卻記不起來了。在鄉下走路，突然遇見這樣的石幢，不是一件很愉快的事，特別是在傍晚，獨自走到渡頭，正要下四方的渡船親自拉船索渡過去的時候。

話雖如此，此時也只是毛骨略略有點聳然，對於河水鬼卻壓根兒沒有什麼怕，而且還簡直有點兒可以說是親近之感。水鄉的住民對於別的死或者一樣地怕，但是淹死似乎是例外，實在怕也怕不得許多，俗語云，瓦罐不離井上破，將軍難免陣前亡，如住水鄉而怕水，那麼只好搬到山上去，雖然那裡又有別的東西等著，老虎，馬熊。我在大風暴中渡過幾回大樹港，坐在二尺寬的小船內在白鵝似的浪上亂滾，轉眼就可以沉到底去，可是像烈士那樣從容地坐著，實在覺得比大元帥時代在北京還要不感到恐怖。還有一層，河水鬼的樣子也很有點愛嬌。普通的鬼儲存它死時的形狀，譬如虎傷鬼之一定大聲喊阿唷，被殺者之必用一隻手提了它自己的六斤四兩的頭之類，唯獨河水鬼則不然，無論老的小的村的俊的，一掉到水裡去就都變成一個樣子，據說是身體矮小，很像是一個小孩子，平常三五成群，在岸上柳樹下「頓銅錢」，正如街頭的野孩子一樣，一被驚動便跳下水去，有如一群青蛙，只有這個不同，青蛙跳時「不東」的有水響，有波紋，它們沒有。為什麼老年的河水鬼也喜歡攤錢之戲呢？這個，鄉下懂事的老輩沒有說明給我聽過，我也沒有本領自己去找到說明。

我在這裡便聯想到了在日本的它的同類。在那邊稱作「河童」，讀如 Kappa，說是 Kawawappa 之略，意思即是川童二字，彷彿芥川龍之介有過這樣名字的一部小說，中國有人譯為「河伯」，似乎不大妥貼。這與河水鬼有一個極大的不同，因為河童是一種生物，近於人魚或海和尚。它與河水鬼相同要拉人下水，但也喜歡拉馬，喜歡和人角力。它的形狀大概如猿猴，色青黑，手足如鴨掌，頭頂下凹如碟子，碟中有水時其力無敵，水涸則軟弱無力，頂際有毛髮一圈，狀如前瀏海，日本兒童有蓄此種髮者至今稱作河童髮云。柳田國男在《山島民譚集》（1914）中有一篇「河童駒引」的研究，岡田建文的《動物界靈異志》（1927）第三章也是講河童的，他相信河童是實有的動物，引《幽明錄》云，「水蝹一名蝹童，一名水精，裸形人身，長三五尺，大小不一，眼耳鼻舌唇皆具，頭上戴一盆，受水三五升，只得水勇猛，失水則無勇力，」以為就是日本的河童。關於這個問題我們無從考證，但想到河水鬼特別不像別的鬼的形狀，卻一律地狀如小兒，彷彿也另有意義，即使與日本河童的迷信沒有什麼關係，或者也有水中怪物的分子混在裡邊，未必純粹是關於鬼的迷信了罷。

十八世紀的人寫文章，末後常加上一個尾巴，說明寓意，現在覺得也有這個必要，所以添寫幾句在這裡。人家要懷疑，即使如何有聞，何至於談到河水鬼去呢？是的，河水鬼大可不談，但是河水鬼的信仰以及有這信仰的人卻是值得注意的。我們平常只會夢想，所見的或是天堂，或是地獄，但總不大願意來望一望這凡俗的人世，看這上邊有些什麼人，是怎麼想。社會人類學與民俗學是這一角落的明燈，不過在中國自然還不發達，也還不知道將來會不會發達。我願意使河水鬼來做個先鋒，引起大家對於這方面的調查與研究之興趣。我想恐怕喜歡頓銅錢的小鬼沒有這樣力量，我自己又不能做研究考證的文章，便寫了這樣一篇閒話，要想去拋磚引玉實在有點慚愧。但總之關於這方面是「佇候明教」。

十九年五月

關於蝙蝠

草木蟲魚之七

苦雨翁：

我老早就想寫一篇文章論論這位奇特的黑夜行腳的蝙蝠君。但終於沒有寫，不，也可以說是寫過的，只是不立文字罷了。

昨夜從苦雨齋談話歸來，車過西四牌樓，忽然見到幾隻蝙蝠沿著電線上面飛來飛去，似乎並不怕人，熱鬧市口他們這等遊逛，說起來我還是第一次看見，豈未免有點兒鄉下人進城乎。

「奶奶經」告訴我，蝙蝠是老鼠變的。怎樣地一個變法呢？據云，老鼠嘴饞，有一回口渴，錯偷了鹽吃，於是脫去尾巴，生上翅膀，就成了現在的蝙蝠這般模樣。這倒也十分自在，未免更上一層樓，從地上的活動，進而為空中的活動，飄飄乎不覺羽化而登仙。但另有一說，同為老鼠變的則一，同為口渴的也則一，這個則是偷吃了油。我佛面前長明燈，每晚和尚來添油，後來不知怎地，卻發現燈盤裡面的油，一到隔宿便涓滴也沒有留存。和尚好生奇怪，有一回，夜半，私下起來探視，卻見一個似老鼠而又非老鼠的東西昏臥在裡面。也許他正在朦朧罷，和尚輕輕地捻起，驀然間他驚醒了，不覺大聲而疾呼，「嘰！嘰！」

和尚慈悲，走出門，一揚手，喝道，

「善哉——

有翅能飛，

有足能走」

於是蝙蝠從此遍天下。

生物學裡關於蝙蝠是怎樣講法，現在也不大清楚了。只知道他是胎生的，怪別緻的，走獸而不離飛鳥，生上這麼兩扇軟翅。分明還記得，小時候讀小學教科書（共和國的），曾經有過蝙蝠君的故事。唉，這太叫人什麼了，想起那教科書，真未免對於此公有些不敬，彷彿說他是被厭棄者，走到獸群，獸群則曰，你有兩翅，非我族類。走到鳥群，鳥群則曰，你是胎生，何與吾事。這似乎是因為蝙蝠君會有挑唆和離間的本事。究竟他和他的同輩爭過怎樣的一席長短，或者與他的先輩先生們有過何種利害衝突的關係，我俱無從知道，固然在事實上好像也找不出什麼證據來。大抵這些都是由於先輩的一時高興，任意賜給他的頭銜罷。然而不然，不見夫鍾馗圖乎，上有蝙蝠飛來，據說這就是「福」的象徵呢。在這裡，蝙蝠君倒又成為「幸運兒」了。本來末，舉凡人世所謂擁護呀，打倒呀之類，壓根兒就是個倚伏作用，孟軻不也說過嗎，「趙孟之所貴，趙孟能賤之。」蝙蝠君自然還是在那裡過他的幽棲生活。但使我耽心的，不知現在的小學教科書，或者兒童讀物裡面，還有這類不愉快的故事沒有。

夏夜的蝙蝠，在鄉村裡面的，卻有著另一種風味。日之夕矣，這一天的農事告完，麥糧進了倉房。牧人趕回豬羊，老黃牛總是在樹下多歇一會兒，嘴裡懶懶嚼著乾草，白沫一直拖到地，照例還要去南塘喝口水才進牛欄的罷。長工幾個人老是蹲在場邊，腰裡拔出旱煙袋在那裡彼此對火。有時也默默然不則一聲。場面平滑如一汪水，我們一群孩子喜歡再也沒有可說的，有的光了腳在場上亂跑。這時不知從那裡來的蝙蝠，來來往往的只在頭上盤旋，也不過是樹頭高罷，孩子們於是慌了手腳，跟著在場上兜轉，性子急一點的未免把光腳亂跺。還是大人告訴我們的，脫下一隻鞋，向空拋去，蝙蝠自會鑽進裡邊來，就容易把他捉住了。然而蝙蝠君卻在逗弄孩子們玩耍，倒不一定會給捉住的，不過我們蹺一隻腳在場上跳來跳去，實在怪不方便的，一不慎，腳落地，踏上滿襪子土，回家不免要挨父親瞪眼。有時在外面追趕蝙蝠直至更深，弄得一身土，不敢回家，等到母親出門呼喚，才沒精打采的歸去。

年來只在外面漂泊，家鄉的事事物物，表面上似乎來得疏闊，但精神上卻也分外地覺得親近。偶爾看見夏夜的蝙蝠，因而想起小時候聽白髮老人說「奶奶經」以及自己頑皮的故事，真大有不勝其今昔之感了。

關於蝙蝠君的故事，我想先生知道的要多多許，寫出來也定然有趣。何妨也就來談談這位「夜行者」呢？

Grahame的《楊柳風》（The Wind in the Willows）小書裡面，不知曾附帶提到這小動物沒有，順便的問一聲。

七月二十日，啟無。

啟無兄：

關於蝙蝠的事情我所知道的很少，未必有什麼可以補充。查《和漢三才圖會》卷四十二《原禽類》，引《本草綱目》等文後，按語曰，「伏翼身形色聲牙爪皆似鼠而有肉翅，蓋老鼠化成，故古寺院多有之。性好山椒，包椒於紙拋之，則伏翼隨落，竟捕之。若所嚙手指則難放，急以椒與之，即脫焉。其為鳥也最卑賤者，故俚語云，無鳥之鄉蝙蝠為王。」案日本俗語「無鳥的鄉村的蝙蝠」意思就是矮子隊裡的長子。蝙蝠喜歡花椒，這種傳說至今存在，如東京兒歌云：

「蝙蝠，蝙蝠，

給你山椒吧，

柳樹底下給你水喝吧。

蝙蝠，蝙蝠，

山椒的兒，

柳樹底下給你醋喝吧。」

北原白秋在《日本的童謠》中說，「我們做兒童的時候，吃過晚飯就到外邊去，叫蝙蝠或是追蝙蝠玩。我的家是酒坊，酒倉左近常有蝙蝠飛翔。而且蝙蝠喜歡喝酒。我們捉到蝙蝠，把酒倒在碟子裡，拉住它的翅膀，伏在裡邊給它酒喝。蝙蝠就紅了臉，醉了，或者老鼠似的吱吱地叫了。」日向地方的童謠云：

「酒坊的蝙蝠，給你酒喝吧。

喝燒酒麼，喝清酒麼？

再下一點來再給你喝吧。」

有些兒童請它吃糟喝醋，也都是這個意思的變換。不過這未必全是好意，如長野的童謠便很明白，即是想脫一隻鞋向空拋去也。其詞曰：

蝙蝠，來，

快來！

給你草鞋，快來！

雪如女士編《北平歌謠集》一〇三首云：

簷蝙蝠，穿花鞋，

你是奶奶我是爺。

這似乎是幼稚的戀愛歌，雖然還是說的花鞋。

蝙蝠的名譽我不知道是否係為希臘老奴伊索所弄壞，中國向來似乎不大看輕它的。它是暮景的一個重要的配色。日本《俳句辭典》中說，「無論在都會或鄉村，薄暮的景色與蝙蝠都相調和，但熱鬧雜沓的地方其調和之度較薄。大路不如行人稀少的小路，都市不如寂靜的小城，更密切地適合。看蝙蝠時的心情，也要彷彿感著一種蕭寂的微淡的哀愁那種心情才好。從滿腔快樂的人看去，只是皮相的觀察，覺得蝙蝠在暮色中飛翔罷了，並沒有什麼深意，若是帶了什麼敗殘之憾或歷史的悲愁那種情調來看，便自然有別種的意趣浮起來了。」這雖是《詩韻含英》似的解說，卻也頗得要領。

小時候讀唐詩，（韓退之的詩麼？）有兩句云，「山石犖确行徑微，黃昏到寺蝙蝠飛，」至今還覺得有趣味。會稽山下的大禹廟裡，在禹王耳朵裡做窠的許多蝙蝠，白晝也吱吱地亂叫，因為我們到廟時不在晚間，所以總未見過這樣的情景。日本俳句中有好些詠蝙蝠的佳作，舉其一二：

蝙蝠呀，
屋頂草長——
圓覺寺。

——億兆子作

蝙蝠呀，
人販子的船
靠近了岸。

——水乃家作

土牢呀，
衛士所燒的火上的
食蚊鳥。

——芋村作

Kakuidori，吃蚊子鳥，即是蝙蝠的別名。

格來亨的《楊柳風》裡沒有說到蝙蝠，他所講的只是土撥鼠，水老鼠，獾，獺，和癩蝦蟆。但是我見過一本《蝙蝠的生活》，很有文學的趣味，是法國 Charles Derennes 所著，Willcox 女士於一九二四年譯成英文，我所見的便是這一種譯本。

十九年七月二十三日，豈明。

村裡的戲團隊

去不去到裡趙看戲文？七斤老捏住了照例的那四尺長的毛竹旱煙管站起來說。

好吧。我躊躕了一會才回答，晚飯後舅母叫表姊妹們都去做什麼事去了，反正差不成馬將。

我們出門往東走，面前的石板路朦朧地發白，河水黑黝黝的，隔河小屋裡「哦」的嘆了一聲，知道劣秀才家的黃牛正在休息。再走上去就是外趙，走過外趙才是裡趙，從名字上可以知道這是趙氏聚族而居的兩個村子。

戲臺搭在五十叔的稻地上，臺屁股在半河裡，泊著班船，讓戲子可以上下，臺前站著五六十個看客，左邊有兩間露天看臺，是趙氏搭了請客人坐的。我因了五十嬸的招待坐了上去，臺上都是些堂客，老是嗑著瓜子，鼻子裡聞著猛烈的頭油氣。戲臺上點了兩盞烏黰黰的發煙的洋油燈，侉侉地打著破鑼，不一會兒有人發表來了，大家舉眼一看，乃是多福綱司，鎮塘殿的蛋船裡的一位老大，頭戴一頂竈司帽，大約是扮著什麼朝代的皇帝。他在正面半桌背後坐了一分鐘之後，出來踱了一趟，隨即有一個赤背赤腳，單系一條牛頭水褲的漢子，手拿兩張破舊的令旗，夾住了皇帝的腰膀，把他一直送進後臺去了。接著出來兩三個一樣赤著背，挽著紐糾頭的人，起首亂跌，將他們的背脊向臺板亂撞亂磕，碰得板都發跳，煙塵陡亂，據說是在「跌鯽魚爆」。後來知道在舊戲的術語裡叫做摔殼子。這一摔花了不少工夫，我漸漸有點憂慮，假如不是誰的脊樑或是臺板摔斷一塊，大約這場跌打不會中止。好容易這兩三個人都平安地進了臺房，破鑼又侉侉地開始敲打起來，加上了斗鼓的格答格答的聲響，彷彿表示要有重要的事件出現了。忽然從後臺唱起「呀」的一聲，一位穿黃袍，手拿象鼻刀的人站在臺口，臺下起了喊聲，似乎以小孩的呼笑為多：

「彎老，豬頭多少錢一斤？……」

「阿九阿九，橋頭吊酒，……」

我認識這是橋頭賣豬肉的阿九。他拿了象鼻刀在臺上擺出好些架勢，把眼睛輪來輪去的，可是在小孩們看了似乎很是好玩，呼號得更起勁了，其中夾著一兩個大人的聲音道：

「阿九，多賣點力氣。」

一個穿白袍的撅著一枝兩頭槍奔出來，和阿九遇見就打，大家知道這是打更的長明，不過誰也和他不打招呼。

女客嗑著瓜子，頭油氣一陣陣地熏過來。七斤老靠了看臺站著，打了兩個呵欠，抬起頭來對我說道，到那邊去看看吧。

我也不知道那邊是什麼，就爬下臺來，跟著他走。到神桌跟前，看見桌上供著五個紙牌位，其中一張綠的知道照例是火神菩薩。再往前走進了兩扇大板門，即是五十叔的家裡。堂前一頂八仙桌，四角點了洋蠟燭，在差馬將，四個人差不多都是認識的。我受了「麥饅燒」的供應，七斤老在抽他的旱煙——「灣奇」，站在人家背後看得有點入迷。胡裡胡塗地過了好些時光，很有點兒倦怠，我催道，再到戲文臺下溜一溜吧。

嗡，七斤老含著旱煙管的咬嘴答應。眼睛仍望著人家的牌，用力地喝了幾口，把菸蒂頭磕在地上，別轉頭往外走，我拉著他的煙必子，一起走到稻地上來。

戲臺上烏魖魖的臺亮還是發著煙，堂客和野小孩都已不見了，臺上還有些看客，零零落落地大約有十來個人。一個穿黑衣的人在臺上踱著。原來這還是他阿九，頭戴毗盧帽，手執仙帚，小丑似的把腳一伸一伸地走路，恐怕是「合缽」裡的法海和尚吧。

站了一會兒，阿九老是踱著，拂著仙帚。我覺得煙必子在動，便也跟了移動，漸漸往外趟方面去，戲臺留在後邊了。

忽然聽得遠遠地破鑼侉侉地響，心想阿九這一齣戲大約已做完了吧。路上記起兒童的一首俗歌來，覺得寫得很好：

臺上紫云班，臺下都走散。

連連關廟門，東邊牆壁都爬坍。

連連扯得住，只剩一擔餛飩擔。

十九年六月

鬼的生長

關於鬼的事情我平常很想知道。知道了有什麼好處呢？那也未必有，大約實在也只是好奇罷了。古人云，唯聖人能知鬼神之情狀，那麼這件事可見不是容易辦到的，自悔少不弄道學，此路已是不通，只好發揮一點考據癖，從古今人的紀錄裡去找尋材料，或者能夠間接的窺見百一亦未可知。但是千百年來已非一日，載籍浩如煙海，門外摸索，不得像尾，而且鬼界的問題似乎也多得很，儘夠研究院裡先生們一生的檢討，我這裡只提出一個題目，即上面所說的鬼之生長，姑且大題小做，略陳管見，佇候明教。

人死後為鬼，鬼在陰間或其他地方究竟是否一年年的照常生長，這是一個問題。其解決法有二。一是根據我們這種老頑固的無鬼論，那未免文不對題，而且也太殺風景。其次是普通的有鬼論，有鬼才有生長與否這問題發生，所以歸根結柢解決還只有這唯一一法。然而有鬼雖為一般信士的定論，而其生長與否卻言人人殊，莫宗一是。清紀昀《如是我聞》卷四云：

「任子田言，其鄉有人夜行，月下見墓道松柏間有兩人並坐，一男子年約十六七，韶秀可愛，一婦人白髮垂項，佝僂攜杖，似七八十以上人，倚肩笑語，意若甚相悅，竊訝何物淫嫗，乃與少年兒狎暱，行稍近，冉冉而滅。次日詢是誰家塚，始知某早年夭折，其婦孀守五十餘年，歿而合窆於是也。」

照這樣說，鬼是不會生長的，他的容貌年紀便以死的時候為準。不過仔細想起來，其間有許多不方便的事情，如少夫老妻即是其一，此外則子老父幼，依照禮法溫清定省所不可廢，為兒子者實有竭蹶難當之勢，甚可憫也。又如世間法不禁再婚，貧儒為宗嗣而續弦，死後便有好幾房扶養的責任，則此老翁亦大可念，再醮婦照俗信應鋸而分之，前夫得此一片老軀，更將何所用之耶。宋邵伯溫《聞見錄》十八云：

「李夫人生康節公，同墮一死胎，女也。後十餘年，夫人病臥，見月色中一女子拜庭下，泣曰，母不察，庸醫以藥毒兒，可恨。夫人曰，命也。女曰，若為命，何兄獨生？夫人曰，汝死兄獨生，乃命也。女子涕泣而去。又十餘年，夫人再見女子來泣曰，一為庸醫所誤，二十年方得受生，與母緣重故相別。又涕泣而去。」

曲園先生《茶香室三鈔》卷八引此文，案語云：

「此事甚異，此女子既在母腹中死，一無知識之血肉耳，乃死後十餘年便能拜能言，豈死後亦如在人間與年俱長乎？」據我看來，準邵氏《聞見錄》所說，鬼的與年俱長確無疑義。假如照這個說法，紀文達所記的那年約十六七的男子應該改為七十幾歲的老翁，這樣一來那篇故事便不成立，因為七八十以上的翁媼在月下談心，雖然也未免是「馬齒長而童心尚在」，卻並不怎麼的可訝了。還有一層，鬼可見人而人不見鬼，最後松柏間想見，翁鬼固然認得媼，但是媼鬼那時如無人再為介紹，恐怕不容易認識她的五十餘年前的良人了罷。邵紀二說各有短長，我們凡人殊難別擇，大約只好兩存之罷，而鬼在陰間是否也是分道揚鑣，各自去生長或不生長呢，那就不得而知了。鬼不生長說似普通，生長說稍奇，但我卻也找到別的材料，可以參證。《望杏樓志痛編補》一卷，光緒己亥年刊，無錫錢鶴岑著，蓋為其子杏寶紀念者，正編惜不可得。補編中有《乩談日記》，紀與其子女筆談，其三子鼎寶生於己卯四旬而殤，四子杏寶生於辛巳十二歲而殤，三女蕁貞生於丁亥五日而殤，皆來下壇。記云：

「丙申十二月二十一日晚，杏寶始來。問汝去時十二歲，今身軀加長乎？曰，長。」

又云：

「丁酉正月十七日，早起扶乩，則先兄韻笙與閏妹杏寶皆在。問先兄逝世時年方二十七，今五十餘矣，容顏亦老乎？曰，老。已留須乎？曰，留。」

由此可知鬼之與年俱長，與人無異。又有數節云：

「正月二十九日，問幾歲有知識乎？曰，三歲。問食乳幾年？曰，三年。（此係問鼎寶。）」

「三月二十一日，閏妹到。問有事乎？曰，有喜事。何喜？曰，四月初四日杏寶娶婦。問婦年幾何？曰，十三。問請吾輩吃喜酒乎？曰，不。汝去乎？曰，去。要送賀儀乎？曰，要。問鼎寶娶婦乎？曰，娶。產子女否？曰，二子一女。」

「五月二十九日，問杏兒汝婦山南好否？曰，有喜。蓋已懷孕也。喜見於何月？曰，五月。何月當產？曰，七月。因問先兄，人十月而生，鬼皆三月而產乎？曰，是。鬼與人之不同如是，宜女年十一而可嫁也。」

「六月十二日，問次女應科，子女同來幾人？杏兒代答曰，十人。余大驚以為誤，反覆詰之，答如故。呼閏妹問之，言與杏兒同。問嫁才五年，何得產許多，豈一年產幾次乎？曰，是。余始知鬼與人迥別，幾與貓犬無異，前聞杏兒娶婦十一歲，以為無此事，今合而觀之，鬼固不可以人理測也。」

「十九日，問杏兒，壽春叔祖現在否？曰，死。死幾年矣？曰，三年。死後亦用棺木葬乎？曰，用。至此始知鬼亦死，古人謂鬼死曰聻，信有之，蓋陰間所產者即聻所投也。」

以上各節對於鬼之婚喪生死諸事悉有所發明，可為鬼的生活志之材料，很可珍重。民國二十二年春遊廠甸，於地攤得此冊，白紙木活字，墨筆校正，清雅可喜，《乩談日記》及《補筆》最有意思，紀述地下情形頗為詳細，因慮紙短不及多抄，正編未得到雖亦可惜，但當無乩壇紀事，則價值亦少減耳。吾讀此編，覺得邵氏之說已有副署，然則鬼之生長正亦未可否認歟。

我不信鬼，而喜歡知道鬼的事情，此是一大矛盾也。雖然，我不信人死為鬼，卻相信鬼後有人，我不懂什麼是二氣之良能，但鬼為生人喜懼願望之投影則當不謬也。陶公千古曠達人，其《歸園田居》云：「人生似幻化，終當歸空無。」《神釋》云：「應盡便須盡，無復更多慮。」在《擬輓歌詞》中則云：「欲語口無音，欲視眼無光，昔在高堂寢，今宿荒草鄉。」陶公於生死豈尚有迷戀，其如此說於文詞上固亦大有情致，但以生前的感覺推想死後況味，正亦人情之常，出於自然者也。常人更執著於生存，對於自己及所親之翳然而滅，不能信亦不願信其滅也，故種種設想，以為必繼續存在，其存在之狀況則因人民地方以至各自的好惡而稍稍殊異，無所作為而自然流露，我們聽人說鬼實即等於聽其談心矣。蓋有鬼論者憂患的人生之鴉片煙，人對於最大的悲哀與恐怖之無可奈何的慰藉，「風流士女可以續未了之緣，壯烈英雄則曰二十年後又是一條好漢」，相信唯物論的便有禍了，如精神倔強的人麻醉藥不靈，只好醒著割肉。關公刮骨固屬英武，然實亦冤苦，非凡人所能堪受，則其乞救於嗎啡者多，無足怪也。《乩談日記》云：

「八月初一日，野鬼上乩，報萼貞投生。問何日，書七月三十日。問何地，曰，城中。問其姓氏，書不知。親戚骨肉歷久不投生者盡於數月間陸續而去，豈產者獨盛於今年，故盡去充數耶？不可解也。杏兒之後能上乩者僅留萼貞一人，若斯言果確，則扶鸞之舉自此止矣。」

讀此節不禁黯然。《望杏樓志痛編補》一卷為我所讀過的最悲哀的書之一，每翻閱輒如此想。如有大創痛人，飲嗎啡劑以為良效，而此劑者乃系家中煮糖而成，路人旁觀亦哭笑不得。自己不信有鬼，卻喜談鬼，對於舊生活裡的迷信且大有同情焉，此可見不佞之老矣，蓋老朽者有些漸益苛刻，有的亦漸益寬容也。

廿三年四月

談油炸鬼

劉廷璣著《在園雜誌》卷一有一條云：

「東坡云，謫居黃州五年，今日北行，岸上聞騾馱鐸聲，意亦欣然。鐸聲何足欣，蓋久不聞而今得聞也。昌黎詩，照壁喜見蠍。蠍無可喜，蓋久不見而今得見也。予由浙東觀察副使奉命引見，渡黃河至王家營，見草棚下掛油炸鬼數枚。制以鹽水合面，扭作兩股如粗繩，長五六寸，於熱油中炸成黃色，味頗佳，俗名油炸鬼。予即於馬上取一枚啖之，路人及同行者無不匿笑，意以為如此鞍馬儀從而乃自取自啖此物耶。殊不知予離京城赴浙省今十七年矣，一見河北風味不覺狂喜，不能自持，似與韓蘇二公之意暗合也。」

在園的意思我們可以了解，但說黃河以北才有油炸鬼卻並不是事實。江南到處都有，紹興在東南海濱，市中無不有麻花攤，叫賣麻花燒餅者不絕於道。范寅著《越諺》卷中飲食門云：

「麻花，即油炸檜，迄今代遠，恨磨業者省工無頭臉，名此。」

案此言系油炸秦會之，殆是望文生義，至同一癸音而曰鬼曰檜，則由南北語異，紹興讀鬼若舉不若癸也。中國近世有饅頭，其緣起說亦怪異，與油炸鬼相類，但此只是傳說罷了。朝鮮權寧世編《支那四聲字典》，第一七五 Kuo 字項下注云：

「餜 Kuo，正音。油餜子，小麥粉和雞蛋，油煎拉長的點心。油炸餜，同上。但此一語北京人悉讀作 Kuei 音，正音則唯鄉下人用之。」

此說甚通，鬼檜二讀蓋即由餜轉出。明王思任著《謔庵文飯小品》卷三《遊滿井記》中云：

「賣飲食者邀訶好火燒，好酒，好大飯，好果子。」

所云果子即油餜子，並不是頻婆林禽之流，謔庵於此多用土話，邀訶亦即吆喝，作平聲讀也。

鄉間制麻花不曰店而曰攤，蓋大抵簡陋，只兩高凳架木板，於其上和麵搓條，傍一爐可烙燒餅，一油鍋炸麻花，徒弟用長竹筷翻弄，擇其黃熟者夾置鐵絲籠中，有客來買時便用竹絲穿了打結遞給他。做麻花的手執一小木棍，用以攤擀溼面，卻時時空敲木板，的答有聲調，此為麻花攤的一種特色，可以代呼聲，告訴人家正在開淘有火熱麻花吃也。麻花攤在早晨也兼賣粥，米粒少而汁厚，或謂其加小粉，亦未知真假。平常粥價一碗三文，麻花一股二文，客取麻花折斷放碗內，令盛粥其上，如《板橋家書》所說，「雙手捧碗縮頸而啜之，霜晨雪早，得此周身俱暖」，代價一共只要五文錢，名曰麻花粥。又有花十二文買一包蒸羊，用鮮荷葉包了拿來，放在熱粥底下，略加鹽花，別有風味，名曰羊肉粥，然而價增兩倍，已不是尋常百姓的吃法了。

麻花攤兼做燒餅，貼爐內烤之，俗稱洞裡火燒。小時候曾見一種似麻花單股而細，名曰油龍，又以小塊面油炸，任其自成奇形，名曰油老鼠，皆小兒食品，價各一文，辛亥年回鄉便都已不見了。麵條交錯作「八結」形者曰巧果，二條纏圓木上如藤蔓，炸熟木自脫去，名曰倭纏。其最簡單者兩股稍粗，互扭如繩，長約寸許，一文一個，名油饊子。以上備物《越諺》皆失載，孫伯龍著《南通方言疏證》卷四《釋小食》中有饊子一項，注云：

「《州志》方言，饊子，油炸環餅也。」

又引《丹鉛總錄》等云，寒具今云曰饊子。寒具是什麼東西，我從前不大清楚。據《庶物異名疏》云：

「林洪《清供》云，寒具，捻頭也，以糯米粉和麵，麻油煎成，以糖食。據此乃油膩黏膠之物，故客有食寒具不濯手而汙桓玄之書畫者。」

看這情形豈非是蜜供一類的物事乎？劉禹錫《寒具》詩乃云：

「纖手搓來玉數尋，碧油煎出嫩黃深，夜來春睡無輕重，壓扁佳人纏臂金。」

詩並不佳，取其頗能描寫出寒具的模樣，大抵形如北京西域齋制的奶油鐲子，卻用油煎一下罷了，至於和靖後人所說外面搽糖的或系另一做法，若是那麼黏膠的東西，劉君恐亦未必如此說也。《和名類聚抄》引古字書云，「糫餅，形如葛藤者也，」則與倭纏頗相像，巧果油饊子又與「結果」及「捻頭」近似，蓋此皆寒具之一，名字因形而異，前詩所詠只是似環的那一種耳。麻花攤所制各物殆多系寒具之遺，在今日亦是最平民化的食物，因為到處皆有的緣故，不見得會令人引起鄉思。我只感慨為什麼為著述家所捨棄，那樣地不見經傳。劉在園范嘯風二君之記及油炸鬼真可以說是豪傑之士，我還想費些功夫翻閱近代筆記，看看有沒有別的記錄，只怕大家太熱心於載道，無暇做這「玩物喪志」的勾當也。

[附記]

尤侗著《艮齋續說》卷八云：「東坡云，謫居黃州五年，今日北行，岸上聞騾馱鐸聲，意亦欣然，蓋不聞此聲久矣。韓退之詩，照壁喜見蠍。此語真不虛也。予謂二老終是宦情中熱，不忘長安之夢，若我久臥江湖，魚鳥為侶，騾馬鞕鐸耳所厭聞，何如欸乃一聲耶。京邸多蠍，至今談虎色變，不意退之喜之如此，蠍且不避而況於臭蟲乎。」西堂此語別有理解。東坡蜀人何樂北歸，退之生於昌黎，喜蠍或有可原，唯此公大熱中，故亦令人疑其非是鄉情而實由於宦情耳。

廿四年十月七日記於北平。

[補記]

張林西著《瑣事閒錄》正續各兩卷，咸豐年刊。續編捲上有關於油炸鬼的一則云：

「油炸條面類如寒具，南北各省均食此點心，或呼果子，或呼為油胚，豫省又呼為麻糖，為油饃，即都中之油炸鬼也。鬼字不知當作何字。長晴巖觀察臻云，應作檜字，當日秦檜既死，百姓怒不能釋，因以面肖形炸而食之，日久其形漸脫，其音漸轉，所以名為油炸鬼，語亦近似。」案此種傳說各地多有，小時候曾聽老嫗們說過，今卻出於旗員口中覺得更有意思耳。個人的意思則願作

「鬼」字解，稍有奇趣，若有所怨恨乃以面肖形炸而食之，此種民族性殊不足嘉尚也。秦長腳即極惡，總比劉豫張邦昌以及張弘範較勝一籌罷，未聞有人炸吃諸人，何也？我想這罵秦檜的風氣是從《說嶽》及其戲文裡出來的。士大夫論人物，罵秦檜也罵韓侂胄，更是可笑的事，這可見中國讀書人之無是非也。

民國廿四年十二月廿八日補記。

北平的春天

北平的春天似乎已經開始了，雖然我還不大覺得。立春已過了十天，現在是七九六十三的起頭了，布衲攤在兩肩，窮人該有欣欣向榮之意。光緒甲辰即一九零四年小除那時我在江南水師學堂曾作一詩云：

「一年倏就除，風物何淒緊。百歲良悠悠，白日催人盡。既不為大椿，便應如朝菌。一死息群生，何處問靈蠢。」但是第二天除夕我又作了這樣一首云：

「東風三月煙花好，涼意千山云樹幽，冬最無情今歸去，明朝又得及春遊。」這詩是一樣的不成東西，不過可以表示我總是很愛春天的。春天有什麼好呢，要講他的力量及其道德的意義，最好去查盲詩人愛羅先珂的抒情詩的演說，那篇世界語原稿是由我筆錄，譯本也是我寫的，所以約略都還記得，但是這裡謄錄自然也更可不必了。春天的是官能的美，是要去直接領略的，關門歌頌一無是處，所以這裡抽象的話暫且割愛。

且說我自己的關於春的經驗，都是與遊有相關的。古人雖說以鳥鳴春，但我覺得還是在別方面更感到春的印象，即是水與花木。迂闊的說一句，或者這正是活物的根本的緣故罷。小時候，在春天總有些出遊的機會，掃墓與香市是主要的兩件事，而通行只有水路，所在又多是山上野外，那麼這水與花木自然就不會缺少的。香市是公眾的行事，禹廟南鎮香爐峰為其代表，掃墓是私家的，會稽的烏石頭調馬場等地方至今在我的記憶中還是一種代表的春景。庚子年三月十六日的日記云：

「晨坐船出東郭門，挽纖行十里，至繞門山，今稱東湖，為陶心雲先生所創修，堤計長二百丈，皆植千葉桃垂柳及女貞子各樹，遊人頗多。又三十里至富盛埠，乘兜橋過市行三里許，越嶺，約千餘級。山中映山紅牛郎花甚多，又有蕉藤數株，著花蔚藍色，狀如豆花，結實即刀豆也，可入藥。路旁皆竹林，竹萌之出土者粗於碗口而長僅二三寸，頗為可觀。忽聞有聲如雞鳴，閣閣然，山谷皆響，問之轎伕，云系雉雞叫也。又二里許過一溪，闊數丈，水沒及骭，舁者亂流而渡，水中圓石顆顆，大如鵝卵，整潔可喜。行一二里至墓所，松柏夾道，頗稱閎壯。方祭時，小雨簌簌落衣袂間，幸即晴霽。下山午餐，下午開船。將進城門，忽天色如墨，雷電並作，大雨傾注，至家不息。」

舊事重提，本來沒有多大意思，這裡只是舉個例子，說明我春遊的觀念而已。我們本是水鄉的居民，平常對於水不覺得怎麼新奇，要去臨流賞玩一番，可是生平與水太相習了，自有一種情分，彷佛覺得生活的美與悅樂之背景裡都有水在，由水而生的草木次之，禽蟲又次之。我非不喜歡禽蟲，但他總離不了草木，不但是吃食，也實是必要的寄託，蓋即使以鳥鳴春，這鳴也得在枝頭或草原上才好，若是雕籠金鎖，無論怎樣的鳴得起勁，總使人聽了索然興盡也。

話休煩絮。到底北平的春天怎麼樣了呢。老實說，我住在北京和北平已將二十年，不可謂不久矣，對於春遊卻並無什麼經驗。妙峰山雖熱鬧，尚無暇瞻仰，清明郊遊只有野哭可聽耳。北平缺少水氣，使春天減了成色，而氣候變化稍劇，春天似不曾獨立存在，如不算他是夏的頭，亦不妨稱為冬的尾，總之風和日暖讓我們著了單袷可以隨意徜徉的時候真是極少，剛覺得不冷就要熱了起來了。不過這春的季候自然還是有的。第一，冬之後明明是春，且不說節氣上的立春也已過了。第二，生物的發生當然是春的證據，牛山和尚詩云，春叫貓兒貓叫春，是也。人在春天卻只是懶散，雅人稱曰春困，這似乎是別一種表示。所以北平到底還是有他的春天，不過太慌張一點了，又欠腴潤一點，叫人有時來不及嘗他的味兒，有時嘗了覺得稍枯燥了，雖然名字還叫做春天，但是實在就把他當作冬的尾，要不然便是夏的頭，反正這兩者在表面上雖差得遠，實際上對於不大承認他是春天原是一樣的。

我倒還是愛北平的冬天。春天總是故鄉的有意思，雖然這是三四十年前的事，現在怎麼樣我不知道。至於冬天，就是三四十年前的故鄉的冬天我也不喜歡：那些手腳生凍瘃，半夜裡醒過來像是懸空掛著似的上下四旁都是冷氣的感覺，很不好受，在北平的紙糊過的屋子裡就不會有的。在屋裡不苦寒，冬天便有一種好處，可以讓人家作事：手不僵凍，不必炙硯呵筆，於我們寫文章的人大有利益。北平雖幾乎沒有春天，我並無什麼不滿意，蓋吾以冬讀代春遊之樂久矣。

廿五年二月十四日（選自《風雨談》，北新書局 1936 年版）

關於雷公

風雨後談二

在市上買到鄉人孫德祖的著作十種，普通稱之曰《寄龕全集》，其實都是光緒年間隨刻隨印，並沒有什麼總目和名稱。三種是在湖州做教官時的文牘課藝，三種是詩文詞，其他是筆記，即《寄龕甲志》至《丁志》各四卷，共十六卷，這是我所覺得最有興趣的一部分。寄龕的文章頗多「規模史漢及六朝駢儷之作」，我也本不大了解，但薛福成給他作序，可惜他不能默究桐城諸老的義法，不然就將寫得更好，也是很好玩的一件事。不過我比詩文更看重筆記，因為這裡邊可看的東西稍多，而且我所搜的同鄉著作中筆記這一類實在也很少。清朝的我只有俞蛟的《夢廠雜著》，汪鼎的《雨韭庵筆記》，汪瑔的《松煙小錄》與《旅譚》，施山的《姜露庵筆記》等，這《寄龕甲乙丙丁志》要算分量頂多的了。但是，我讀筆記之後總是不滿意，這回也不能是例外。我最怕讀逆婦變豬或雷擊不孝子的記事，這並不因為我是讚許忤逆，我感覺這種文章惡劣無聊，意思更是卑陋，無足取耳。冥報之說大抵如他們所說以補王法之不及，政治腐敗，福淫禍善，乃以生前死後彌縫之，此其一；而文人心地褊窄，見不愜意者即欲正兩觀之誅，或為法所不問，亦其力所不及，則以陰譴處之，聊以快意，此又其二。所求於讀書人者，直諒多聞，乃能立說著書，啟示後人，今若此豈能望其為我們的益友乎。我讀前人筆記，見多記這種事，不大喜歡，就只能拿來當作文章的數據，多有不敬的地方，實亦是不得已也。

《寄龕甲乙丙丁志》中講陰譴的地方頗多，與普通筆記無大區別，其最特別的是關於雷的紀事及說明。如《甲志》卷二有二則云：

「庚午六月雷擊岑墟魯氏婦斃，何家漊何氏女也，性柔順，舅姑極憐之，時方孕，與小姑坐廚下，小姑覺是屋熱不可耐，趨他室取涼，才逾戶限，霹靂下而婦殛矣。皆曰，宿業也。或疑其所孕有異。既而知其幼喪母，其叔母撫之至長，已而叔父母相繼歿，遺子女各一，是嘗贊其父收叔田產而虐其子女至死者也。皆曰，是宜殛。

「順天李小亭言，城子峪某甲事後母以孝聞，亦好行善事，中年家益裕，有子矣，忽為雷殛。皆以為雷誤擊。一鄰叟慨然曰，雷豈有誤哉，此事舍餘無知之者，今不須復祕矣。」

據叟所述則某甲少時曾以計推後母所生的幼弟入井中，故雷殛之於三十年後，又申明其理由云：「所以至今日而後殛之者，或其祖若父不應絕嗣，俟其有子歟，雷豈有誤哉。於是眾疑始釋，同聲稱天道不爽。」又《乙志》卷二有類似的話，雖然不是雷打：

「潛說友《咸淳臨安志》云，錢塘潮八月十八日臨安民俗大半出觀。紹興十年秋，……潮至洶湧異常，橋壞壓溺死數百人，既而死者家來號泣收斂，道路指言其人盡平日不逞輩也。同治中甬江浮橋亦覯此變。橋以鐵索連巨舶為之，維繫鞏固，往來者日千萬人，視猶莊逵焉。其年四月望郡人賽五都神會，赴江東當過橋，行人及止橋上觀者不啻千餘，橋忽中斷，巨舶或漂失或傾覆，死者強半。……徐柳泉師為餘言，是為粵夷燹後一小劫，倖免刀兵而卒罹此厄，雖未遍識其人，然所知中稱自好者固未有與焉。印之潛氏所記，可知天道不爽。」

又《丙志》卷二記錢西箴述廣州風災火災，其第二則有云：

「學使署有韓文公祠，在儀門之外，大門之內，歲以六月演劇祠中。道光中劇場災，死者數千人。得脫者僅三人，其一為優伶，方戴面具跳魁罡，從面具眼孔中窺見滿場坐客皆有鐵索連鎖其足，知必有大變，因託疾而出。一為妓女，正坐對起火處，遙見板隙火光熒然，思避之而坐在最上層，紆迴而下恐不及，近坐有捷徑隔闌干不可越，適有賣瓜子者在闌外，急呼之，告以腹痛欲絕，倩負之歸，謝不能，則卸一金腕闌界之曰，以買餘命，隔闌飛上其肩，促其疾奔而出，賣瓜子者亦因之得脫。」

孫君又論之曰：

「三人之得脫乃倡優居其二，以優人所見鐵索連鎖，知冥冥中必有主之者，豈數千人者皆有夙業故縶之使不得去歟。優既不在此數，遂使之窺見此異，而坐下火光亦獨一不在此數之妓女見之，又適有不在此數之賣瓜子者引緣而同出於難，異哉。然之三人者必有可以不死之道在，有知之者云賣瓜子者事孀母孝，則餘二人雖賤其必有大善亦可類推而知。」

我不憚煩地抄錄這些話，是很有理由的，因為這可以算是代表的陰譴說也。這裡所說不但是冥冥中必有主之者，而且天道不爽，雷或是火風都是決無誤的，所以死者一定是該死，即使當初大家看他是好人，死後也總必發見什麼隱惡，證明是宜殛，翻過來說，不死者也必有可以不死之道在，必有大善無疑。這種歪曲的論法全無是非之心，說得迂遠一點，這於人心世道實在很有妨害，我很不喜歡低階的報應說的緣故一部分即在於此。王應奎的《柳南隨筆》卷三有一則云：

「人懷不良之心者俗諺輒曰黑心當被雷擊，而蠶豆花開時聞雷則不實，亦以花心黑也。此固天地間不可解之理，然以物例人，乃知諺語非妄，人可不知所懼哉。」

尤其說得離奇，這在民俗學上固不失為最為珍奇的一條數據，若是讀書人著書立說，將以信今傳後，而所言如此，豈不可長太息乎。

陰譴說——我們姑且以雷殛惡人當作代表，何以在筆記書中那麼猖猖獗，這是極重要也極有趣的問題，雖然不容易解決。中國文人當然是儒家，不知什麼時候幾乎全然沙門教（不是佛教）化了，方士思想的侵入原也早有，但是現今這種情形我想還是近五百年的事，即如《陰騭文》、《感應篇》的發達正在明朝，筆記裡也是明清最利害的講報應，以前總還要好一點。查《太平御覽》卷十三雷與霹靂下，自《列女後傳》李叔卿事後有《異苑》等數條，說雷擊惡人事，《太平廣記》卷三九三以下三卷均說雷，其第一條亦是李叔卿事，題云《列女傳》，故此類記事可知自晉已有，但似不如後代之多而詳備。又《論衡》卷六《雷虛篇》云：

「盛夏之時，雷電迅疾，擊折樹木，壞敗屋室，時犯殺人。世俗以為擊折樹木壞敗屋室者天取龍，其犯殺人也謂之陰過。飲食人以不潔淨，天怒擊而殺之，隆隆之聲，天怒之音，若人之呴籲矣。世無愚智莫謂不然，推人道以論之，虛妄之言也。」

又云：

「圖畫之工，圖雷之狀纍纍如連鼓之形，又圖一人若力士之容，謂之雷公，使之左手引連鼓，右手推椎若擊之狀。其意以為雷聲隆隆者，連鼓相扣擊之音也，其魄然若敝裂者，椎所擊之聲也，其殺人也引連鼓相椎並擊之矣。世又信之，莫謂不然，如復原之，虛妄之象也。」

由此可見人有陰過被雷擊死之說在後漢時已很通行，不過所謂陰過到底是些什麼就不大清楚了，難道只是以不潔食人這一項麼。這裡我們可以注意的是王仲任老先生他自己便壓根兒都不相信，他說：

「建武四年夏六月雷擊殺會稽鄞專日食（案此四字不可解，《太平御覽》引作鄞縣二字）羊五頭皆死，夫羊何陰過而天殺之。」《御覽》引桓譚《新論》有云：

「天下有鸛鳥，郡國皆食之，三輔俗獨不敢取之，取或雷霹靂起。原夫天不獨左彼而右此，其殺取時適與雷遇耳。」意見亦相似。王桓二君去今且千九百年矣，而有此等卓識，我們豈能愛今人而薄古人哉。王仲任又不相信雷公的那形狀，他說：

「鐘鼓無所懸著，雷公之足無所蹈履，安得而為雷？……雷公頭不懸於天，足不蹈於地，安能為雷公？飛者皆有翼，物無翼而飛謂之仙人，畫仙人之形為之作翼，如雷公與仙人同，宜復著翼。使雷公不飛，圖雷家言其飛，非也；使實飛，不為著翼，又非也。」

這條唯理論者的駁議似乎被採納了，後來畫雷公的多給他加上了兩扇大肉翅，明謝在杭在《五雜組》卷一中云：

「雷之形人常有見之者，大約似雌雞，肉翅，其響乃兩翅奮撲聲也。」謝生在王后至少相隔一千五百年了，而確信雷公形如母雞，令人想起《封神傳》上所畫的雷震子。《鄉言解頤》五卷，甕齋老人著，但知是寶坻縣人姓李，有道光己酉序，卷一天部第九篇曰《雷》，文頗佳：

「《易．說卦》，震為雷為長子。鄉人雷公爺之稱或原於此乎。然雷公之名其來久矣。《素問》，黃帝坐明堂召雷公而問之曰，子知醫道乎？對曰，誦而頗能解，解而未能別，別而未能明，明而未能彰焉。又藥中有雷丸雷矢也。梨園中演劇，雷公狀如力士，左手引連鼓，右手推椎若擊之狀。《國史補》，雷州春夏多雷，雷公秋冬則伏地中，人取而食之，其狀類彘。其曰雷聞百里，則本乎震驚百里也。曰雷擊三世，見諸說部者甚多。《左傳》曰，震雷馮怒，又曰，畏之如雷霆。故發怒申飭人者曰雷，受之者遂曰被他雷了一頓。晉顧愷之憑重桓溫，溫死，人問哭狀，曰，聲如震雷破山，淚如傾河注海。故見小孩子號哭無淚者曰乾打雷不下雨。曰打頭雷，仲春之月雷乃發聲也。曰收雷了，仲秋之月雷始收聲也。宴會中有雷令，手中握錢，第一猜著者曰劈雷，自己落實者曰悶雷。至於鄉人聞小考之信則曰，又要雷同了，不知作何解。」我所見中國書中講雷的，要算這篇小文最是有風趣了。

這裡我連帶地想起的是日本的關於雷公的事情。民間有一句俗語云，地震打雷火災老人家。意思是說頂可怕的四樣東西，可見他們也是很怕雷的，可是不知怎的對於雷公毫不尊敬，正如並不崇祀火神一樣。我查日本的類書就沒有看見雷擊不孝子這類的紀事，雖然史上不乏有人被雷震死，都只當作一種天災，有如現時的觸電，不去附會上道德的意義。在文學美術上雷公卻時時出現，可是不大莊嚴，或者反多有喜劇色彩。十四世紀的「狂言」裡便有一篇《雷公》，說他從天上失足跌下來，閃壞了腰，動彈不得，請一位過路的庸醫打了幾針，大驚小怪的叫痛不迭，總算醫好了，才能飛迴天上去。民間畫的「大津繪」裡也有雷公的畫，圓眼獠牙，頂有雙角，腰裹虎皮，正是鬼（oni，惡鬼，非鬼魂）一般的模樣，伏身云上，放下一條長繩來，掛著鐵錨似的鉤，去撈那浮在海水上的一個雷鼓。有名的滑稽小說《東海道中膝慄毛》（膝慄毛意即徒步旅行）後編下記者年朝山進香人的自述，雷公跌壞了在他家裡養病，就做了他的女婿，後來一去不返，有雷公朋友來說，又跌到海裡去被鯨魚整個地吞下去了。我們推想這大約是一位假雷公，但由此可知民間講雷公的笑話本來很多，而做女婿乃是其中最好玩的數據之一，據說還有這種春畫，實在可以說是大不敬了。這樣的灑脫之趣我最喜歡，因為這裡有活力與生意。可惜中國缺少這種精神，只有《太平廣記》載狄仁傑事，（《五雜組》亦轉錄，）雷公為樹所夾，但是救了他有好處，也就成為報應故事了。日本國民更多宗教情緒，而對於雷公多所狎侮，實在卻更有親近之感。中國人重實際的功利，宗教心很淡薄，本來也是一種特點，可是關於水火風雷都充滿那些恐怖，所有紀載與說明又都那麼慘酷刻薄，正是一種病態心理，即可見精神之不健全。哈理孫女士論希臘神話有云：

「這是希臘的美術家與詩人的職務，來洗除宗教中的恐怖分子。這是我們對於希臘神話作者的最大的負債。」日本庶幾有希臘的流風餘韻，中國文人則專務創造出野蠻的新的顫慄來，使人心愈益麻木痿縮，豈不哀哉。

廿五年五月

談鬼論

三年前我偶然寫了兩首打油詩，有一聯云，街頭終日聽談鬼，窗下通年學畫蛇。有些老實的朋友見之譁然，以為此刻現在不去奉令喝道，卻來談鬼的故事，豈非沒落之尤乎。這話說的似乎也有幾分道理，可是也不能算對。蓋詩原非招供，而敝詩又是打油詩也，滑稽之言，不能用了單純的頭腦去求解釋。所謂鬼者焉知不是鬼話，所謂蛇者或者乃是蛇足，都可以講得過去，若一一如字直說，那麼真是一天十二小時站在十字街頭聽《聊齋》，一年三百六十五日坐在南窗下臨《十七帖》，這種解釋難免為姚首源所評為痴叔矣。據《東坡事類》卷十三《神鬼類》引《癸辛雜誌》序云：

「坡翁喜客談，其不能者強之說鬼，或辭無有，則曰，姑妄言之。聞者絕倒。」說者以為東坡晚年厭聞時事，強人說鬼，以鬼自晦者也。東坡的這件故事很有意思，是否以鬼自晦，覺得也頗難說，但是我並無此意則是自己最為清楚的。雖然打油詩的話未必即是東坡客之所說，雖然我亦未必如東坡之厭聞時事，但假如問是不是究竟喜歡聽人說鬼呢，那麼我答應說，是的。人家如要罵我應該從現在罵起，因為我是明白的說出了，以前關於打油詩的話乃是真的或假的看不懂詩句之故也。

話雖如此，其實我是與鬼不大有什麼情分的。遼陽劉青園著《常談》卷一中有一則云：

「鬼神奇蹟不止匹夫匹婦言之鑿鑿，士紳亦嘗及之。唯余風塵斯世未能一見，殊不可解。或因才不足以為惡，故無鬼物侵陵，德不足以為善，亦無神靈呵護。平庸坦率，無所短長，眼界固宜如此。」金谿李登齋著《常談叢錄》卷六有《性不見鬼》一則云：

「予生平未嘗見鬼形，亦未嘗聞鬼聲，殆氣稟不近於陰耶。記少時偕族人某宿鵝塘楊甥家祠堂內，兩室相對，晨起某蹙然曰，昨夜鬼叫嗚嗚不已，聲長而亮，甚可畏。予謂是夜行者戲作呼嘯耳，某曰，略不似人聲，烏有寒夜更深奔走正苦而歡娛如是者，必鬼也。予終不信。越數日予甥楊集益秀才夫婦皆以暴病相繼歿，是某所聞者果為世所傳勾攝之走無常耶。然予與同堂隔室宿，殊不聞也。郡城內廣壽寺前左有大宅，李玉漁庶子傳熊故居也，相傳其中多鬼，予嘗館寓於此，絕無所聞見。一日李拔生太學偕客來同宿東房，晨起言夜聞鬼叫如鴨，聲在壁後呀呷不已，客亦謂中夜拔生以足蹴使醒，聽之果有聲，擁被起坐，靜察之，非蟲非鳥，確是鬼鳴。然予亦與之同堂隔室宿，竟寂然不聞，詢諸生徒六七人，悉無聞者，用是亦不深信。拔生因述往歲曾以訟事寓此者半年，每至交夜則後堂啼叫聲，或如人行步聲，器物門壁震響聲，無夕不有，甚或若狂恣猖妄幾難言狀。然予居此兩載，迄無聞見，且連年夏中俱病甚，恆不安寐，宵深每強出臥堂中炕座上，視廣庭月色將盡升簷際，乃復歸室，其時旁無一人，亦竟毫無影響。諸小說家所稱鬼物雖同地同時而聞見各異者甚多，豈不有所以異者耶。若予之強頑，或鬼亦不欲與相接於耳目耶。不近陰之說尚未必其的然也。」

李書有道光二十八年序，劉書記有道光十八年事，蓋時代相同，書名又均稱常談，其不見鬼的性格也相似，可謂巧合。予生也晚，晚於劉李二君總將一百年吧，而秉性愚拙，不能活見鬼，因得附驥尾而成鼎足，殊為光榮之至。小時候讀《聊齋》等誌異書，特別是《夜談隨錄》的影響最大，後來腦子裡永遠留下了一塊恐怖的黑影，但是我是相信神滅論的，也沒有領教過鬼的尊容或其玉音，所以鬼之於我可以說是完全無緣的了。——聽說十王殿上有一塊匾，文曰，「你也來了！」這個我想是對那怙惡不悛的人說的。紀曉嵐著《灤陽消夏錄》卷四有一條云：

「邊隨園徵君言，有入冥者，見一老儒立廡下，意甚惶遽。一冥吏似是其故人，揖與寒溫畢，拱手對之笑曰，先生平日持無鬼論，不知先生今日果是何物。諸鬼皆粲然，老儒蝟縮而已。」《閱微草堂筆記》多設詞嘲笑老儒或道學家，頗多快意，此亦其一例，唯因不喜程朱而並惡無鬼論原是講不通，於不佞自更無關係，蓋不佞非老儒之比，即是死後也總不會變鬼者也。

這樣說來，我之與鬼沒有什麼情分是很顯然的了，那麼大可乾脆分手了事。不過情分雖然沒有，興趣卻是有的，所以不信鬼而仍無妨喜說鬼，我覺得這不是不合理的事。我對於鬼的故事有兩種立場不同的愛好。一是文藝的，一是歷史的。關於第一點，我所要求的是一篇好故事，意思並不要十分新奇，結構也無須怎麼複雜，可是文章要寫得好，簡潔而有力。其內容本來並不以鬼為限，自宇宙以至蒼蠅都可以，而鬼自然也就是其中之一。其體裁是，我覺得志怪比傳奇為佳，舉個例來說，與其取《聊齋志異》的長篇還不如《閱微草堂筆記》的小文，只可惜這裡也絕少可以中選的文章，因為裡邊如有了世道人心的用意，在我便當作是值得紅勒帛的一個大瑕疵了，四十年前讀段柯古的《酉陽雜俎》，心甚喜之，至今不變，段君誠不愧為三十六之一，所寫散文多可讀。《諾皋記》卷中有一則云：

「臨川郡南城縣令戴譽初買宅於館娃坊，暇日與弟閒坐廳中，忽聽婦人聚笑聲或近或遠，譽頗異之。笑聲漸近，忽見婦人數十散在廳前，倏忽不見，如是累日，詧不知所為。廳階前枯梨樹大合抱，意其為祥，因伐之。根下有石露如塊，掘之轉闊，勢如鏊形，乃火上沃醯，鑿深五六尺不透。忽見婦人繞坑抵掌大笑，有頃共牽詧入坑，投於石上，一家驚懼之際，婦人復還大笑，詧亦隨出。詧才出，又失其弟，家人慟哭，詧獨不哭曰，他亦甚快活，何用哭也。詧至死不肯言其情狀。」

此外如舉人孟不疑，獨孤叔牙，虞侯景乙，宣平坊賣油人各條，亦均有意趣。蓋古人志怪即以此為目的，後人則以此為手段，優劣之分即見於此，雖文詞美富，敘述曲折，勉為時世小說面目，亦無益也。其實宗旨信仰在古人似亦無礙於事，如佛經中不乏可喜的故事短文，近讀梁寶唱和尚所編《經律異相》五十卷，常作是想，後之作者氣度淺陋，便難追及，只緣面目可憎，以致語言亦復無味，不然單以文字論則此輩士大夫豈不綽綽然有餘裕哉。

第二所謂歷史的，再明瞭的說即是民俗學上的興味。關於這一點我曾經說及幾次，如在《河水鬼》，《鬼的生長》，《說鬼》諸文中，都講過一點兒。《鬼的生長》中云：

「我不信鬼，而喜歡知道鬼的事情，此是一大矛盾也。雖然，我不信人死為鬼，卻相信鬼後有人，我不懂什麼是二氣之良能，但鬼為生人喜懼願望之投影則當不謬也。陶公千古曠達人，其《歸園田居》云，人生似幻化，終當歸空無。《神釋》云，應盡便須盡，無復更多慮。在《擬輓歌辭》中則云，欲語口無音，欲視眼無光，昔在高堂寢，今宿荒草鄉。陶公於生死豈尚有迷戀，其如此說於文詞上固亦大有情致，但以生前的感覺推想死後況味，正亦人情之常，出於自然者也。常人更執著於生存，對於自己及所親之翳然而滅，不能信亦不願信其滅也，故種種設想，以為必繼續存在，其存在之狀況則因人民地方以至各自的好惡而稍稍殊異，無所作為而自然流露，我們聽人說鬼實即等於聽其談心矣。」（廿三年四月）這是因讀《望杏樓志痛編補》而寫的，故就所親立論，原始的鬼的思想之起原當然不全如此，蓋由於恐怖者多而情意為少也。又在《說鬼》（廿四年十一月）中云：

「我們喜歡知道鬼的情狀與生活，從文獻從風俗上各方面去搜求，為的可以了解一點平常不易知道的人情，換句話說就是為了鬼裡邊的人。反過來說，則人間的鬼怪伎倆也值得注意，為的可以認識人裡邊的鬼吧。我的打油詩云，街頭終日聽談鬼，大為志士所訶，我卻總是不管，覺得那鬼是怪有趣的物事，捨不得不談，不過詩中所談的是那一種，現在且不必說。至於上邊所講的顯然是老牌的鬼，其研究屬於民俗學的範圍，不是講玩笑的事，我想假如有人決心去作『死後的生活』的研究，實是學術界上破天荒的工作，很值得稱讚的。英國茀來則博士（J. G. Frazer）有一部大書專述各民族對於死者之恐怖，現在如只以中國為限，卻將鬼的生活詳細地寫出，雖然是極浩繁困難的工作，值得當博士學位的論文，但亦極有趣味與實益，蓋此等處反可以見中國民族的真心實意，比空口叫喊固有道德如何的好還要可憑信也。」照這樣去看，那麼凡一切關於鬼的無不是好數據，即上邊被罵為面目可憎語言無味的那些亦都在內，別無好處可取，而說者的心思畢露，所謂如見其肺肝然也。此事當然需要專門的整理，我們外行人隨喜涉獵，略就小事項少材料加以參證，稍見異同，亦是有意思的事。如眼能見鬼者所說，俞少軒的《高辛硯齋雜著》第五則云：

「黃鐵如者名楷，能文，善視鬼，並知鬼事。據云，每至人家，見其鬼香灰色則平安無事，如有將落之家，則鬼多淡黃色。又云，鬼長不過二尺餘，如鬼能修善則日長，可與人等，或為淫厲，漸短澌滅，至有僅存二眼旋轉地上者。亦奇矣。」王小穀的《重論文齋筆錄》卷二中有數則云：

「曾記族樸存兄淳言，(兄眼能見鬼，凡黑夜往來俱不用燈。) 凡鬼皆依附牆壁而行，不能破空，疫鬼亦然，每遇牆壁必如蚓卻行而後能入。常鬼如一團黑氣，不辨面目，其有面目而能破空者則是厲鬼，須急避之。」

「兄又言，鬼最畏風，遇風則牢握草木蹲伏不敢動。」

「兄又云，《左傳》言故鬼小新鬼大，其說確不可易，至溺死之鬼則新小而故大，其鬼亦能登岸，逼視之如煙云消滅者，此新鬼也。故鬼形如槁木，見人則躍入水中，水有聲而不散，故無圓暈。」

紀曉嵐的《灤陽消夏錄》卷二云：

「揚州羅兩峰目能視鬼，曰凡有人處皆有鬼。其橫亡厲鬼多年沉滯者率在幽房空宅中，是不可近，近則為害。其憧憧往來之鬼，午前陽盛多在牆陰，午後陰盛則四散遊行，可穿壁而過，不由門戶，遇人則避路，畏陽氣也，是隨處有之，不為害。又曰，鬼所聚集恆在人煙密簇處，僻地曠野所見殊希。喜圍繞廚竈，似欲近食氣，又喜入溷廁，則莫明其故，或取人跡罕到耶。」羅兩峰是袁子才的門人，想隨園著作中必有說及其能見鬼事，今不及翻檢，但就上文所引也可見一斑了。其所說有異同處最是好玩，蓋說者大抵是讀書人，所依據的與其說是所見無寧是其所信，這就是一種理，因為鬼總是陰氣，所以甲派如王樸存說鬼每遇牆壁必如蚓卻行而後能入，蓋以其為陰，而乙派如羅兩峰則云鬼可穿壁而過，殆以其為氣也。其相同之點轉覺無甚意思，殆因說理一致，或出於因襲，亦未可知。如紀曉嵐的《如是我聞》卷三記柯禺峰遇鬼事，有云：

「睡至夜半，聞東室有聲如鴨鳴，怪而諦視。時明月滿窗，見黑煙一道從東室門隙出，著地而行，長丈餘，蜿蜒如巨蟒，其首乃一女子，鬟鬢儼然，昂首仰視，盤旋地上，作鴨鳴不止。」又《槐西雜誌》卷四記一奴子婦為狐所媚，每來必換一形，歲餘無一重複者，末云：

「其尤怪者，婦小姑偶入其室，突遇狐出，一躍即逝。小姑所見是方巾道袍人，白鬚鬖鬖，婦所見則黯黑垢膩一賣煤人耳。同時異狀，更不可思議。」此兩節與《常談叢錄》所說李拔生夜聞鬼叫如鴨，又鬼物同時同地而聞見各異語均相合，則恐是雷同，當是說鬼的傳統之一點滴，但在研究者卻殊有價值耳。羅兩峰所畫《鬼趣圖》很有名，近年有正書局有影印本，得以一見，乃所見不逮所聞遠甚。圖才八幅，而名人題詠有八十通，可謂巨觀，其實圖也不過是普通的文人畫罷了，較《玉歷鈔傳》稍少匠氣，其鬼味與諧趣蓋猶不及吾鄉的大戲與目連戲，倘說此是目擊者的描寫，則鬼世界之繁華不及人間多多矣。——這回論語社發刊鬼的故事專號，不遠千里徵文及於不佞，重違尊命，勉寫小文，略述談鬼的淺見，重讀一過，缺乏鬼味諧趣，比羅君尤甚，既無補於鬼學，亦不足以充鬼話，而猶妄評昔賢，豈不將為九泉之下所抵掌大笑耶。

結緣豆

范寅《越諺》卷中風俗門云：

「結緣，各寺廟佛生日散錢與丐，送餅與人，名此。」敦崇《燕京歲時記》有「舍緣豆」一條云：

「四月八日，都人之好善者取青黃豆數升，宣佛號而拈之，拈畢煮熟，散之市人，謂之舍緣豆，預結來世緣也。謹按《日下舊聞考》，京師僧人唸佛號者輒以豆記其數，至四月八日佛誕生之辰，煮豆微撒以鹽，邀人於路請食之以為結緣，今尚沿其舊也。」劉玉書《常談》卷一云：

「都南北多名剎，春夏之交，士女云集，寺僧之青頭白麵而年少者著鮮衣華履，託朱漆盤，貯五色香花豆，蹀躞於婦女襟袖之間以獻之，名曰結緣，婦女亦多嬉取者。適一僧至少婦前奉之甚殷，婦慨然大言曰，良家婦不願與寺僧結緣。左右皆失笑，群婦赧然縮手而退。」

就上邊所引的話看來，這結緣的風俗在南北都有，雖然情形略有不同。小時候在會稽家中常吃到很小的小燒餅，說是結緣分來的，范嘯風所說的餅就是這個。這種小燒餅與「洞裡火燒」的燒餅不同，大約直徑一寸高約五分，餡用椒鹽，以小皋步的為最有名，平常二文錢一個，底有兩個窟窿，結緣用的只有一孔，還要小得多，恐怕還不到一文錢吧。北京用豆，再加上唸佛，覺得很有意思，不過二十年來不曾見過有人拿了鹽煮豆沿路邀吃，也不聽說浴佛日寺廟中有此種情事，或者現已廢止亦未可知，至於小燒餅如何，則我因離鄉里已久不能知道，據我推想或尚在分送，蓋主其事者多系老太婆們，而老太婆者乃是天下之最有閒而富於保守性者也。

結緣的意義何在？大約是從佛教進來以後，中國人很看重緣，有時候還至於說得很有點神祕，幾乎近於命數。如俗語云，有緣千里來相會，無緣對面不相逢，又小說中狐鬼往來，末了必云緣盡矣，乃去。敦禮臣所云預結來世緣，即是此意。其實說得淺淡一點，或更有意思，例如唐伯虎之三笑，才是很好的緣，不必於冥冥中去找紅繩縛腳也。我很喜歡佛教裡的兩個字，曰業曰緣，覺得頗能說明人世間的許多事情，彷彿與遺傳及環境相似，卻更帶一點兒詩意。日本無名氏詩句云：

「蟲呵蟲呵，難道你叫著，業便會盡了麼？」這業的觀念太是冷而且沉重，我平常笑禪宗和尚那麼超脫，卻還掛念臘月二十八，覺得生死事大也不必那麼操心，可是聽見知了在樹上喳喳地叫，不禁心裡發沉，真感得這件事恐怕非是涅槃是沒有救的了。緣的意思便比較的溫和得多，雖不是三笑那麼圓滿也總是有人情的，即使如庫普林在《晚間的來客》所說，偶然在路上看見一隻黑眼睛，以至夢想顛倒，究竟逃不出是春叫貓兒貓叫春的圈套，卻也還好玩些。此所以人家雖怕造業而不惜作緣歟？若結緣者又買燒餅煮黃豆，逢人便邀，則更十分積極矣，我覺得很有興趣者蓋以此故也。

為什麼這樣的要結緣的呢？我想，這或者由於不安於孤寂的緣故吧。富貴子嗣是大眾的願望，不過這都有地方可以去求，如財神送子娘娘等處，然而此外還有一種苦痛卻無法解除，即是上文所說的人生的孤寂。孔子曾說過，鳥獸不可與同群，吾非斯人之徒而誰與。人是喜群的，但他往往在人群中感到不可堪的寂寞，有如在廟會時擠在潮水般的人叢裡，特別像是一片樹葉，與一切絕緣而孤立著。唸佛號的老公老婆婆也不會不感到，或者比平常人還要深切吧，想用什麼儀式來施行祓除，列位莫笑他們這幾顆豆或小燒餅，有點近似小孩們的「辦人家」，實在卻是聖餐的麵包葡萄酒似的一種象徵，很寄存著深重的情意呢。我們的確彼此太缺少緣分，假如可能實有多結之必要，因此我對於那些好善者著實同情，而且大有加入的意思，雖然青頭白麵的和尚我與劉青園同樣的討厭，覺得不必與他們去結緣，而朱漆盤中的五色香花豆蓋亦本來不是獻給我輩者也。

我現在去唸佛拈豆，這自然是可以不必了，姑且以小文章代之耳。我寫文章，平常自己懷疑，這是為什麼的：為公乎，為私乎？一時也有點說不上來。錢振鍠《名山小言》卷七有一節云：

「文章有為我兼愛之不同。為我者只取我自家明白，雖無第二人解，亦何傷哉，老子古簡，莊生詭誕，皆是也。兼愛者必使我一人之心共喻於天下，語不盡不止，孟子詳明，墨子重複，是也。《論語》多弟子所記，故語意亦簡，孔子誨人不倦，其語必不止此。或怪孔明文采不豔而過於丁寧周至，陳壽以為亮所與言盡眾人凡士云云，要之皆文之近於兼愛者也。詩亦有之，王孟閒適，意取含蓄，樂天諷喻，不妨盡言。」這一節話說得很好，可是想拿來應用卻不很容易，我自己寫文章是屬於哪一派的呢？說兼愛固然夠不上，為我也未必然，似乎這裡有點兒纏夾，而結緣的豆乃彷彿似之，豈不奇哉。寫文章本來是為自己，但他同時要一個看的對手，這就不能完全與人無關係，蓋寫文章即是不甘寂寞，無論怎樣寫得難懂意識裡也總期待有第二人讀，不過對於他沒有過大的要求，即不必要他來做嘍囉而已。煮豆微撒以鹽而給人吃之，豈必要索厚賞，來生以百豆報我，但只願有此微末情分，想見時好生看待，不至倀倀來去耳。古人往矣，身後名亦復何足道，唯留存二三佳作，使今人讀之欣然有同感，斯已足矣，今人之所能留贈後人者亦止此，此均是豆也。幾顆豆豆，吃過忘記未為不可，能略為記得，無論轉化作何形狀，都是好的，我想這恐怕是文藝的一點效力，他只是結點緣罷了。我卻覺得很是滿足，此外不能有所希求，而且過此也就有點不大妥當，假如想以文藝為手段去達別的目的，那又是和尚之流矣，夫求女人的愛亦自有道，何為舍正路而不由，乃託一盤豆以圖之，此則深為不佞所不能贊同者耳。

廿五年九月八日，在北平。（選自《瓜豆集》，上海宇宙風社 1937 年版）

賦得貓

貓與巫術

我很早就想寫一篇講貓的文章。在我的《書信》裡《與俞平伯君書》中有好幾處說起，如廿一年十一月十三日云：

「昨下午北院葉公過訪，談及索稿，詞連足下，未知有勞山的文章可以給予者歟。不佞只送去一條窮褲而已，雖然也想多送一點，無奈材料缺乏，別無可做，想久寫一小文以貓為主題，亦終於未著筆也。」葉公即公超，其時正在編輯《新月》。十二月一日又云：

「病中又還了一件文債，即新印《越諺》跋文，此後擬專事翻譯，雖胸中尚有一貓，蓋非至一九三三年未必下筆矣。」但二十二年二月二十五日又云：

「近來亦頗有志於寫小文，仍有暇而無閒，終未能就，即一年前所說的貓亦尚任其屋上亂叫，不克捉到紙上來也。」如今已是一九三七，這四五年中信裡雖然不曾再說，心裡卻還是記著，但是終於沒有寫成。這其實倒也罷了，到現在又來寫，卻為什麼緣故呢？

當初我想寫貓的時候，曾經用過一番工夫。先調查貓的典故，並覓得黃漢的《貓苑》二卷，仔細檢讀，次又讀外國小品文，如林特（R. Lynd），密倫（A. A. Milne），卻貝克（K. Capek）等，公超又以路加思（E. V. Lucas）文集一冊見贈，使我得見所著談動物諸文，尤為可感。可是愈讀愈胡塗，簡直不知道怎樣寫好，因為看過人家的好文章，珠玉在地，不必再去擺上一塊磚頭，此其一。材料太多，貪吃便嚼不爛，過於躊躇，不敢下筆，此其二。大約那時的意思是想寫草木蟲魚一類的文章，所以還要有點內容，講點形式，卻是不大容易寫，近來覺得這也可以不必如此，隨便說說話就得了，於是又拿起那個舊題目來，想寫幾句話交卷。這是先有題目而作文章的，故曰賦得，不過我寫文章是以不切題為宗旨的，假如有人想拿去當作賦得體的範本，那是上當非淺，所以請大家不要十分認真才好。

現在我的寫法是讓我自己來亂說，不再多管人家的鳥事。以前所查過的典故看過的文章幸而都已忘卻了，《貓苑》也不翻閱，想到什麼可寫的就拿來用。這裡我第一記得清楚的是一件老姨與貓的故事，出在齎園主人著的《夜談隨錄》裡。此書還是前世紀末讀過，早已散失，乃從友人處借得一部檢之，在第六卷中，是《夜星子》二則中之一。其文云：

「京師某宦家，其祖留一妾，年九十餘，甚老耄，居後房，上下呼為老姨。日坐炕頭，不言不笑，不能動履，形似饑鷹而健飯，無疾病。嘗畜一貓，與相守不離，寢食共之。宦有一子尚在襁褓，夜夜啼號，至睡方輟，匝月不癒，患之。俗傳小兒夜啼謂之夜星子，即有能捉之者。於是延捉者至家，禮待甚厚，捉者一半老婦人耳。是夕就小兒旁設桑弧桃矢，長大不過五寸，矢上系素絲數丈，理其端於無名之指而拈之。至夜半月色上窗，兒啼漸作，頃之隱隱見窗紙有影倏進倏卻，彷彿一婦人，長六七寸，操戈騎馬而行。捉者擺手低語曰，夜星子來矣來矣！亟彎弓射之，中肩，唧唧有聲，棄戈返馳，捉者起急引絲率眾逐之。拾其戈觀之，一搓線小竹籤也。跡至後房，其絲竟入門隙，群呼老姨，不應，因共排闥燃燭入室，遍覓無所見。搜尋久之，忽一小婢驚指曰，老姨中箭矣！眾視之，果見小矢釘老姨肩上，呻吟不已，而所畜貓猶在胯下也，鹹大錯愕，亟為拔矢，血流不止。捉者命撲殺其貓，小兒因不復夜啼，老姨亦由此得病，數日亦死。」後有蘭巖評語云：

「怪出於老姨，誠不知其何為，想系貓之所為，老姨龍鍾為其所使耳。卒乃中箭而亡，不亦冤乎。」同卷中又有《貓怪》三則，今悉不取，此處評者說是貓之所為亦非，蓋這篇夜星子的價值重在是一件巫蠱案，貓並不是主，乃是使也。我很想知道西漢的巫蠱詳情，可是沒有工夫去查考，所以現在所說的大抵是以西歐為標準，巫蠱當作 witch-craft 的譯語，所謂使即是 familiars 也。英國藹堪斯泰因女士（Lina Eckenstein）曾著《兒歌之研究》，二十年前所愛讀，其遺稿《文字的咒力》(A Spell of Words·1932）中第一篇云《貓及其同幫》，於我頗有用處。第一章《貓或狗》中云：

「在北歐古代貓也算是神聖不可犯的，又用作犧牲。木桶裡的貓那種殘酷的遊戲在不列顛一直舉行，直至近代。這最好是用一隻貓，在得不到的時候，那就用煙煤，加入桶中。」

「在法蘭西比利時直至近代，都曾舉行公開的用貓的儀式。聖約翰祭即中夏夜，在巴黎及各處均將活貓關在籠裡，拋到火堆裡去。在默茲地方，這個習俗至一七六五年方才廢除。比利時的伊不勒思及其他城市，在聖灰日即四旬齋的第一日舉行所謂貓祭，將活貓從禮拜堂塔頂擲下，意在表示異端外道就此都廢棄了。貓是與古代女神茀賴耶有系屬的，據說女神嘗跟著軍隊，坐了用許多貓拉著的車子。書上說現在伊不勒思尚留有遺址，原是獻給一個女神的廟宇。」第二章《貓與巫》中又云：

「貓在歐洲當作家畜，其事當直在母權社會的時代。貓是巫的部屬，其關係極密切，所以巫能化貓，而貓有時亦能幻作巫形。兔子也有同樣的情形，這曾被叫做草貓的。德國有俗諺云，貓活到二十歲便變成巫，巫活到一百歲時又變成一隻貓。

一五八四年出版的巴耳溫的《留心貓兒》中有這樣的話，巫是被許可九次把她自己化為貓身。《羅米歐與朱麗葉》中諦巴耳特說，你要我什麼呢？麥邱細阿答說，美貓王，我只要你九條性命之一而已。據英法人說，女人同貓一樣也有九性命，但在格倫綏則云那老太太有七條性命正如一隻黑貓。

又有俗諺云，貓有九條性命，而女人有九隻貓的性命。（案此即八十一條性命矣。）

巫可以變化為貓或兔，十七世紀的知識階級還都相信這是可能的事。」

燒貓的習俗，茀來則博士（J. C. Frazer）自然知道得最多，可惜我只有一冊節本的《金枝》(The Golden Bough)，只可簡單的抄幾句。在六十四章《火裡燒人》中云：

「在法國阿耳登思省，四旬齋的第一星期日，貓被扔到火堆裡去，有時候殘酷稍為醇化了，便將貓用長竿掛在火上，活活的烤死。他們說，貓是魔鬼的代表，無論怎麼受苦都不冤枉。」他又解釋燒諸動物的理由云：

「我們可以推想。這些動物大約都被算作受了魔法的咒力的，或者實在就是男女巫，他們把自己變成獸形，想去進行他們的鬼計，損害人類的福利。這個推測可以證實，只看在近代火堆裡常被燒死的犧牲是貓，而這貓正是據說巫所最喜變的東西，或者除了兔以外。」

這樣大抵可以說明老姨與貓的關係。總之老姨是巫無疑了，貓是她的不可分的系屬物。理論應該是老姨她自己變了貓去作怪，被一箭射中貓肩，後來卻發見這箭是在她的身上。如散茂斯（M. Summers）在所著《殭屍》(The Vampire，1928）第三章《殭屍的特性及其習慣》中云：

「這是在各國妖巫審問案件中常見的事，有巫變形為貓或兔或別的動物，在獸形時遇著危險或是受了損傷，則回覆原形之後在他的人身上也有著同樣的傷或別的損害。」這位散茂斯先生著作頗多，此外我還有他的名著《變狼人》，《巫術的歷史》與《巫術的地理》，就只可惜他是相信世上有巫術的，這又是非聖無法故該死的，因此我有點不大敢請教，雖然這些題目都頗珍奇，也是我所想知道的事。吉忒勒其教授（G. L. Kittredge）的《舊新英倫之巫術》(The Witch-craft in Old and New England，1929）第十章《變形》中亦云：

「關於貓巫在獸形時受害，在其原形受有同樣的傷，有無數的近代的例證。」在小注中列舉書名出處甚多。吉忒勒其曾編訂英國古民謠為我所記憶，今此書亦是我愛讀的，其小序中有一節云：

「有見於近時所出講巫術的諸書，似應慎重一點在此宣告，我並不相信黑術（案即害他的巫術），或有魔鬼干預活人的日常生活。」由是可知他的態度是與《殭屍》的著者相反的，我很有同感，可是文獻上的考據還是一樣，蓋檔案與大眾信心固是如此，所謂泰山可移而此案難翻者也。

話又說了回來，老姨卻並不曾變貓，所以不是屬於這一部類的。這頭貓在老姨只是一種使，或者可稱為鬼使（familiar spirit）。茂來女士（M. A. Murray）於一九二一年著《西歐的巫教》(The Witch-cult in Western Europe)，辨明所謂巫術實是古代的原始宗教之餘留，也是我所尊重的一部書，其第八章論《使與變形》是最有價值的論斷。據她在這裡說：

「蘇格蘭法律家富比士說過，魔鬼對於他們給與些小鬼，以通訊息，或供使令，都稱作古怪名字，叫著時它們就答應。這些小鬼放在瓦罐或是別的器具裡。」大抵使有兩種，一云占卜使，即以通訊息，猶中國的樟柳神，一云畜養使，即以供使令，猶如蠱也。書中又云：

「畜養使平常總是一種小動物，特別用麵包牛乳和人血餵養，又如富比士所云，放在木匣或瓦罐裡，底墊羊毛。這可以用了去對於別人的身體或財產使行法術，卻絕不用以占卜。吉法特在十六世紀時記述普通一般的所信云：巫有她們的鬼使，有的只一個，有的更多，自二以至四五，形狀各不相同，或像貓，黃鼠狼，癩蝦蟆，或小老鼠，這些她們都用牛乳或小雞餵養，或者有時候讓它們吸一點血喝。

在早先的審問案件裡巫女招承自刺手或臉，將流出來的血滴給鬼使吃。但是在後來的案件裡這便轉變成鬼使自己喝巫女的血，所以在英國巫女算作特色的那穴乳（案即贅疣似的多餘的乳頭）普通都相信就是這樣舔吮而成的。」吉忒勒其教授云：

「一五五六年在千斯福特舉行的伊裡查白時代巫女大審問的第一案裡，貓就是鬼使。這是一頭白地有斑的貓，名叫撒旦，喝血吃。」恰好在茂來女士書裡有較詳的記載，我們能夠知道這貓本來是法蘭色斯從祖母得來的，後來她自己養了十五六年，又送給一位老太太華德好司，再養了九年，這才破案。因為本來是小鬼之流，所以又會轉變，如那頭貓後來就化為一隻癩蝦蟆了。法庭記錄（見茂來書中）說：

「據該嫗華德好司供，伊將該貓化為蟾蜍，系因當初伊用瓦罐中墊羊毛養放該貓，歷時甚久，嗣因貧窮不能得羊毛，伊遂用聖父聖子聖靈之名禱告願其化為蟾蜍，於是該貓化為蟾蜍，養放罐中，不用羊毛。」這是一個理想的好例，所以大家都首先援引，此外鬼使作貓形的還不少，茂來女士書中云：

「一六二二年在福斯東地方擾害費厄法克思家的巫女中，有五人都有畜養使的。惠忒的是一個怪相的東西，有許多隻腳，黑色，粗毛，像貓一樣大。惠忒的女兒有一鬼使，是一隻貓，白地黑斑，名叫印及思。狄勃耳有一大黑貓，名及勃，已經跟了她有四十年以上了。她的女兒所有鬼使是鳥形的，黃色，大如鴉，名曰啁嗯。狄更生的鬼使形如白貓，名菲利，已養了有二十年。」由此可知貓的地位在那裡是多麼高的了。吉忒勒其教授書中（仍是第十章）又云：

「馴養的鄉村的貓，在現今流行的迷信裡，還儲存著好些他的魔性。貓會得吸睡著的小孩的氣，這個意見在舊的和新的英倫（案即英美兩國）仍是很普遍。又有一種很普遍的思想，說不可令貓近死屍，否則會把屍首毀傷。這在我們本國（案即美國）變成了一種高明的說法，云：勿使貓近死人，怕他會捕去死者的靈魂。我們記得，靈魂常從睡著的人的嘴裡爬出來，變成小老鼠的模樣！」講到這裡我們可以知道老姨的貓是屬於這一類的畜養使，無論是鬼王派遣來，或是養久成了精，總之都是供老姨的使令用的，所以跨了當馬騎正是當然的事。到了後來時不利兮騅不逝，主人無端中了流矢，貓也就殉了義，老姨一案遂與普通巫女一樣的結局了。

我聽人家所講貓的故事裡，還有一件很有意思的，即是貓替猴子伸手到火爐裡抓煨栗子吃，覺得十分好玩，想拿來做文章的主題，可是末了終於決定借用這老姨的貓。為什麼呢？這件故事很有意思，因為這與中國的巫蠱和歐洲的巫術都有關係，雖然原只是一篇誌異的小說。以漢朝為中心的巫蠱事情我很想知道，如上邊所已說過，只是尚無這個機緣，所以我在幾本書上得來的一點知識單是關於巫術的。那些巫，馬披，沙滿，藥師等的哲學與科學，在我都頗有興趣而且稍能理解，其荒唐處固自言之成理，亦復別有成就，克拉克教授在《西歐的巫教》附錄中論一女所用飛行藥膏的成分，便是有趣的一例。其結論云：

「我不能說是否其中那一種藥會發生飛行的感覺，但這裡使用烏頭（aconite）我覺得很有意思。睡著的人的心臟動作不勻使人感覺突然從空中下墮，今將用了使人昏迷的莨菪與使心臟動作不勻的烏頭配合成劑，令服用者引起飛行的感覺，似是很可能的事。」這樣戳穿西洋鏡似乎有點殺風景，不如戈耶所畫老少二女白身跨一掃帚飛過空中的好，我當然也很愛好這西班牙大匠的畫，但是我也很喜歡知道這三個藥方，有如打聽得祝由科的幾門手法或會黨的幾句口號，雖不敢妄希仙人的他心通，唯能多察知一點人情物理，亦是很大的喜悅。茂來女士更證明中古巫術原是原始的地亞那教（Diana-Cult）之留遺，其男神名地亞奴思，亦名耶奴思（Janus），古羅馬稱正月即從此神名衍出，通行至今，女神地亞那之徒即所謂巫，其儀式乃發生繁殖的法術也。雖然我並不喜吃菜事魔，自然更沒有騎掃帚的興趣，但對於他們鬼鬼祟祟的花樣卻不無同情，深覺得宗教審問院的那些銬打殺戮大可不必。多年前我讀英國克洛特（E. Clodd）的《進化論之先驅》與勒吉（W. E. H. Lecky）的《歐洲唯理思想史》，才對於中古的巫術案覺得有注意的價值，就能力所及略為涉獵，一面對那時政教的權威很生反感，一面也深感危懼，看了心驚眼跳，不能有隔岸觀火之樂，蓋人類原是一個，我們也有文字獄思想獄，這與巫術案本是同一類也。歐洲的巫術案，中國的文字獄思想獄，都是我所怕卻也就常還想（雖然想了自然又怕）的東西，往往互相牽引連帶著，這幾乎成了我精神上的壓迫之一。想寫貓的文章，第一挑到老姨，就是為這緣故。該姨的確是個老巫，論理是應該重辦的，幸而在中國偶得免肆諸市朝，真是很難得的，但是拿來與西洋的巫術比較了看也仍是極有意思的事。中國所重的文字獄思想獄是儒教的，——基督教的教士敬事上帝，異端皆非聖無法，儒教的文士諂事主君，犯上即大逆不道，其原因有宗教與政治之不同，故其一可以隨時代過去，其一則不可也。我們今日且談巫術，論老姨與貓，若文字獄等亦是很好題目，容日後再談，蓋其事言之長矣。

民國二十六年一月二十六日於北平。

[附記]

黃漢《貓苑》卷下，引《夜談隨錄》，云有李侍郎從苗疆攜一苗婆歸，年久老病，嘗養一貓酷愛之，後為夜星子，與原書不合，不知何所本，疑未可憑信。

談混堂

黃公度著《日本雜事詩》卷二有一首云：

「蘭湯暖霧鬱迷離，背面羅衫乍解時，一水盈盈曾不隔，未消金餅亦偷窺。」原注云：

「喜潔，浴池最多。男女亦許同浴，近有禁令，然積習難除，相去僅咫尺，司空見慣，渾無慚色。」《日本國志》中《禮俗志》四卷贍詳可喜，未記浴池，只有溫泉一條。據久松祐之著《近世事物考》云：

「天正十九年辛卯（一五九一）夏在今錢瓶橋尚有商家時，有人設浴堂，納永樂錢一文許入浴，是為江戶湯屋之始。其後至寬永時，自鎌倉河岸以至各處均有開設，稱風呂屋。又有湯女者，為客去垢洗髮，後乃漸成為妓女，慶安時有禁令，此事遂罷。」因為一文錢一浴，日本至今稱為錢湯，湯者熱水沸水義，與孟子冬日則飲湯意相合。江戶（今東京）開設浴堂在豐臣秀吉之世，於今才三百餘年，湯屋乃遍全國，幾乎每條街有一所，可與中國東南之茶館競爽矣。文化六年（一八〇九）式亭三馬著滑稽本《浮世風呂》初編二卷，寫浴客談笑喧爭情形，能得神似，至今傳誦，二三編各二卷，寫女客事，四編三卷，此與初編皆寫男子者也。蓋此時入浴已成為民間日常生活之一部分，亦差不多是平民的一種娛樂，而浴堂即是人家的俱樂部，若篦頭鋪乃尚在其次耳。天保五年（一八三四）寺門靜軒著《江戶繁昌記》二篇有《混堂》一則，原用漢文所書，有數處描寫浴客，雖不及三馬俗語對話之妙，亦多諧趣，且可省移譯，抄錄於下：

「外面浴客，位置占地，各自磨垢。一人擁大桶，令爨奴巾背。一人挾兩兒，慰撫剃頭，弟手弄陶龜與小桶，兄則已剃在側，板面布巾，舒捲自娛。就水舟漱，因睨窺板隙，蓋更代藩士，踞隅前盆，洗濯犢鼻，可知曠夫。男而女樣，用糠精滌，人面鴉浴，一洗徑去。（省略十六字。）醉客噓氣，熱柿送香，漁商帶羶，乾魚曝臭。一環臂墨，若有所掩，滿身花繡，似故示人。一撥振衣，不欲受汶汶也，赤裸左側，惡能浼乎。浮石摩踵，兩石敲毛，披衣剪爪，幹身拾蝨。」

又云：

「水潑桶飛，山壑將頹。方此時也，湯滑如油，沸垢煎膩，衣帶狼藉，腳莫容投，蓋知蝨與蝨相食。女湯亦翻江海，乳母與愚婆喋喋談，大娘與小婦聒聒話。飽罵鄰家富貴，細辯伍癌長短。訕吾新婦，訴我舊主，金龍山觀音，妙法寺高祖，並才及其靈驗，鄰家放屁亦論無遺焉。」

中國只看過一篇《混堂記》，見於《豈有此理》卷一，系周竹君所作，《韻鶴軒雜著》中曾加以讚許。其文云：

「築大石為池，穹幕以磚，鑿與池通，轆轤引水，穴壁而貯焉，析薪然火，頃成沸湯。男子被不沽者，膚垢膩者，負販屠沽者，瘍者，疕者，納錢於土人，皆得入澡焉。旦及暮，絡繹而至，不可勝計。蹴之則泥什可掬，腥羶臊穢，不可向邇，為士者間亦蹈之。彼豈不知汙耶，迷於其稱耶，習於俗而不知怪耶，抑被不潔膚垢膩者負販屠沽者瘍者疕者果不相浼耶，抑溺於中者目不見，鼻不聞，心憒憒而不知臭耶。倘使去薪沃釜，與溝瀆之水何異焉，人孰從而趨之。趨之，趨其熱也。烏呼，彼之所謂堂者，吾見其混而已矣。」此篇近古文，有寓意，人以為佳卻亦即其缺點，唯前半記事可取耳，《江戶繁昌記》中亦有一節云：

「混堂或謂湯屋，或呼風呂屋。堂之廣狹蓋無常格，分畫一堂作兩浴場，以別男女，戶各一，當兩戶間作一坐處，形如床而高，左右可下，監此而收錢戒事者謂之番頭。並戶開牖，牖下作數衣閣，牖側構數衣架，單席數筵，界筵施闌，自闌至室中溜之間盡作板地，為澡洗所，當半通溝，以受餘湯，湯槽廣方九尺，下有竈爨，槽側穿穴，瀉湯送水，近穴有井，轆轤上水。室前面塗以丹雘，半上牖之，半下空之，客從空所俯入，此謂柘榴口。牖戶畫以云物花鳥，常閉不啟，蓋蓄湯氣也。別蓄淨湯，謂之陸湯，爨奴秉杓，謂此處曰撥出，以奴出入由此也。奴曰若者，又曰三助，今皆僭呼番頭，秉杓者曰上番，執爨者曰爨番，間日更代。又蓄冷水，謂之水舟，浮斗任斟。陸湯水舟，男女隔板通用焉。小桶數十，以供客用，貴客別命大桶，且令奴摩澡其脊，乃睹其至，番公析報，客每屆五節，投錢數緡酬其勞云。堂中科目大略如左。曰：官家通禁，宜固守也。男女混浴之禁，最宜嚴守。須切戒火燭。甚雨烈風，收肆無定期。老人無子弟扶者，謝浴焉。病人惡疾並不許入，且禁赤裸入戶，附手巾罩頰者。月日，行事白。」

靜軒寫此文雖在百年前，所記浴堂內部裝置與現今並無多少不同，唯浴槽上部的柘榴口已撤除，故浴客不必再俯首出入了。陸湯水舟男女隔板通用，在明治年中尚是如此，現在皆利用水道，只就壁閂按栓便自瀉出，故上番已無用處，三助則專為人搓澡，每次給資與浴錢同價，不復論節酬勞矣。浴場板地今悉改為三和土，據說為衛生計易於潔治，唯客或行或坐都覺得粗糙，且有以土親膚之感，大抵中年人多不喜此，以為不及木板遠甚。浴錢今為金五錢，值中國錢五分，別無官盆名目，只此一等，正與中國混堂相當，但浴法較好，故渾濁不甚。日本入浴者先汲湯淋身，浸槽內少頃，出至浴場搓洗，迨洗濯盡淨，始再入槽，以為例。至晚間客眾，固亦難免有足莫容投之感，好清淨者每於午前早去，則整潔與自宅浴室不殊，而舒暢過之。日本多溫泉，有名者如修善寺別府非不甚佳，平常人不能去，投五分錢入澡堂一浴，亦是小民之一樂，聊以償一日的辛勞也。男女渾浴在浴堂久有禁令，唯溫泉旅館等處仍有之，黃公度詩注稍嫌籠統，詩亦只是想像的香豔之作，在雜事詩中並非上乘。日本人對於裸體的觀念本來是頗近於健全的，前後受了中國與西洋的影響，略見歪曲，於德川中期及明治初的禁令可見，不過他比在儒教和基督教的本國究竟也還好些，此則即在現今男女分浴的混堂中亦可見之者也。

七月十二日

談關公

《越縵堂日記補》第五冊咸豐八年戊午正月下云：

「初七日甲申晴。下午進城至倉橋書肆，借得明人張青父丑《清河書畫舫》十四冊，歸閱之。其論書畫頗不減元人，間附考證亦多有據，又全載昔人題跋及諸評論，皆有意致可觀，醜自贅者亦楚楚不俗，最宜於賞鑒家。昔錢思公嘗言於廁上觀雜書，未免太褻，若此者正當攜之舟中馬上耳。」

乾隆時池北草堂刻本《書畫舫》原有一部，看了這篇批評便找了出來，我不是賞鑒家，沒有什麼用處，也只是看看題跋之類罷了。卷一開首是「鍾繇」，對於他的興趣卻並不在法書，還是由於《世說新語》所載司馬昭嘲鍾會的話：「與人期行，何以遲遲，望卿遙遙不至。」其次是因為書。《畫舫》上所錄的一篇《賀捷表》，嚴可均輯《全三國文》卷二十四根據《絳帖》錄有全文，今轉抄於下：

「臣繇言。戎路兼行，履險冒寒，臣以無任，不獲扈從，企仰懸情，無有寧捨。即日長史逮充宣大令命，知征南將軍運田單之奇，厲憤怒之眾，與徐晃同勢，併力撲討，表裡俱進，應期克捷，馘滅凶逆。賊帥關羽已被矢刃，傳方反覆，胡修背恩，天道禍淫，不終厥命。奉聞嘉憙，喜不自勝，望路載笑，踴躍逸豫，臣不勝欣慶，謹拜表因便宜上聞。臣繇誠皇誠恐，頓首頓首，死罪死罪。建安二十四年閏月九日南蕃東武亭侯臣繇上。」

此文在《書畫舫》中也有，但是有缺文，賊帥關羽四字都是墨釘，後面引《廣川書跋》云：「永叔嘗辯此，謂建安二十四年九月關羽未死，不應先作此表。」又張丑注云：

「《東觀餘論》考《魏志》是年十月羽為徐晃所敗，表內只云被矢刃，時羽為流矢所傷，未始言其死也，此表非偽，表云閏月是十月，非九月也。」

上邊三處羽字均非空格，與表文並看，可知是避諱無疑，蓋是吳氏刻書時所為，張醜原本當不如是。查陳壽《三國志》三十六「蜀書」六「關張馬黃趙傳」，記關羽事凡九百餘言，所可取者唯報曹歸劉一事耳，傳末評曰：

「關羽張飛皆稱萬人之敵，為世虎臣。羽報效曹公，飛義釋嚴顏，並有國士之風。然羽剛而自矜，飛暴而無恩，以短取敗，理數之常也。」

這是很得要領的話。張飛傳中亦云，「羽善待卒伍而驕於士大夫，飛愛敬君而不恤小人。」那麼這兩位實在也只是普通的名將，假如畫在百將圖裡固然適宜，尊為內聖外王則顯然尚無此資格。人家對張飛的態度也還是平常，如稱莽撞人曰猛張飛（其實猛恐即是莽，今照俗音寫），又吾鄉有鳥，頰上黑白紋相雜，鄉人稱之曰張飛鳥（Tsangfitiau）亦不詳其本名。若關羽便大不相同了，聽說戲臺上說白自稱吾乃關公是也，這是戲子做的事，或者可以說是難怪，士大夫們也都避諱，連《書畫舫》這種書裡也出現了，這不能不算是大奇事。論其原因第一當然是《三國志演義》的傳播。沈濤的《交翠軒筆記》卷四有一則云：

「明人作《琵琶記》傳奇，而陸放翁已有滿村都唱蔡中郎之句。今世所傳《三國演義》亦明人所作，然東坡集記王彭論曹劉之澤云，塗巷小兒薄劣，為其家所厭苦，輒與數文錢，會聚聽說古話，至說三國事，聞玄德敗則嚬蹙有涕者，聞曹操敗則喜唱快，以覺知君子小人之澤百世不斬云云。是北宋時已有演說三國野史者矣。」

東坡時已說三國，固是很好的考證數據，但我所覺得有意思的還在別一件事，即是愛護劉皇叔的心理那時已如此普遍，這與關羽的被尊重是很有關係的。那時所講的內容如何，現在已無可考，我們只看元至治刊本《新全相三國志平話》，可以知道故事總是幼稚的很，一點都看不出五虎將怎樣的了不得，可是有一件奇事，全相中所畫人物身邊都寫姓名，就是劉皇叔也只能叫聲玄德，唯獨關羽卻都題曰關公，似乎在六百年前便已有點神聖化了，這個理由很不容易了解。至治本《平話》不必說了，便是弘治年《三國志通俗演義》以至毛聲山評本，裡邊講的關羽言行都別無什麼大過人處，至多也不過是好漢或義士罷了。無論怎麼看沒有成神的資格，雖然去當義和團等會黨的祖師自然儘夠。——義和的本字實系義合，這類點號至今在北方還是極常見，蓋是桃園結義的影響，如劉關張之尚義氣而結合，他們也會集了來營商業或練武技耳。關羽在民間所受英雄的崇拜我們可以了解，若神明的頂禮則事甚離奇，在《三國演義》的書本或演辭中都找不出些須理由來，我所覺得奇怪的就是這一件事。關羽封神稱帝的歷史我未能仔細查考，唯據阮葵生《茶餘客話》卷四云：

「關廟之見於正史者唯《明史》有之，其立廟之始不可考，俗傳崇寧真君封號出自宋徽宗，亦無據。按《元史 · 祭祀志》，每歲二月十五日於大殿啟建白傘蓋佛事，與眾祓除不祥，抬舁監壇漢關某神轎。夫曰抬舁神轎，則必塑像，有塑像則必有廟宇矣，然則廟始於元之先可知也。」

又云：

「明萬曆四十二年甲寅十月十日加封為三界伏魔大帝神威遠鎮天尊關聖帝君。四十五年丁巳五月福藩常洵序刻洛陽關帝廟簽簿曰，前歲予承命分封河南，關公以單刀伏魔於皇父宮中，託之夢寐間，果驗，是以大隆徽號，由是敕聞天下而尊顯之云云。予見各省關廟題旌皆同此號，殆始於明神宗時。」

可知關聖帝君的名稱起於萬曆，萬曆是一位大昏君而其旨意在讀書人中發生了大效力，十足三百年裡大家死心塌地的信奉。因為是聖是帝而又是神，所以尊嚴的了不得，避諱也正是當然，猶如不敢寫丘字玄字一樣，卻不知道他原來是驕於士大夫的，讀書人的醜態真是畢露了。他們又送「志在春秋」的匾額給他，硬欲引為同類，也很可笑。據本傳裴松之注云：

「羽為《左氏傳》，諷誦略皆上口。」那麼其程度似亦頗淺，後人如欲於武人中求《春秋》學者，何不再等幾年去找那項下有癭的杜預乎。阮葵生云，「雍正四年增設山西解州五經博士一人。」此亦是送匾之意，或可為讀書人解嘲。不佞非敢菲薄古人，只因看不出關羽神聖之處何在，略加談論，若是當他一條好漢，則當然承認，並無什麼不敬之意也。

廿六年八月五日

賣糖

崔曉林著《念堂詩話》卷二中有一則云：「《日知錄》謂古賣糖者吹簫，今鳴金。予考徐青長詩，敲鑼賣夜糖，是明時賣餳鳴金之明證也。」案此五字見《徐文長集》卷四，所云青長當是青藤或文長之誤。原詩題曰《曇陽》，凡十首，其五云：

「何事移天竺，居然在太倉。善哉聽白佛，夢已熟黃粱。託缽求朝飯，敲鑼賣夜糖。」

所詠當系王錫爵女事，但語頗有費解處，不佞亦只能取其末句，作為夜糖之一佐證而已。查范嘯風著《越諺》卷中飲食類中，不見夜糖一語，即梨膏糖亦無，不禁大為失望。紹興如無夜糖，不知小人們當更如何寂寞，蓋此與炙糕二者實是兒童的恩物，無論野孩子與大家子弟都是不可缺少者也。夜糖的名義不可解，其實只是圓形的硬糖，平常亦稱圓眼糖，因形似龍眼故，亦有尖角者，則稱粽子糖，共有紅白黃三色，每粒價一錢，若至大路口糖色店去買，每十粒只七八文即可，但此是三十年前價目，現今想必已大有更變了。梨膏糖每塊須四文，尋常小孩多不敢問津，此外還有一錢可買者有茄脯與梅餅。以沙糖煮茄子，略晾乾，原以斤兩計，賣糖人切為適當的長條，而不能無大小，小兒多較量擇取之，是為茄脯。梅餅者，黃梅與甘草同煮，連核搗爛，范為餅如新鑄一分銅幣大，吮食之別有風味，可與青鹽梅競爽也。賣糖者大率用擔，但非是肩挑，實只一筐，俗名橋籃，上列木匣，分格盛糖，蓋以玻璃，有木架交叉如交椅，置籃其上，以待顧客。行則疊架夾脅下，左臂操筐，俗語曰橋，盧左手持一小鑼，右手執木片如笏狀，擊之聲鏜鏜然，此即賣糖之訊號也，小兒聞之驚心動魄，殆不下於貨郎之驚閨與喚嬌娘焉。此鑼卻又與他鑼不同，直徑不及一尺，窄邊，不繫索，擊時以一指抵邊之內緣，與銅鑼之提索及用鑼槌者迥異，民間稱之曰鏜鑼，第一字讀如國音湯去聲，蓋形容其聲如此。雖然亦是金屬無疑，但小說上常見鳴金收軍，則與此又截不相像，顧亭林云賣餳者今鳴金，原不能說錯，若云籠統殆不能免，此則由於用古文之故，或者也不好單與顧君為難耳。

賣糕者多在下午，竹籠中生火，上置熬盤，紅糖和米粉為糕，切片炙之，每片一文，亦有麻餈，大呼曰麻餈荷炙糕。荷者語助詞，如蕭老老公之荷荷，唯越語更帶喉音，為他處所無。早上別有賣印糕者，糕上有紅色吉利語，此外如蔡糖糕，茯苓糕，桂花年糕等亦具備，呼聲則僅云賣糕荷，其用處似在供大人們做早點心吃，與炙糕之為小孩食品者又異。此種糕點來北京後便不能遇見，蓋南方重米食，糕類以米粉為之，北方則幾乎無一不面，情形自大不相同也。

小時候吃的東西，味道不必甚佳，過後思量每多佳趣，往往不能忘記。不佞之記得糖與糕，亦正由此耳。昔年讀日本原公道著《先哲叢談》卷三有講朱舜水的幾節，其一云：

「舜水歸化歷年所，能和語，然及其病革也，遂復鄉語，則侍人不能了解。」（原本漢文。）不佞讀之愴然有感。舜水所語蓋是餘姚話也，不佞雖是隔縣，當能了知，其意亦唯不佞可解。餘姚亦當有夜糖與炙糕，惜舜水不曾說及，豈以說了也無人懂之故歟。但是我又記起《陶庵夢憶》來，其中亦不談及，則更可惜矣。

廿七年二月廿五日漫記於北平知堂。

［附記］

《越諺》不記糖色，而糕類則稍有敘述，如印糕下注云：「米粉為方形，上印彩粉文字，配饅頭送喜壽禮。」又麻餈下云：「糯粉，餡烏豆沙，如餅，炙食，擔賣，多吃能殺人。」末五字近於贅，蓋昔曾有人賭吃麻餈，因以致死，范君遂書之以為戒，其實本不限於麻餈一物，即雞骨頭糕乾如多吃亦有害也。看一地方的生活特色，食品很是重要，不但是日常飯粥，即點心以至閒食，亦均有意義，只可惜少有人注意，本鄉文人以為瑣屑不足道，外路人又多輕飲食而著眼於男女，往往鬧出《閒話揚州》似的事件，其實男女之事大同小異，不值得那麼用心，倒還不如各種吃食盡有滋味，大可談談也。

廿八日又記。

禹跡寺

中國聖賢喜言堯舜，而所說多玄妙，還不如大禹，較有具體的事實。《孟子》曾述禹治水之法，又《論語》云：

「子曰，禹吾無間然矣，菲飲食而致孝乎鬼神，惡衣服而致美乎黻冕，卑宮室而盡力乎溝洫。」這簡單的幾句話很能寫出一個大政治家，儒而近墨的偉大人物。《莊子》說得很好：

「昔者禹之堙洪水，親自操橐耜而滌天下之川，股無胈，脛無毛，沐甚雨，櫛疾風，置萬國。禹大聖也，而形勞天下如此。使後世之墨者多以裘褐為衣，以屐屩為服，日夜不休，以自苦為極，曰，不能如此，非禹道也，不足為墨。」蓋儒而消極則入於楊，即道家者流，積極便成為法家，實乃墨之徒，只是宗教氣較少，遂不見什麼佛菩薩行耳。《屍子》云：

「古者龍門未闢，呂梁未鑿，禹於是疏河決江，十年不窺其家，生偏枯之病，步不相過，人曰禹步。」焦里堂著《易餘龠錄》卷十一云：

「禹病偏枯，足不相過，而巫者效之為禹步。孔子有姊之喪，尚右，二三子亦共而尚右。郭林宗巾偶折角，時人效之為墊角巾。不善述者如此。」說到這裡，大禹乃與方士發生了關係。本來方士非出於道家，只是長生一念專是為己，與楊子不無一脈相通，但是這裡學步法於隔教，似乎有點可笑，實在亦不盡然，蓋禹所為之佛菩薩行顯然有些宗教氣味，而方士又是酷愛神通，其來強顏附和正復不足怪耳。案屠緯真著《鴻苞》卷三十三《鉤玄》篇中有禹步法，頗疑其別有所本，寒齋無他道書，偶檢葛稚川《抱樸子》，果於卷十七《登陟》篇中得之。其文云：

「禹步法，正立，右足在前，左足在後，次復前右足，以左足從右足並，是一步也。次復前右足，次前左足，以右足從左足並，是二步也。次復前右足，以左足從右足並，是三步也。如此，禹步之道畢矣。」此處本是說往山林中，折草禹步持咒，使人鬼不能見，述禹步法訖，又申明之曰：

「凡作天下百術，皆宜知禹步，不獨此事也。」准此，可知禹步威力之大。不佞幼時見鄉間道士作煉度法事，鶴氅金冠，手執牙笏，足著厚底皂靴，躑躅壇上，如不能行，心甚異之，後讀小說記道士禹步作法，始悟其即是禹步，既而又知其步法，與其所以如此步之理由，乃大喜悅。自己試走，亦頗有把握，但此不足為喜，以不佞本無求仙之志，即使學習純熟，亦別無用處也。

《屍子》云禹生偏枯之病，案偏枯當是半身不遂，或是痿痺，但看走法則似不然，大抵還是足疾吧。吾鄉農民因常在水田裡工作，多有足疾，最普通的叫做流火，發時小腿腫痛，有時出血流膿始愈，又一種名大腳風，腳背以至小腿均腫，但似不化膿，雖時或輕減，終不能全愈，患這種病的人，行走蹣跚，頗有禹步之意，或者禹之脛無毛亦正是此類乎。會稽與禹本是很有關係的地方。會稽山以禹得名，至今有大禹陵，守陵者仍姒姓，聚族而居，村即名為廟下。禹之苗裔尚存在越中，那麼其步法之存留更無可疑了。凡在春天往登會稽山高峰即香爐峰，往祭會稽山神即南鎮的人，無不在廟下登岸，順便一遊禹廟，其特地前去者更不必說，大抵就廟前村店裡小酌，好酒，好便菜，燒土步魚更好，雖然價錢自然不免頗貴。做酒飯供客，這是姒姓的權利與義務，別人所不能染指的。但是我們怎能說貴呢。且不談遊春時節，應時食物例不應廉，只試問這設食者是誰呀？大禹的子孫，現在固然只是村農，我們豈能不敬。別的聖賢的子孫或者可以不必一定敬，禹是例外，有些聖子賢孫也做些壞事，歷史上姓姒的壞人似不曾有過。古聖先王中我只佩服一個大禹，其次是越大夫范蠡。這一說好像是有鄉曲之見，說天下英雄都出我們村裡。其實這全是偶然。史稱禹生於石紐，范蠡又是楚人，所以在志書裡他們原只是兩位寓賢而已。

小時候到過一處，覺得很有意思，地名叫做平水。據說大禹治水，至此而水平，故名，這也是與禹極有關係的，元微之撰《長慶集序》云：

「嘗出遊平水市中，見村校諸童競習詩，召問之，曰，先生教我樂天微之詩也。」這又是平水的一個典故，不過我所知道的平水只是山水好，出產竹木筍乾茶葉，一個有趣的山鄉，元白詩恐怕連村校的先生們也不大會唸了。另外有一處地方，我覺得更親近不能忘記的，乃是與禹若有關係若無關係的禹跡寺。據《嘉泰會稽志》卷七《寺院門》云：

「大中禹跡寺，在府東南四里二百二十六步。晉義熙十二年驃騎郭將軍舍宅置寺，名覺嗣。唐會昌五年例廢，大中五年復興此寺，詔賜名大中禹跡。」這寺有何禹跡，書上未曾說明，但又似並非全無因緣，事隔九百餘年，至清乾隆乙酉，清涼道人到寺裡去，留有記錄，《聽雨軒餘紀》中《陸放翁詩跡》一條下云：

「予昔客紹興，曾至禹跡寺訪之。寺在東郭門內半裡許，內祀大禹神像，僅尺餘耳。寺之東有橋，俗名羅漢橋，橋額橫勒春波二字。」吾家老屋在覆盆橋，距寺才一箭之遙，有時天旱河淺，常須至橋頭下船，船戶湯小毛即住在羅漢橋北岸，所以那一帶都是熟習的地方，只可惜寺已廢，但餘古禹跡寺一額，尺餘的大禹像竟不得見，至今想到還覺悵悵。禹陵大廟中有神像，高可二三丈，可謂偉觀，殿中聞吱吱之聲，皆是蝙蝠，有許多還巢於像之兩耳中，但是方面大耳，戴冕端拱，亦是城隍菩薩一派，初無一點禹氣也。數年前又聞大興土木，仍用布商修蘭亭法，以洋灰及紅桐油塗抹之，恐更不足觀矣，鄙意禹如應有像，終當以尺餘者為法，此像雖不曾見，即從尺餘一事想像之，意必大有特色在耳。後世文人畫家似乎已將禹忘卻了，范大夫有時入畫，也還是靠他有一段豔聞，其實仍以西子為主，大家對於少伯蓋亦始終無甚興趣也。

禹跡寺前的橋俗名羅漢橋，其理由不能知道。據《寶慶會稽續志》卷四《橋樑門》下云：

「春波橋在城東南五里，千秋鴻禧觀前。賀知章詩云，離別家鄉歲月多，近來人事半消磨，唯有門前鑒湖水，春風不改舊時波。故取名此橋。」放翁再過沈園題二絕句，其一云，落日城頭畫角哀，沈園非復舊池臺，傷心橋下春波綠，曾見驚鴻照影來。相傳橋名即用放翁詩語，今案《續志》可知其不實，志成於寶慶元年，距放翁之歿才十六年，所說自應可信。現在園址早不存，寺已廢，橋亦屢改，今所有的圓洞石橋是光緒中新造的，但橋名尚如故，因此放翁詩跡亦遂得以附麗流傳下去。我離鄉久，有二十年以上不到那裡了，去年十二月底偶作小詩數首，其二說及寺與園與橋，其詞曰：

禹跡寺前春草生，沈園遺蹟欠分明，偶然拄杖橋頭望，流水斜陽太有情。今年一月中寄示南中友人匏瓜廠主人，承賜和詩，其二末聯云，「斜陽流水乾卿事，未免人間太有情。匏瓜廠指點得很不錯。這未免是我們的缺點，但是這一點或者也正是禹的遺蹟乎。——兩年不寫文章，手生荊棘矣，寫到這裡，覺得文意未盡，但再寫下去又將成蛇足，所以就此停住，文章好壞也不管了。

廿八年十月十七日

上墳船

《陶庵夢憶》在乾隆中有兩種木刻本，一為硯云本，四十年乙未刻，一卷四十三則，一為王見大本，五十九年甲寅刻，百二十三則，分為八卷。硯云本雖篇幅不多，才及王見大本三分之一，但文句異同亦多可取處，第八則記越中掃墓事，今據錄於下：

「越俗掃墓，男女袨服靚妝，畫船簫鼓，如杭州人遊湖，厚人薄鬼，率以為常。二十年前，中人之家尚用平水屋幘船，男女分兩截坐，不座船，不鼓吹，先輩謔之曰，以結上文兩節之意。後漸華靡，雖監門小戶，男女必用兩座船，必巾，必鼓吹，必歡呼暢飲，下午必就其路之所近，遊庵堂寺院，及士夫家花園，鼓吹近城必吹海東青獨行千里，鑼鼓錯雜，酒徒沾醉必岸幘囂嚎，唱無字曲，或舟中攘臂與儕列廝打。自二月朔至夏至，填城溢國，日日如之。乙酉方兵，畫江而守，雖魚蔆舠收拾略盡，墳壟數十里而遙，子孫數人挑魚肉楮錢，徒步往返之，婦女不得出城者三歲矣。蕭索淒涼，亦物極必返之一。」小序中有云：

「茲編載方言巷詠，嘻笑瑣屑之事，然略經點染，便成至文，讀者如歷山川，如睹風俗，如瞻宮闕宗廟之麗，殆與採薇麥秀同其感慨，而出之以詼諧者與。」數語批評甚得要領，上文可以為證，但是我所覺得最有意思的還是在於如睹風俗這一點上，因為所說上墳情形有大半和我小時候所見者相同。據說乙酉以後婦女已有三年不得出城，似寫文時當在丁亥之頃，那麼所謂二十年前應該是天啟丁卯以往，後漸華靡可見是崇禎間事也。平水屋幘船不知是何物，平水自然是地名，屋幘船則後來不聞此語，若是田莊船，容積不大，未必能男女分兩截坐，疑不能明。座船大抵是三道船亦名三明瓦，一船至多也只容七八人，因飯時用方桌坐八人便已很擠了，故不能再分兩截而須分船，亦正是事勢必然，華靡恐尚在其次。鼓吹後世仍用，普通稱吹手或鼓手，有兩種，一是樂戶，世襲的墮民為之，品最低，二是官吹，原是平民，服務於協臺衙門者，唯大家得僱用之，竊意此當本名鼓手，樂戶是吹手，後來乃混為一稱耳。上墳用官吹者，歸途必令奏將軍令，似為其特技，或樂戶所不能者也，海東青等名目則未曾聞。大家丁口眾多，遺有祭田者，上墳船之數，大率一房中男女各一隻，鼓手船廚司船酒飯船各一隻，酒飯船並備祭品，如干三牲，香蠟紙錢爆仗，錫五事，桌幃棕薦等，此其大較也。

顧鐵卿《清嘉錄》卷三上墳條下關於墓祭的事略有考證，茲不贅。紹興墓祭在一年中共有三次，一在正月曰拜墳，實即是拜歲，一在十月曰送寒衣，別無所謂衣，亦只是平常拜奠而已。這兩回都很簡單，只有男子參與，亦無鼓吹，至三月則曰上墳，差不多全家出發，舊時女人外出時頗少，如今既是祭禮，並作春遊，當然十分踴躍，兒歌有云，正月燈，二月鷂，三月上墳船裡看姣姣，即指此。姣姣蓋是昔時俗語，紹興戲說白中多有之，彈詞中常云美多姣，今尚存夜姣姣之俗名，謂夜開的一種紫茉莉也。上墳儀式各家多不相同，有時差得極遠，吾家舊住東門內東陶坊，西鄰甲姓儀注繁重，自進面盆手巾，進茶碗，以至羅拜畢焚帛，在墳頭扮演故人生活須小半日之久，坊東端乙姓則只一二男子坐小船，至墳前祭奠，便即下船回城，懷中出數個火燒食之，亦不分享餕餘，據划小船者說如此。二者蓋是極端的例，普通的辦法大抵如下。最先祀後上，墓左例設后土尊神之位，石碑石案，點香燭，陳小三牲果品酒飯，主祭者一人跪拜，有二人讚禮，讀祝文，焚帛放爆竹雙響者五枚。次為墓祭，祭品中多有餚饌十品，餘與後土相似，列石祭桌上，主祭者一人，成年男子均可與祭，但與祭大概只能備棕薦三列，分行輩排班，如人數過多則亦有餘剩。祭獻讀祭文，悉由禮生引贊，獻畢行禮，俟與祭者起，禮生乃與餘剩的人補拜，其後婦女繼之，拜後焚紙錢而禮畢，爆竹本以祀神，但墓祭亦有用者，蓋以逐山魈也。回船後分別午餐，各船一桌，照例用「十碗頭」，大抵六葷四素，在清末六百文已可用，若八百文則為上等，三鮮改用細十錦，亦稱蝴蝶參，扣肉乃用反扣矣。范嘯風著《越諺》卷中飲食類下列有六葷四素五葷五素名目，注云：

「此葷素兩全之席，總以十碗頭為一席，吉事用全葷，懺事用全素，此席用之祭掃為多，以婦女多持齋也。」此等家常酒席的菜與宴會頗不相同，如白切肉，扣雞，醋溜魚，小炒，細炒，素雞，香菇鱔，金鉤之類，皆質樸有味，雖出廚司之手，卻尚少市氣，故為可取。在「上墳酒」中還有一種食味，似特別不可少者，乃是爊鵝，據《越諺》注云系斗門鎮名物，惜未得嘗，但平常製品亦殊不惡，以醋和醬油蘸食，別有風味，其製法雖與燒鴨相似，唯鴨稍華貴，宜於紅燈綠酒，鵝則更具野趣，在野外舟中啖之，正相稱耳。孫彥清《寄龕丙志》卷四記孫月湖款待譚子敬，「為設燒鵝，越常羞也，子敬食而甘之，謂是便宜坊上品，南中何由得此。蓋狀適相似，味實縣絕，鶃鶃者乃得此過情之譽，殊非意計所及。已而為質言之，子敬亦啞然失笑。」其實不佞倒是贊成鶃鶃者的，爊鵝固佳，別樣的也好，反正不能統年都吃，雖然醫書上說有發氣不宜多食，也別無關係。大凡路遠時下山即開船，且行且吃，若是路近，多就近地景色稍好處停船，如古塚大廟旁，慢慢的進食，別不以遊覽為目的，與《夢憶》所云殊異。平常婦女進廟燒香，歸途必遊庵堂寺院，不知是何意義，民國以前常經歷之，近來久不還鄉里，未知如何，唯此類風俗大抵根底甚深，即使一時中絕，令人有蕭索淒涼之感，不久亦能復興，正如清末上墳與崇禎時風俗多近似處，蓋非偶然也。

廿九年六月二日

［附記］

《癸巳類稿》卷十《書鎮洋縣誌後》，《茶香室續鈔》二十三明人以食鵝為重條，引王世貞《家乘》及《觚不觚錄》，言其父以御史裡居，宴客進子鵝必去其首尾，而以雞首尾蓋之，曰御史無食鵝例也。蓋明清舊例非上等饌不用鵝云。

緣日

到了夏天，時常想起東京的夜店。己酉庚戌之際，家住本鄉的西片町，晚間多往大學前一帶散步，那裡每天都有夜店，但是在緣日特別熱鬧，想起來那正是每月初八本鄉四丁目的藥師如來吧。緣日意云有緣之日，是諸神佛的誕日或成道示現之日，每月在這一天寺院裡舉行儀式，有許多人來參拜，同時便有各種商人都來擺攤營業，自飲食用具，花草玩物，以至戲法雜耍，無不具備，頗似北京的廟會，不過廟會雖在寺院內，似乎已經全是市集的性質，又只以白天為限，緣日則晚間更為繁盛，又還算是宗教的行事，根本上就有點不同了。若月紫蘭著《東京年中行事》捲上有「緣日」一則，前半云：

「東京市中每日必在什麼地方有毗沙門，或藥師，或稻荷樣等等的祭祀，這便是緣日。晚間只要天氣好，就有各色的什麼飲食店，粗點心店，舊家具店，玩物店，以及種種家庭用具店，在那寺院境內及其附近，不知有多少家，接連的排著，開起所謂露店來。其中最有意思的大概要算是草花店吧，將各樣應節的花木拿來擺著，討著無法無天的價目，等候壽頭來上鉤。他們所討的既是無法無天的價目，所以買客也總是五分之一或十分之一的亂七八糟的還價。其中也有說豈有此理的，拒絕不理的，但是假如看去這並不是鬧了玩的，賣花的也等到差不多適當的價錢就賣給客人了。」

寺門靜軒著《江戶繁昌記》初編中有《賽日》一篇，也是寫緣日情形的，原用漢文，今抄錄一部分如下：

「古俚曲詞云，月之八日茅場町，大師賽詣不動樣，是可以證都中好賽為風之古。賽最盛於夏晚，各場門前街賈人爭張露肆，賣器物者皆鋪蒲蓆，並燒薩摩蠟燭，賣食物者必安床閣，吊魚油燈火，陳果與蓏，燒糰粉與明鯗（案此應作魷魚），軋軋為魚鮓，沸沸煎油餈。或列百物，價皆十九錢，隨人擇取，或拈鬮合印，賭一貨賣之於數人。賣茶娘必美豔，鬻水聲自清涼。炫西瓜者照紅籤燈，沽錫者張大油傘。燈籠兒（案據旁訓即酸漿）十頭一串，大通豆一囊四錢。以硝子壇盛金魚，以黑紗囊貯丹螢。近年麥湯之行，茶店大抵供湯，緣麥湯出葛湯，自葛湯出卵湯，並和以砂糖，其他殊雪紫蘇，色色異味。其際槖駝師（案即花匠）羅列盆卉種類，皆陳之於架上，鬧花鬪草，鬥奇競異，枝為屈蟠者，為氣條者，葉有間色者，有間道者。錢蒲細葉者栽之以石，石長生作穿眼者以索垂之。若作託葉衣花，若樹蘆幹挾枝。霸王樹（案即仙人掌）擁虞美人草，鳳尾蕉雜麒麟角（原注云，漢名龍牙木）。百兩金，萬年青，珊瑚翠蘭，種種殊趣。大夫之松，君子之竹，雜木駢植，蕭森成林。林下一面，野花點綴。杜榮招客，如求自鬻，女郎花（原注云，漢名敗醬）媚伴老少年。露滴淚斷腸花，風飄芳燕尾香。雞冠草皆拱立，鳳仙花自不凡。領幽光牽牛花，妝鬧色洛陽花。卷丹偏其，黃芹萋兮。桔梗簇紫色，欲奪他家之紅，米囊花碎，散落委泥，夜落金錢往往可拾，新羅菊接扶桑花邊，見佛頭菊於曼陀羅花天竺花間。向此紅碧綿綺叢間，夾以蟲商。官商皦如，徵羽繹如，狗蠅黃（案和名草云雀，金鈴子類）唱，紡績娘和，金鐘兒聲應金琵琶，可惡為聒聒兒所奪。兩擔籠內，幾種蟲聲，唧唧送韻，繡出武藏野當年荒涼之色，見之於熱鬧市中之今日，真奇觀矣。

《江戶繁昌記》共有六編，悉用漢文所寫，而別有風趣，間亦有與中國用字造句絕異之處，略改一二，餘仍其舊。初編作於天保辛卯（一八三一），距今已一百十年，若月氏著上卷刊於明治辛亥（一九一一），亦在今三十年前，而二書相隔蓋亦已有八十年之久矣。比較起來，似乎八十年的前後還沒有什麼大變化，本鄉藥師的花木大抵也是那些東西，只是多了些洋種，如鶴子花等罷了。近三十年的變化或者更大也未可料，雖然這並沒有直接見聞，推想當是如此，總之西洋草花該大占了勢力了吧。

北京廟會也多花店，只可惜不大有人注意，予以記錄。《北平風俗類徵》十三卷徵引非不繁富，可是略一翻閱，查不到什麼寫花廠的文章，結果還只有敦禮臣所著的《燕京歲時記》，記東西廟一則下云：

「西廟曰護國寺，在皇城西北定府大街正西，東廟曰隆福寺，在東四牌樓西馬市正北，自正月起，每逢七八日開西廟，九十日開東廟。開會之日，百貨云集，凡珠玉綾羅，衣服飲食，古玩字畫，花鳥蟲魚，以及尋常日用之物，星卜雜技之流，無所不有，乃都城內之一大市會也。兩廟花廠尤為雅觀，夏日以茉莉為勝，秋日以桂菊為勝，冬日以水仙為勝，至於春花中如牡丹海棠丁香碧桃之流，皆能於嚴冬開放，鮮豔異常，洵足以巧奪天工，預支月令。」

這裡雖然語焉不詳，但是慰情勝無，可以珍重。這種事情在有些人看來覺得沒有意思，或者還是玩物喪志，要為道學家所呵叱，這個我也知道，向來沒有人肯下筆記錄，豈不就是為此麼，但是我仍是相信，這都值得用心，而且還很有用處。要了解一國民的文化，特別是外國的，我覺得如單從表面去看，那是無益的事，須得著眼於其情感生活，能夠了解幾分對於自然與人生的態度，這才可以稍有所得。從前我常想從文學美術去窺見一國的文化大略，結局是徒勞而無功，後始省悟，自呼愚人不止，懊侮無及，如要捲土重來，非從民俗學入手不可。古今文學美術之菁華，總是一時的少數的表現，持與現實對照，往往不獨不能疏通證明，或者反有牴牾亦未可知，如以禮儀風俗為中心，求得其自然與人生觀，更進而了解其宗教情緒，那麼這便有了六七分光，對於這國的事情可以有懂得的希望了。不佞不湊巧乃是少信的人，宗教方面無法入門，此外關於民俗卻還想知道，雖是炳燭讀書，不但是老學而且是困學，也不失為遣生之法，對於緣日的興趣亦即由此發生，寫此小文，目的與文藝不大有關係，恐難得人賜顧，亦正是當然也。

廿九年六月，夏至節。

撒豆

秋風漸涼，王母暴已過，我年例常患枯草熱，也就復發，不能做什麼事，只好拿幾種的小話選本消遣。日本的小話譯成中國語當云笑話，笑話當然是消閒的最好材料，實際也不盡然，特別是外國的，因為風俗人情的差異，想要領解往往須用相當的氣力。可是笑話的好處就在這裡，這點勞力我們豈能可惜。我想笑話的作用固然在於使人笑，但一笑之後還該有什麼餘留，那麼這對於風俗人情之理解或反省大約就是吧。笑話，寓言與俗諺，是同樣的好數據，不問本國或外國，其意味原無不同也。

小話集之一是宮崎三昧編的《落語選》，庚戌年出版，於今正是三十年了。卷中引《座笑土產》有《過年》一則云：

「近地全是各家撒豆的聲音。主人還未回來，便吩咐叫徒弟去撒也罷。這徒弟乃是吃吧，抓了豆老是說，鬼鬼鬼。門口的鬼打著呵欠說，喊，是出去呢，還是進來呢？」

案，這裡所說是立春前夜撒豆打鬼的事情。村瀨栲亭著《藝苑日涉》卷七「民間歲節」下云：

「立春前一日謂之節分。至夕家家燃燈如除夜，炒黃豆供神佛祖先，向歲德方位撒豆以迎福，又背歲德方位撒豆以逐鬼，謂之儺豆。老幼男女啖豆如歲數，加以一，謂之年豆。街上有驅疫者，兒女以紙包裹年豆及錢一文與之，則唱祝壽驅邪之詞去，謂之疫除。」

黃公度著《日本國志》，卷三十五禮俗志二中「歲時」一篇，即轉錄栲亭原書全文，此處亦同。

查《日本雜事詩》各本，未曾說及，蓋黃君於此似無甚興味也。蜀山人《半日閒話》中云：

「節分之夜，將白豆炒成黑，以對角方升盛之，再安放簸箕內，唱福裡邊兩聲，鬼外邊一聲，撒豆，如是凡三度。」

這裡未免說的太儀式化，但他本來是儀式，所以也是無可如何。森鷗外有一篇小說叫做《追儺》，收在小說集《涓滴》中，可以說是我所見的唯一藝術的描寫，從前屢次想翻譯，終於未曾著手。這篇寫得極奇，《追儺》的事至多隻占了全文十分之一，其餘全是發的別的議論，與普通小說體裁決不相似，我卻覺得很喜歡。現在只將與題目有關的部分抄譯於下：

「這時候，與我所坐之處正為對角的西北隅的紙屏輕輕的開了，有人走進到屋裡來。這是小小的乾癟的老太太，白頭髮一根根地排著，梳了一個雙錢髻。而且她還穿著紅的長背心。左手挾著升，一直走到房間中央。也不跪坐，只將右手的指尖略略按一下蓆子，和我行個禮。我呆呆地只是看著。

福裡邊，鬼外邊！

老婆子撒起豆來了。北邊的紙屏拉開，兩三個使女跑出來，撿拾撒在席上的豆子。

老婆子的態度非常有生氣，看得很是愉快。我不問而知這是新喜樂的女主人了。」

隔了十幾行便是結尾，又回過來講到「追儺」，其文云：

「追儺在昔時已有，但是撒豆大概是鐮倉時代以後的事吧。很有意思的是，羅馬也曾有相似的這種風俗。羅馬人稱鬼魂曰勒木耳，在五月間的半夜裡舉行趕散他們的祭禮。在這儀式裡，有拿黑豆向背後拋去一節。據說中國的撒豆最初也是向背後拋去，到後來才撒向前面的。」

鷗外是博識的文人，他所說當可信用，鎌倉時代大約是西曆十三世紀，那麼這撒豆的風俗至少也可以算是有了六百年的歷史了吧。

好些年前我譯過一冊《狂言十番》，其中有一篇也說及撒豆的事，原名《節分》，為通俗起見卻改譯為《立春》了。這裡說有蓬萊島的鬼於立春前夜來到日本，走進人家去，與女主人調戲，被女人乘隙用豆打了出來，只落得將隱身笠隱身蓑和招寶的小槌都留下在屋裡了。有云：

女　咦，正好時候了，撒起豆來吧。

福裡邊，福裡邊！

鬼　外邊，鬼外邊！（用豆打鬼）

鬼　這可不行。

女　鬼外邊，鬼外邊！

案狂言盛行於室町時代，則是十四世紀也。嵩山禪師居中（1277—1345）曾兩度入唐求法，為當時五山名僧，著有《少林一曲》一卷，今不傳，卜幽軒著《東見記》捲上載其所作詩一首，題曰《節分夜吃炒豆》：

粒粒冷灰爆一聲　年年今夜發威靈
暗中信手輕抛撒　打著諸方鬼眼睛

江戶時代初期儒者林羅山著《庖丁書錄》中亦引此詩，解說稍不同，蓋傳聞異詞也：

「古人詩中，詠除夜之豆云，暗中信手頻抛擲，打著諸方鬼眼睛。蓋撒大豆以打瞎鬼眼也。」

紀之末，又云：

《類聚名物考》卷五引《萬物故事要訣》，謂依古記所云，春夜撒豆起於宇多天皇時，正是九世紀之末，又云：

「炒三石三斗大豆，以打鬼目，則十六隻眼睛悉被打瞎，可捉之歸。」

此雖是毗沙門天王所示教，恐未足為典據，故寧信嵩山詩為撒豆作證，至於福內鬼外的祝語已見於狂言，而年代亦難確說，據若月紫蘭著《東京年中行事》捲上云，此語見於《臥云日件錄》，案此錄為五山僧瑞溪周鳳所作，生於十五世紀上半，比嵩山要遲了一百年，但去今亦有五百年之久矣。

儺在中國古已有之，《論語》裡的鄉人儺是我們最記得的一例，時日不一定，大抵是季節的交關吧。《後漢書》禮儀志云，先臘一日大儺，謂之逐疫。《呂氏春秋．季冬紀》高氏注云，今人臘歲前一日擊鼓驅疫，謂之逐除。據《南部新書》及《東京夢華錄》，唐宋大儺都在除夕。日本則在立春前夜，與中國殊異，唯其用意則並無不同。民間甚重節分，俗以立春為歲始，春夜的意義等於除夕，笑話題云「過年」，即是此意，二者均是年歲之交界，不過一依太陽，一依太陰曆耳。中國推算八字亦以立春為準，如生於正月而在立春節前，則仍以舊年干支論，此通例也。

避凶趨吉，人情之常，平時忍受無可如何，到得歲時告一段落，想趁這機會用點法術，變換個新場面，這便是那些儀式的緣起。最初或者期待有什麼效用，後來也漸漸地淡下去，成為一種行事罷了。譚復堂在日記上記七夕祀天孫事，結論曰，千古有此一種傳聞舊說，亦復佳耳。對於追儺，如應用同樣的看法，我想也很適當吧。

廿九年九月七日

中秋的月亮

敦禮臣著《燕京歲時記》云，「京師之日八月節者，即中秋也。每屆中秋，府第朱門皆以月餅果品相餽贈，至十五月圓時，陳瓜果於庭以供月，並祀以毛豆雞冠花。是時也，皓魄當空，彩云初散，傳杯洗盞，兒女喧譁，真所謂佳節也。唯供月時，男子多不叩拜，故京師諺曰，男不拜月，女不祭竈。」此記作於四十年前，至今風俗似無甚變更，雖民生凋敝，百物較二年前超過五倍，但中秋吃月餅恐怕還不肯放棄，至於賞月則未必有此興趣了罷。本來舉杯邀月這只是文人的雅興，秋高氣爽，月色分外光明，更覺得有意思，特別定這日為佳節，若在民間不見得有多大興味，大抵就是算帳要緊，月餅尚在其次。我回想鄉間一般對於月亮的意見，覺得這與文人學者的頗不相同。普通稱月日月亮婆婆，中秋供素月餅水果及老南瓜，又涼水一碗，婦孺拜畢，以指蘸水塗目，祝曰眼目清涼。相信月中有娑婆樹，中秋夜有一枝落下人間，此亦似即所謂月華，但不幸如落在人身上，必成奇疾，或頭大如斗，必須斫開，乃能取出寶物也。月亮在天文中本是一種怪物，忽圓忽缺，諸多變異，潮水受他的呼喚，古人又相信其與女人生活有關。更奇的是與精神病者也有微妙的關係，拉丁文便稱此病曰月光病，彷彿與日射病可以對比似的。這說法現代醫家當然是不承認了，但是我還有點相信，不是說其間隔發作的類似，實在覺得月亮有其可怕的一面，患怔忡的人見了會生影響，正是可能的事罷。好多年前夜間從東城回家來，路上望見在昏黑的天上掛著一鉤深黃的殘月，看去很是悽慘，我想我們現代都市人尚且如此感覺，古時原始生活的人當更如何？住在巖窟之下，遇見這種情景，聽著豺狼嚎叫，夜鳥飛鳴，大約沒有什麼好的心情，——不，即使並無這些禽獸騷擾，單是那月亮的威嚇也就夠了，他簡直是一個妖怪，別的種種異物喜歡在月夜出現，這也只是風云之會，不過跑龍套罷了。等到月亮漸漸的圓了起來，他的形相也漸和善了，望前後的三天光景幾乎是一位富翁的臉，難怪能夠得到許多人的喜悅，可是總是有一股冷氣，無論如何還是去不掉的。「只恐瓊樓玉宇，高處不勝寒」，東坡這句詞很能寫出明月的精神來，向來傳說的忠愛之意究竟是否寄託在內，現在不關重要，可以姑且不談。總之我於賞月無甚趣味，賞雪賞雨也是一樣，因為對於自然還是畏過於愛，自己不敢相信已能克服了自然，所以有些文明人的享樂是於我頗少緣分的。中秋的意義，在我個人看來，吃月餅之重要殆過於看月亮，而還帳又過於吃月餅，然則我誠猶未免為鄉人也。

雨的感想

今年夏秋之間北京的雨下的不太多，雖然在田地裡並不旱乾，城市中也不怎麼苦雨，這是很好的事。北京一年間的雨量本來頗少，可是下得很有點特別，他把全年分的三分之二強在六七八月中間落了，而七月的雨又幾乎要占這三個月分總數的一半。照這個情形說來，夏秋的苦雨是很難免的。在民國十三年和二十七年，院子裡的雨水上了階沿，進到西書房裡去，證實了我的苦雨齋的名稱，這都是在七月中下旬，那種雨勢與雨聲想起來也還是很討嫌，因此對於北京的雨我沒有什麼好感，像今年的雨量不多，雖是小事，但在我看來自然是很可感謝的了。

不過講到雨，也不是可以一口抹殺，以為一定是可嫌惡的。這須得分別言之，與其說時令，還不如說要看地方而定。在有些地方，雨並不可嫌惡，即使不必說是可喜。囫圇的說一句南方，恐怕不能得要領，我想不如具體的說明，在到處有河流，滿街是石板路的地方，雨是不覺得討厭的，那裡即使會漲大水，成水災，也總不至於使人有苦雨之感。我的故鄉在浙東的紹興，便是這樣的一個好例。在城裡，每條路差不多有一條小河平行著，其結果是街道上橋很多，交通利用大小船隻，民間飲食洗濯依賴河水，大家才有自用井，蓄雨水為飲料。河岸大抵高四五尺，下雨雖多盡可容納，只有上游水發，而閘門淤塞，下流不通，成為水災，但也是田野鄉村多受其害，城裡河水是不至於上岸的。因此住在城裡的人遇見長雨，也總不必擔心水會灌進屋子裡來，因為雨水都流入河裡，河固然不會得滿，而水能一直流去，不至停住在院子或街上者，則又全是石板路的關係。我們不曾聽說有下水溝渠的名稱，但是石板路的構造彷彿是包含有下水計劃在內的，大概石板底下都用石條架著，無論多少雨水全由石縫流下，一總到河裡去。人家裡邊的通路以及院子即所謂明堂也無不是石板，室內才用大方磚砌地，俗名曰地平。在老家裡有一個長方的院子，承受南北兩面樓房的雨水，即使下到四十八小時以上，也不見他停留一寸半寸的水，現在想起來覺得很是特別。秋季長雨的時候，睡在一間小樓上或是書房內，整夜的聽雨聲不絕，固然是一種喧囂，卻也可以說是一種肅寂，或者感覺好玩也無不可，總之不會得使人憂慮的。吾家濂溪先生有一首《夜雨書窗》的詩云：

秋風掃暑盡，半夜雨淋漓。
繞屋是芭蕉，一枕萬響圍。
恰似釣魚船，篷底睡覺時。

這詩裡所寫的不是浙東的事，但是情景大抵近似，總之說是南方的夜雨是可以的吧。在這裡便很有一種情趣，覺得在書室聽雨如睡釣魚船中，倒是很好玩似的。下雨無論久暫，道路不會泥濘，院落不會積水，用不著什麼憂慮，所有的唯一的憂慮只是怕漏。大雨急雨從瓦縫中倒灌而入，長雨則瓦都溼透了，可以浸潤緣入，若屋頂破損，更不必說，所以雨中搬動面盆水桶，羅列滿地，承接屋漏，是常見的事。民間故事說不怕老虎只怕漏，生出偷兒和老虎猴子的糾紛來，日本也有虎狼古屋漏的傳說，可見此怕漏的心理分布得很是廣遠也。

下雨與交通不便本是很相關的，但在上邊所說的地方也並不一定如此。一般交通既然多用船隻，下雨時照樣的可以行駛，不過篷窗不能推開，坐船的人看不到山水村莊的景色，或者未免氣悶，但是閉窗坐聽急雨打篷，如周濂溪所說，也未始不是有趣味的事。再說舟子，他無論遇見如何的雨和雪，總只是一蓑一笠，站在後艄搖他的櫓，這不要說什麼詩味畫趣，卻是看去總毫不難看，只覺得辛勞質樸，沒有車伕的那種拖泥帶水之感。還有一層，雨中水行同平常一樣的平穩，不會像陸行的多危險，因為河水固然一時不能驟增，即使增漲了，如俗語所云，水漲船高，別無什麼害處，其唯一可能的影響乃是橋門低了，大船難以通行，若是一人兩槳的小船，還是往來自如。水行的危險蓋在於遇風，春夏間往往於晴明的午後陡起風暴，中小船隻在河港闊大處，又值舟子缺少經驗，易於失事，若是雨則一點都不要緊也。坐船以外的交通方法還有步行。雨中步行，在一般人想來總很是困難的吧，至少也不大愉快。在鋪著石板路的地方，這情形略有不同。因為是石板路的緣故，既不積水，亦不泥濘，行路困難已經幾乎沒有，餘下的事只須防溼便好，這有雨具就可濟事了。從前的人出門必帶釘鞋雨傘，即是為此，只要有了雨具，又有腳力，在雨中要走多少里都可隨意，反正地面都是石板，城坊無須說了，就是鄉村間其通行大道至少有一塊石板寬的路可走，除非走入小路岔道，並沒有泥濘難行的地方。本來防溼的方法最好是不怕溼，赤腳穿草鞋，無往不便利平安，可是上策總難實行，常人還只好穿上釘鞋，撐了雨傘，然後安心的走到雨中去。我有過好多回這樣的在大雨中間行走，到大街裡去買吃食的東西，往返就要花兩小時的工夫，一點都不覺得有什麼困難。最討厭的還是夏天的陣雨，出去時大雨如注，石板上一片流水，很高的釘鞋齒踏在上邊，有如低板橋一般，倒也頗有意思，可是不久云收雨散，石板上的水經太陽一曬，隨即乾涸，我們走回來時把釘鞋踹在石板路上嘎哏嘎哏的響，自己也覺得怪寒傖的，街頭的野孩子見了又要起鬨，說是旱地烏龜來了。這是夏日雨中出門的人常有的經驗，或者可以說是關於釘鞋雨傘的一件頂不愉快的事情吧。

以上是我對於雨的感想，因了今年北京夏天不大下雨而引起來的。但是我所說的地方的情形也還是民國初年的事，現今一定很有變更，至少路上石板未必儲存得住，大抵已改成蹩腳的馬路了吧。那麼雨中步行的事便有點不行了，假如河中還可以行船，屋下水溝沒有閉塞，在篷底窗下可以平安的聽雨，那就已經是很可喜幸的了。

民國甲申，八月處暑節。（選自《立春以前》，上海太平書局1945年版）

蚯蚓

忽然想到，草木蟲魚的題目很有意思，拋棄了有點可惜，想來續寫，這時候第一想起的就是蚯蚓，或者如俗語所云是曲蟮。小時候每到秋天，在空曠的院落中，常聽見一種單調的鳴聲，彷彿似促織，而更為低微平緩，含有寂寞悲哀之意，民間稱之曰曲蟮嘆窠，倒也似乎定得頗為確當。案崔豹《古今注》云：

「蚯蚓一名蟺，一名曲蟺，善長吟於地中，江東謂為歌女，或謂鳴砌。」由此可見蚯蚓歌吟之說古時已有，雖然事實上並不如此，鄉間有俗諺其原語不盡記憶，大意云，螻蛄叫了一世，卻被曲蟮得了名聲，正謂此也。

蚯蚓只是下等的蟲豸，但很有光榮，見於經書。在書房裡念《四書》，唸到《孟子．滕文公下》，論陳仲子處有云：

「充仲子之操，則蚓而後可者也，夫蚓上食槁壤，下飲黃泉。」

這樣他至少可以有被出題目做八股的機會，那時代聖賢立言的人們便要用了很好的聲調與字面，大加以讚歎，這與螬同是難得的名譽。後來《大戴禮．勸學篇》中云：

「蚓無爪牙之利，筋脈之強，上食埃土，下飲黃泉，用心一也。」又楊泉《物理論》云：

「檢身止欲，莫過於蚓，此志士所不及也。」此二者均即根據孟子所說，而後者又把邵武士人在

《孟子正義》中所云但上食其槁壤之土，下飲其黃泉之水的事，看作理想的極廉的生活，可謂極端的佩服矣。但是現在由我們看來，蚯蚓固然仍是而且或者更是可以佩服的東西，它卻並非陳仲子一流，實在乃是禹稷的一隊夥裡的，因為它是人類——農業社會的人類的恩人，不單是獨善其身的廉士志士已也。這種事實在中國書上不曾寫著，雖然上食槁壤，這一句話也已說到，但是一直沒有看出其重要的意義，所以只好往外國的書裡去找。英國的懷德在《色耳彭的自然史》中，於一七七七年寫給巴林頓第三十五信中曾說及蚯蚓的重大的工作，它掘地鑽孔，把泥土弄鬆，使得雨水能沁入，樹根能伸長，又將稻草樹葉拖入土中，其最重要者則是從地下抛上無數的土塊來，此即所謂曲蟮糞，是植物的好肥料。他總結說：

「土地假如沒有蚯蚓，則即將成為冷，硬，缺少發酵，因此也將不毛了。」達爾文從學生時代就研究蚯蚓，他收集在一年中一方碼的地面內抛上來的蚯蚓糞，計算在各田地的一定面積內的蚯蚓穴數，又猜想他們拖下多少樹葉到洞裡去。這樣辛勤的研究了大半生，於一八八一年乃發表他的大著《由蚯蚓而起的植物性壤土之造成》，證明瞭地球上大部分的肥土都是由這小蟲的努力而做成的。他說：

「我們看見一大片滿生草皮的平地，那時應當記住，這地面平滑所以覺得很美，此乃大半由於蚯蚓把原有的不平處所都慢慢的弄平了。想起來也覺得奇怪，這平地的表面的全部都從蚯蚓的身子裡透過，而且每隔不多兒年，也將再被透過。耕犁是人類發明中最為古老也最有價值之一，但是在人類尚未存在的很早以前，這地乃實在已被蚯蚓都定期的耕過了。世上尚有何種動物，像這低階的小蟲似的在地球的歷史上，擔任著如此重要的職務者，這恐怕是個疑問吧。」

蚯蚓的工作大概有三部分，即是打洞，碎土，掩埋。關於打洞，我們根據湯木孫的一篇《自然之耕地》，抄譯一部分於下：

「蚯蚓打洞到地底下深淺不一，大抵二英呎之譜。洞中多很光滑，鋪著草葉。末了大都是一間稍大的房子，用葉子鋪得更為舒服一點。在白天裡洞門口常有一堆細石子，一塊土或樹葉，用以阻止蜈蚣等的侵入者，防禦鳥類的啄毀，儲存穴內的潤溼，又可抵擋大雨點。」

「在松的泥土打洞的時候，蚯蚓用他身子尖的部分去鑽。但泥土如是堅實，他就改用吞泥法打洞了。他的腸胃充滿了泥土，回到地面上把它遺棄，成為蚯蚓糞，如在草原與打球場上所常見似的。」

「蚯蚓吞嚥泥土，不單是為打洞，他們也吞土為的是土裡所有的腐爛的植物成分，這可以供他們做食物。在洞穴已經做好之後，丟擲在地上的蚯蚓糞那便是為了植物食料而吞的土了，假如糞出得很多，就可推知這裡樹葉比較的少用為食物，如糞的數目很少，大抵可以說蚯蚓得到了好許多葉子。在洞穴裡可以找到好些吃過一半的葉子，有一回我們得到九十一片之多。」

「在平時白天裡蚯蚓總是在洞裡休息，把門關上了。在夜間他才活動起來了，在地上尋找樹葉和滋養物，又或尋找配偶。打算出門去的時候，蚯蚓便頭朝上的出來，在丟擲蚯蚓糞的時候，自然是尾巴在上邊，他能夠在路上較寬的地方或是洞底里打一個轉身的。」

碎土的事情很是簡單，吞下的土連細石子都在胃裡磨碎，成為細膩的粉，這是在蚯蚓糞可以看得出來的。掩埋可以分作兩點。其一是把草葉樹葉拖到土裡去，吃了一部分以外多腐爛了，成為植物性壤土，使得土地肥厚起來，大有益於五穀和草木。其二是從底下丟擲糞土來把地面逐漸掩埋了。地平並未改變，可是底下的東西搬到了上邊來。這是很好的耕田。據說在非洲西海岸的一處地方，每一方裡面積每一年裡有六萬二千二百三十三噸的土搬到地面上來，又在二十七年中，二英呎深地面的泥土將顆粒不遺的全翻轉至地上云。達爾文計算在英國平常耕地每一畝中平均有蚯蚓五萬三千條，但如古舊休閒的地段其數目當增至五十萬。此一畝五萬三千的蚯蚓在一年中將把十噸的泥土悉自腸胃透過，再搬至地面上。在十五年中此土將遮蓋地面厚至三寸，如六十年即積一英呎矣。這樣說起來，蚯蚓之為物雖微小，其工作實不可不謂偉大。古人云，民以食為天，蚯蚓之功在稼穡，謂其可以與大禹或后稷相比，不亦宜歟。

末後還想說幾句話，不算什麼闢謠，亦只是聊替蚯蚓表明真相而已。《太平御覽》九四七引郭景純《蚯蚓贊》云：

「蚯蚓土精，無心之蟲，交不以分，淫於阜螽，觸而感物，乃無常雄。」又引劉敬叔《異苑》，云宋元嘉初有王雙者，遇一女與為偶，後乃見是一青色白領蚯蚓，於時鹹謂雙暫同阜螽矣。案由此可知晉宋時民間相信蚯蚓無雄，與阜螽交配，這種傳說後來似乎不大流行了，可是他總有一種特性，也容易被人誤解，這便是雌雄同體這件事。懷德的《觀察錄》中昆蟲部分有一節關於蚯蚓的，可以抄引過來當數據，其文云：

「蚯蚓夜間出來躺在草地上，雖然把身子伸得很遠，卻並不離開洞穴，仍將尾巴末端留在洞內，所以略有警報就能急速的退回地下去。這樣伸著身子的時候，凡是夠得著的什麼食物也就滿足了，如草葉、稻草、樹葉，這些碎片他們常拖到洞穴裡去。就是在交配時，他的下半身也絕不離開洞穴，所以除了住得相近互相夠得著的以外，沒有兩個可以得有這種交際，不過因為他們都是雌雄同體的，所以不難遇見一個配偶，若是雌雄異體則此事便很是困難了。」案雌雄同體與自為雌雄本非一事，而古人多混而同之。《山海經．南山經》中云：

「有獸焉，其狀如貍而有髦，其名曰類，自為牡牝，食者不妒。」郝蘭皋《疏轉》引《異物誌》云：靈貓一體，自為陰陽。又三《北山經》云，帶山有鳥名曰，是自為牝牡，亦是一例。而王崇慶在《釋義》中乃評云：

「鳥獸自為牝牡，皆自然之性，豈特也哉。」此處唯理派的解釋固然很有意思，卻是誤解了經文，蓋所謂自者非謂同類而是同體也。郭景純《類贊》云：

「類之為獸，一體兼二，近取諸身，用不假器，窈窕是佩，不知妒忌。」說的很是明白。但是郭君雖博識，這裡未免小有謬誤，因為自為牝牡在事實上是不可能的，只有笑話中說說罷了，粗鄙的話現在也無須傳述。《山海經》裡的鳥獸我們不知道，單只就蚯蚓來說，它的性生活已由動物學者調查清楚，知道它還是二蟲相交，異體受精的，瑞德女醫師所著《性是什麼》，書中第二章論動物間性，舉水螅、蚯蚓、蛙、雞、狗五者為例，我們可以借用講蚯蚓的一小部分來做說明。據說蚯蚓全身約共有百五十節，在十三節有卵巢一對，在十及十一節有睪丸各兩對，均在十四節分別開口，最奇特的是在九至十一節的下面左右各有二口，下為小囊，又其三二至三七節背上顏色特殊，在產卵時分泌液質作為繭殼。凡二蟲相遇，首尾相反，各以其九至十三節一部分下面相就，輸出精子入於對方的四小囊中，乃各分散，及卵子成熟時，背上特殊部分即分泌物質成筒形，蚯蚓乃縮身後退，筒身擦過十三四節，卵子與囊中精子均黏著其上，遂以併合成胎，蚓首縮入筒之前端，此端即封閉，及首退出後端，亦隨以封固而成繭矣。以上所述因力求簡要，說的很有欠明白的地方，但大抵可以明瞭蚯蚓生殖的情形，可知雌雄同體與自為牝牡原來並不是一件事。蚯蚓的名譽和我們本是風馬牛不相及，也不必替它爭辯，不過為求真實起見，不得不說明一番，目的不是寫什麼科學小品，而結果搬了些這一類的材料過來，雖不得已，亦是很抱歉的事也。

民國甲申九月二十四日所寫，續草木蟲魚之一。

螢火

近年多看中國舊書，因為外國書買不到，線裝書也很貴，卻還能入手，又卷帙輕便，躺著看時拿了不吃力，字大悅目，也較為容易懂。可是看得久了多了，不免會發生厭倦，第一是覺得單調，千年前後的人所說的話沒有多大不同，有時候或者後人比前人還要胡塗點也不一定，因此第二便覺得氣悶。從前看過的書，後來還想拿出來看，反覆讀了不厭的實在很少，大概只有《詩經》，其中也以《國風》為主，《陶淵明集》和《顏氏家訓》而已。在這些時候，從書架上去找出塵土滿面的外國書來消遣，也是常有的事。

前幾天忽然想到關於螢火說幾句閒話，可是最先記起來總是腐草化為螢以及丹鳥羞白鳥的典故，這雖然出在正經書裡，也頗是新奇，卻是靠不住，至少是不能通行的了。案《禮記．月令》云：

「季夏之月，腐草為螢。」

《逸周書》「時訓」解云：

「大暑之日，腐草化為螢。腐草不化為螢，谷實鮮落。」

這裡說得更是嚴重，彷彿是事關化育，倘若至期腐草不變成螢火，便要五穀不登，大鬧饑荒了。《爾雅》，螢火即炤。郭璞注，夜飛，腹下有火。這裡並沒有說到化生，但是後來的人總不能忘記《月令》的話，邢昺《爾雅疏》，陸佃《新義》及《埤雅》，羅願《爾雅翼》，都是如此，邵晉涵《正義》不必說了，就是王引之《廣雅疏證》也難免這樣。《本草綱目》引陶弘景曰：

「此是腐草及爛竹根所化，初時如蛹，腹下已有光，數日變而能飛。」

李時珍則詳說之曰：

「螢有三種。一種小而宵飛，腹下光明，乃茅根所化也，《呂氏月令》所謂腐草化為螢者也。一種長如蛆蠋，尾後有光，無翼不飛，乃竹根所化也。一名蠲，俗名螢蛆，《明堂「月令」》所謂腐草化為蠲者是也，其名宵行。茅竹之根夜視有光，復感溼熱之氣，遂變化成形爾。一種水螢，居水中。唐李子卿《水螢賦》所謂彼何為而化草，此何為而居泉，是也。」

錢步曾《百廿蟲吟》中「螢」項下自注云：

「螢有金銀二種。銀色者早生，其體纖小，其飛遲滯，恆集於庭際花草間，乃宵行所化。金色者入夏季方有，其體豐腴，其飛迅疾，其光閃爍不定，恆集於水際茭蒲及田塍豐草間，相傳為牛糞所化。蓋牛食草出糞，草有融化未淨者，受雨露之沾濡，變而為螢，即《月令》腐草為螢之意也。余嘗見牛溲坌積處飛螢叢集，此其驗矣。」

又汪曰楨《湖雅》卷六「螢」下云：

「按，有化生，初似蛹，名蠲，亦名螢蛆，俗呼火百腳，後乃生翼能飛為螢。有卵生，今年放螢於屋內，明年夏必出細螢。」

案以上諸說均主化生，唯郝懿行《爾雅義疏》反對《本草》陶李二家之說，云：

「今驗螢火有二種，一種飛者，形小頭赤，一種無翼，形似大蛆，灰黑色，而腹下火光大於飛者，乃《詩》所謂宵行，《爾雅》之即炤亦當兼此二種，但說者止見飛螢耳。又說茅竹之根夜皆有光，復感溼熱之氣，遂化成形，亦不必然。蓋螢本卵生，今年放螢火於屋內，明年夏細螢點點生光矣。」寥寥百十字，卻說得確實明白，所云螢之二種實即是雌雄兩性，至斷定卵生尤為有識，汪謝城引用其說，乃又模稜兩可，以為卵生之外別有化生，未免可笑。唯郝君亦有格致未精之處，如下文云：

「《夏小正》，丹鳥羞白鳥。丹鳥謂丹良，白鳥謂蚊蚋。《月令疏》引皇侃說，丹良是螢火也。」羅端良在宋時卻早有異議提出，《爾雅翼》卷二十七「螢」下云：

「《夏小正》曰，丹鳥羞白鳥。此言螢食蚊蚋。又今人言，赴燈之蛾以螢為雌，故誤赴火而死。然螢小物耳，乃以蛾為雄，以蚊為糧，皆未可輕信。」

從中國舊書裡得來的關於螢火的知識就是這些，雖然也還不錯，可是披沙挑選金，殊不容易，而且到底也不怎麼精確，要想知道得更多一點，只好到外國書中去找尋了。專門書本是沒有，就是引用了來也總是不適合，所以這裡所說也無非只是普通的，談生物而有文學的趣味的幾冊小書而已。英國懷德以《色耳彭的自然史》著名於世，在這裡邊卻未嘗講到螢火，但是《蟲豸觀察雜記》中有一則云：

「觀察兩個從野間捉來放在後園的螢火，看出這些小生物在十一二點鐘之間熄滅他們的燈光，以後通夜間不再發亮。雄的螢火為蠟燭光所引，飛進房間裡來。」

這雖是短短的一兩句話，卻很有意思，都是出於實驗，沒有一點兒虛假。懷德生於千七百二十年，即清康熙五十九年，我查考《疑年錄》，發見他比戴東原大三歲，比袁子才卻還要小四歲，論時代不算怎麼早，可是這樣有趣味的記錄在中國的乾嘉諸老輩的著作中卻是很不容易找到，所以這不能不說是很可珍重的了。其次法國的法勃耳，在他的大著《昆蟲記》中有一篇談螢火的文章，告訴我們好些新奇的事情。最奇怪的是關於螢火的吃食，據他說，螢火雖然不吃蚊子，所吃的東西卻比蚊子還要奇特，因為這乃是櫻桃大小的帶殼的蝸牛。若是蝸牛走著路，那是最好了，即使停留著，將身子縮到殼裡去，腳部總有一點兒露出，螢火便上前去用他嘴邊的小鉗子輕輕的掐上幾下。這鉗子其細如發，上邊有一道槽，用顯微鏡才看得出，從這裡流出毒藥來，注射進蝸牛身裡去，其效力與麻醉藥相等。法勃耳曾試驗過，他把被螢火掐過四五下的蝸牛拿來檢查，顯已人事不知，用針灸他也無知覺，可是並未死亡，經過昏睡兩日夜之後，蝸牛便即恢復健康，行動如常了。由此可知螢火所用的乃是全身麻醉的藥，正如果贏之類用毒針麻倒桑蟲蚱蜢，存起來供幼蟲食用，現在不過是現麻現吃，似乎與《水滸》裡的下迷子比較倒更相近。螢火的身體很小，要想吃蚊子便已不大可能，如羅端良所懷疑的，現在卻來吃蝸牛，可以說是大奇事。法勃耳在《螢火》一文中云：

「螢火並不吃，如嚴密的解釋這字的意義。他只是飲，他喝那薄粥，這是他用了一種方法，令人想起那蛆蟲來，將那蝸牛製造成功的。正如麻蒼蠅的幼蟲一樣，他也能夠先消化而後享用，他在將吃之前把那食物化成液體。」

《昆蟲記》中有幾篇講金蒼蠅麻蒼蠅的文章，從實驗上說明蛆蟲食肉的情形，他們吐出一種消化藥，大概與高階動物的胃液相同，塗在肉上，不久肉即銷融成為流質。螢火所用的也就是這種方法，他不能咬了來吃，卻可以當作粥喝，據說在好幾個螢火暢飲一頓之後，蝸牛隻是一個空殼，什麼都沒有餘剩了。丹鳥羞白鳥，我們知道它不合理，事實上卻是螢火吃蝸牛，這自然界的怪異又是誰所料得到的呢。

法勃耳生於一八二三年，即清道光三年，與李少荃是同年的，所以還是近時人，其所發見的事知道的不很多，但即使人家都知道了螢火吃蝸牛，也不見得會使他怎麼有名，本來螢火之所以為螢火的乃別有在，即是他在尾巴上點著燈火。中國名稱除螢火之外還有即炤，輝夜，景天，夜光，宵燈等，都與火光有關。希臘語曰闌普利斯，意云亮尾巴，拉丁文學名沿稱為闌闢利思，英法則名之為發光蟲。據《昆蟲記》所說，在螢火腹中的卵也已有光，從皮外看得出來，及至孵化為幼蟲，不問雌雄尾巴上都點著小燈，這在郝蘭皋也已經知道了。雄螢火蛻化生翼，即是形小頭赤者，燈光並不加多，雌者卻不蛻化，還是那大蛆的狀態，可是亮光加上兩節，所以腹下火光大於飛者了。這是一種什麼物質，法勃耳說也並不是磷，與空氣接觸而發光，腹部有孔可開閉以為調節。法勃耳敘述夜中往捕幼螢，長僅五公釐，即中國尺一分半，當初看見在草葉上有亮光，但如誤觸樹枝少有聲響，光即熄滅，遂不可復見。迨及長成，便不如此，他曾在螢火籠旁放槍，了無聞知，繼以噴水或噴煙，亦無甚影響，間有一二熄燈者，不久立即復燃，光明如舊。夜半以前是否熄燈，文中未曾說及，但懷德前既實驗過，想亦當是確實的事。螢火的光據法勃耳說：

「其光色白，安靜，柔軟，覺得彷彿是從滿月落下來的一點火花。可是這雖然鮮明，照明力卻頗微弱。假如拿了一個螢火在一行文字上面移動，黑暗中可以看得出一個個的字母，或者整個的字，假如這並不太長，可是這狹小的地面以外，什麼也都看不見了。這樣的燈光會得使讀者失掉耐性的。」

看到這裡，我們又想起中國書裡的一件故事來。《太平御覽》卷九百四十五引《續晉陽秋》云：「車胤，字武子，好學不倦，家貧不常得油，夏月則練囊盛數十螢火，以夜繼日焉。」這囊螢照讀成為讀書人的美談，流傳很遠，大抵從唐朝以後一直傳誦下來，不過與上邊《昆蟲記》的話比較來看，很有點可笑。說是數十螢火，燭光能有幾何，即使可用，白天花了工夫去捉，卻來晚上用功，豈非徒勞，而且風雨時有，也是無法。《格致鏡原》卷九十六引成應元《事統》云：「車胤好學，常聚螢光讀書，時值風雨，胤嘆曰，天不遣我成其志業耶。言訖，有大螢傍書窗，比常螢數倍，讀書訖即去，其來如風雨至。」

這裡總算替車君彌縫了一點過來，可是已經近於誌異，不能以常情實事論了。這些故事都未嘗不妙，卻只是宜於消閒，若是真想知道一點事情的時候，便濟不得事。近若干年來多讀線裝舊書，有時自己疑心是否已經有點中了毒，像吸大煙的一樣，但是畢竟還是常感覺到不滿意，可見真想做個國粹主義者實在是大不容易也。

三十二年十一月二日所寫，續草木蟲魚之二。

東昌坊故事

余家世居紹興府城內東昌坊口，其地素不著名，唯據山陰呂善報著《六紅詩話》，卷三錄有張宗子《快園道古》九則，其一云：

「蘇州太守林五磊素不孝，封公至署半月即勒歸，予金二十，命悍僕押其抵家，臨行乞三白酒數色亦不得，半途以氣死。時越城東昌坊有貧子薛五者，至孝，其父於冬日每早必赴混堂沐浴，薛五必攜熱酒三合禦寒，以二雞蛋下酒。袁山人雪堂作詩云：三合陳醑敵早寒，一雙雞子白團團，可憐蘇郡林知府，不及東昌薛五官。」

又毛西河文集中題羅坤所藏呂潛山水冊子，起首云：「王子秋遇羅坤蔣侯祠下，屈指揖別東昌坊五年矣。」關於東昌坊的典故，在明末清初找到了兩個，也很可以滿意了。

東昌坊口是一條東西街，南北兩面都是房屋，路南的屋後是河，西首架橋曰都亭橋，東則曰張馬橋，大抵東昌坊的區域便在此二橋之間。張馬橋之南曰張馬衖，亦云綢緞衖，北則是丁字路，迤東有廣思堂王宅，其地即土名廣思堂，不知其屬於東昌坊或覆盆橋也。都亭橋之南曰都亭橋下，稍前即是讓簷街，橋北為十字路，東昌坊口之名蓋從此出，往西為秋官第，往北則塔子橋，狙擊琶八之唐將軍廟及墓皆在此地。我於光緒辛丑往南京以前，有十四五年在那裡住過，後來想起來還有好些事情不能忘記，可以記述一點下來。從老家到東昌坊口大約隔著十幾家門面，這條路上的石板高低大小，下雨時候的水汪，差不多都還可想像，現在且只說十字路口的幾家店鋪吧。東南角的德興酒店是老鋪，其次是路北的水果攤與麻花攤，至於西南角的泰山堂藥店乃是以風水卜卦起家，綽號矮癩胡的申屠泉所開，算是暴發戶，不大有名望了。

關於德興酒店，我的記憶最為深遠。我從小時候就記得我家與德興做帳，每逢忌日祭祀，常看見用人拿了經摺子和酒壺去取摻水的酒來，隨後到了年節再酌量付還。我還記得有一回，大概是七八歲的時候，獨自一人走到德興去，在後邊雅座裡找著先君正和一位遠房堂伯在喝老酒。他們稱讚我能幹，分下酒的雞肫豆給我吃，那時的長方板桌與長凳，高腳的淺酒碗，裝下酒鹽豆等的黃沙粗碟，我都記的很清楚，雖然這些東西一時別無變化，後來也仍時常看見。連帶的使我不能忘記的是酒店所有的各種過酒胚，下酒的小吃，固然這不一定是德興所做的最好，不過那裡自然具備，我們的經驗也是從那裡得來的。雞肫豆與茴香豆都是其中重要的一種。七年前在《記鹽豆》的小文中曾說：

「小時候在故鄉酒店常以一文錢買一包雞肫豆，用細草紙包作纖足狀，內有豆可二三十粒，乃是黃豆鹽煮漉幹，軟硬得中，自有風味。」

為什麼叫做雞肫的呢？其理由不明瞭，大約為的是嚼著有點軟帶硬，彷彿像雞肫似的吧。茴香豆是用蠶豆，越中稱作羅漢豆所制，只是幹煮加香料，大茴香或是桂皮，也是一文錢起碼，亦可以說是為限，因為這種豆不曾聽說買上若干文，總是一文一把抓，夥計即酒店官他很有經驗，一手抓去數量都差不多，也就擺作一碟，雖然要幾碟或幾把自然也是自由。此外現成的炒洋花生、豆腐乾、鹹豆豉等大略具備，但是說也奇怪，這裡沒有葷腥味，連皮蛋也沒有，不要說魚乾鳥肉了。本來這是賣酒附帶喝酒，與飯館不同，是很平民的所在，並不預備闊客的降臨，所以只有簡單的食品，和樸陋的裝置正相稱。上邊所說這些豆類都似乎是零食，在供給酒客之外，一部分還是小孩們光顧買去。此外還有一兩種則是小菜類的東西，人家買去可以作臨時的下飯，也是很便利的事。其一名稱未詳，只是在陶鉢內鹽水煮長條油豆腐，彷彿是一文錢一個，臨買時裝在碗裡，上面加上些紅辣茄醬。這製法似乎別無巧妙，不知怎的自己煮來總不一樣，想吃時還須得拿了碗到櫃上去買。其二名日時蘿蔔，以蘿蔔帶皮切長條，用鹽略醃，再以紅黴豆腐漬之，隨時取食。此皆是極平常的食物，然在素樸之中自有真味，而皆出自酒店店頭，或亦可見酒人之真能知味也。

東北角的水果攤其實也是一間店面，西南兩面開放，白天撤去排門，臺上擺著些水果，似攤而有屋，似店而無招牌店號，主人名連生，所以大家並其人與店稱之日水果連生云。平常是主婦看店，水果連生則挑了一擔水果，除沿街叫賣外，按時上各主顧家去銷售。這擔總有百十來斤重，挑起來很費氣力，所以他這行業是商而兼工的，有些主顧看見他把這一副沉重的擔子挑到內堂前，覺得不大好意思讓他原擔挑了出去，所以多少總要買他一點，無論是楊梅或是桃子。東昌坊距離大街很遠，就是大云橋也不很近，臨時想買點東西只好上水果連生那裡去，其價錢較貴也可以說是無怪的。小時候認識一個南街的小破腳骨，自稱姜太公之後，他曾說水果連生所賣的水果是仙丹，所以那麼貴，又一轉而稱店主人日華陀，因為仙丹當然只有華陀那裡發售。

都亭橋下又有一家沒有招牌的店，出賣葷粥，後來改賣餛飩和麵，店更繁昌起來了。主人姓張，曾租住我家西邊餘屋，開棺材店多年。我的曾祖母是很嚴格的人，可是沒有一點忌諱，真很可佩服。我還記得牆上黑字寫著「張永興字號龍遊壽枋」等語。這張老闆一面做著壽材，一面在住家制葷粥出售。葷粥一名肉骨頭粥，系從豬肉店買骨頭來煮粥，食時加蔥花小蝦米及醬油，每碗才幾文錢，價廉而味美，是平民的好食品，雖然紳士們不大肯屈尊光顧。我們和姜君常常去吃，有一天已經吃下大半碗去了的時候，姜君忽然正色問道，你們沒有放下什麼毒藥麼？這一句話問的張老闆的兒子媳婦啞口無言，不知道怎麼回答才好，姜君乃徐徐說道，我怕你們兜攬那面的生意呢。店裡的人只好苦笑，這其實也是真的，假如感覺敏捷一點的人想到店主人的本業，心裡難免有這種疑問，不過不好說出來罷了。這葷粥的味道至今未能忘記，雖然這期間已經有了四十多年的間隔，上月收到長女的乳母訴苦的信，說米價每升已至三四千元，葷粥這種奢侈食品，想必早已沒有了吧。因為這樣的緣故，把多少年前的地方和情狀記錄一點下來，或者也不是全無意義的事。

乙酉一九四五年七月四日

秋蟲的鳴聲

飯後隨筆（四七四）

蟲類的嘴是不會發聲的，但是我們平常總說它是在叫，古來有以蟲鳴秋這句話，這些蟲就稱之為秋蟲。小時候在鄉下知道得最多，績婆婆官名絡緯，蛐蛐在《詩經》上稱蟋蟀，或稱促織，此外有油唧蛉、叫蛄蛄、蛐蛐兒、金鈴子、油蛉和竹蛉，都是相當的會叫的，但是在北京卻不大聽見，現在夜中人靜的時候，在窗外低吟的也只是秋蟲一種罷了。

因了秋蟲的鳴聲引起來的感想，第一就是秋天來了，彷彿是一種警告。蟋蟀雖是鬥蟲，可是它獨自深夜微吟時實在很有點悲哀，所以對於聽的人多發生類似的感覺，鄉下的小孩們解釋它的歌詞是「漿漿洗洗，鈕絆依依」，依字讀去聲，意思是說裝上去，這與促織的意味相合，不過不是織布做新衣，只是修補舊衣預備禦寒罷了。陸元恪在《毛詩草木蟲魚疏》中有促織鳴懶婦驚之諺，可見此種傳說在三國吳時早已有了，大抵在民歌兒歌中警遊惰的意思很是常見，要講句舊話，可以說是正與《國風》相通的吧。鄉下有關於蟬鳴的兒歌云：知了喳喳叫，石板兩頭蹺，懶惰女客困旰覺。這裡說的是三伏天氣，石板都曬得「喬」（微彎）了，但是在城鄉里，除懶惰的男女客以外，沒有人睡午覺的，這歌即以為刺，至於單舉出女客來，那或者由於作者或加工者是男性的緣故吧。

蓑衣蟲

飯後隨筆（二三六）

同江幼農君閒談，說動植物名最不好辦，不但中外古今難以溝通，即同一俗名也常有地方的界限，不能通用。例如螻蛄，我們一聽這個名稱，即立想到那替曲蟮叫了一世的形似蟋蟀的蟲，北方則不能通行，郝懿行在《爾雅義疏》的注裡特別添上北邊的俗名「拉拉蛄」一項。蟲旁瞿叟二字我們鄉下也認識，讀作其休，是蜈蚣似的多足蟲，江南云蓑衣蟲，北方稱錢串子，或曰錢龍，以前者為更普遍。

江君云別又有所謂蓑衣蟲，系蛾類的幼蟲，織碎葉小枝為囊以自裹，負之而行，案此即《爾雅》之蜆縊女，因為它附枝下垂，古人觀察粗率，便以為縊，郝氏斷之曰，此蟲吐絲自裹，望如披蓑，形似自懸而非真死，舊說殊未了也。我們鄉間稱之曰袋皮蟲，《爾雅翼》云俗呼避債蟲。披蓑有漁人或農人的印象，袋皮已淪為癟三，避債的聯想更為滑稽，縊女則太悲慘了，我們想起山西省婦女自殺的統計，覺得這種事實還未消除，難怪古人那麼的說。我不知道這在北京叫做什麼，彷彿沒有看見過，要有也未必叫蓑衣蟲了吧，因為在北方蓑衣極少見，其實秋天雨並不小，雖或缺乏棕皮，但也可以用別的草制的，不知何以不用。唐人詩云，「孤舟蓑笠翁，獨釣寒江雪」，這種情景在黃河以北實在是難被了解，不但寒江不能釣，就是蓑笠也是很生疏的東西，讀了不會發生什麼興趣。

爆竹

舊曆新年到來了，常常或遠或近的聽到炮仗，特別是鞭炮的聲音，這使我很覺得喜歡。對於炮仗這件物事，在感情上我有過好些的變遷。最初小時候覺得高興，因為它表示熱鬧的新年就要來了。雖然聽了聲響可怕，不敢走近旁邊去。中年感覺它吵得討厭，又去與迷信結合了想，對於闢邪與求福的民間的願望表示反對，三十多年前在北京西山養病，看了英斂之的文章，有一個時候曾想借了一神教的力量來驅除多神教的迷信。這種驅狼引虎的思想真是十分可笑的。近來不好說老，但總之意見上有了改變，又覺得喜歡炮仗了，不但因為這聲音很是陽氣，有明朗的感覺，也覺得驅邪降福的思想並不壞，多神教的迷信還比一神教害處小，也更容易改革。

放煙火（或稱為煙花）在各國多有這個風俗，至於炮仗，由鞭炮以至雙響，似乎是中國所特有的。有歐洲人曾經說過幽默的話，中國人是最聰明的民族，發明了火藥，只拿去做花炮，不曾用以殺人。這話說得有點滑稽，卻是正確的。過去中國人在文化上有過許多發明，只是在武器方面卻沒有，史稱造五兵的乃是蚩尤，可知中國古人雖是英勇，但用以卻敵的正是敵人的兵器。

炮仗起源於「爆竹」，民間祀神的時候，拿竹枝來燒在火裡，劈拍作響，據古書上說，目的是在於嚇走獨只腳的山魈。這種風俗在華東有些地方一直存在，若是使用大竹，那末竹節裂開來，一定聲音更響了，不過個人的經驗上不曾聽到過。過去放炮仗的用意是逐鬼，普通說是敬神，乃是後起的變化，現在只是表示喜悅與慶祝，正是更進一步，最是正當的用處了。

現今的炮仗使用得確當，但是過去用於驅邪降福，雖然涉於迷信，我以為也未可厚非，因為這用意總是對的，不過手段錯誤罷了。驅邪降福，這是一切原始宗教的目的。英國一個希臘神話女學者曾扼要的說過：「宗教的衝動單只向著一個目的，即生命之儲存與其發展。宗教用兩種方法去達到這個目的，一是消極的，除去一切於生命有害的東西，一是積極的，招進一切於生命有利的東西。全世界的宗教儀式不出這兩種，一是驅除的，一是招納的。饑餓與無子是人生最重要的敵人，這個他要設法驅逐它。豐穰與多子是他最大的幸福，這是他所想要招進來的。」人類本有求生存與幸福的慾望，把這向著天空這便是迷信，若是向著地面看，計劃在地上建起樂園來，那即是社會主義的初步了。中國老百姓希望能夠安居樂業，過去搞過各種儀式祈求驅邪降福，結果都落了空，後來舉起頭來一看，面前便有一條平陽大道，可以走到目的地去，那末何樂而不走呢？敬神沒有用了，做炮仗是中國固有技術之一，仍舊製作些出來，表示舊新年的快樂與熱鬧，豈不正是很適宜的事情麼？

泥孩兒

從前在什麼書上，看見德國須勒格爾博士說，東亞的人形玩具始於荷蘭的輸入，心裡不大相信，雖然近世的「洋娃娃」這句話似乎可以給它作一個證明。本來這人形玩具的起源當在上古時代，各國都能自然發生，如埃及、希臘、羅馬的古墳據說都發見過牙雕或土製的偶人，大抵是在兒童的墳裡，所以知道是玩具的性質，另外有殉葬的一種，用以替代活人，那是所謂「俑」了。由是可知，這種玩具的偶人的起源不可能有一定的地方，應是各地自由發展。可是它又很容易感受外來的影響，現時的洋娃娃服裝相貌還沒有和老百姓一樣，宋代曾通稱摩侯羅或磨喝樂，此是外來語，大概與佛教有關係，雖然還沒有考究出它的來源。這在《老學庵筆記》中稱作「泥孩兒」，當是指泥制的孩兒那一種，但別處又見有「帛新婦子」與「磁新婦子」的名稱，可見也有一種「美人兒」，比現代的洋娃娃式樣更多了。小時候在鄉下買「爛泥菩薩」玩耍，有狀元，有「一團和氣」，還有婦女，通稱「老嫚」，即指「墮民」中的女人，因為她們在前朝是賤民，規定世世給平民服役，女人都還穿的古裝束，青衣裙青背心，髮梳作高髻，稱「朝前髻」（平民婦女唯居喪時梳此髻）。土偶作古裝，無人能識，所以認錯了。現在想起來，這種「老嫚」的爛泥菩薩，著實可以珍重儲存，只可惜現今恐怕已經找不到了。

中國歷代的「俑」，自六朝至唐，尚留存不少，很可以供給畫家和排演電影的人作參考，人形玩具如能保留，亦可有不小用處。但玩具殉葬到底是絕少數，平常玩耍過後全都毀棄，古時玩具無由得見。這不但是實物難得，便是文字紀錄，也極不易找，蓋由中國文人太是正經，受儒教思想的束縛，對於生活細節，怕涉煩瑣，不敢下筆的緣故。漢人在《潛夫論》中有云：「或作泥車瓦狗諸戲弄之具，以巧詐小兒，皆無益也。」可以代表士大夫的玩具觀。我們從佛經中看來，印度就要好得多多。如在《大智度論》中說：「人有一子，喜不淨中戲，聚土為谷，以草木為鳥獸，而生愛著，人有奪者，瞋恚啼哭，其父知已，此子今雖愛著，此事易離耳，小大自休。」末句輕輕四字，是多麼有理解的話。又《六度集經》中記須大拿王子將二子布施給人，王妃悲嘆，「今兒戲具，泥像泥牛，泥馬泥豬，雜巧諸物，縱橫於地，睹之心感。」也說的很有人情。為了兒童的福利，應該發展玩具製作，特別是人形玩具這一部門，古來的「泥孩兒」，「美人兒」，都能有新發展，此外泥車瓦狗，泥馬泥豬，也是必要的，這應與新文明的玩具並重，不可落後，因為這些固然是舊的，但正是日常生活中所有的事物。本來想談談玩具的事情，卻不料只說得偶人這一方面，所以題目也就用了宋人所說的泥孩兒，雖然這一個字不大能夠包括人形玩具的全部。

鬼與清規戒律

從前開始戲改的時候，大概很有些清規戒律，特別是關於「見鬼」這一件事，最為忌諱，以為這就是迷信，斷乎不可以容許的。所以這一類的戲，如《活捉三郎》、《奇冤報》、《大劈棺》，以及全部《鍾馗》，都一律乾脆禁止，直到今年五月，因為「百花齊放」，這才解了禁。但是，這個不准「見鬼」的清規戒律，似乎並不限於戲劇，流行還要廣遠，應用及於一般言語，提起來不大有人會得相信的。據安徽一箇中學教員的通訊說，「不健康的人，似乎半人半鬼」，就有人說是迷信，彷彿說起鬼字，便是提倡有鬼似的，這似乎很值得來研究。

中國人的說話裡，似乎很喜歡用「鬼」字，凡是遇見莫名其妙的物事，便說是什麼「鬼東西」。形狀難看或是詭異，行動不測，也常說這人「鬼頭鬼腦」，或是說「這人很鬼」，未必是真是看見鬼，所以說頭腦有點相像，也只是打一個譬喻罷了。「半人半鬼」，近於普通說「三分像人，七分像鬼」，也正是個譬喻。此外如一種小貝殼稱作「鬼螺獅」，又日本的子安貝，地方上俗名「鬼見怕」，大概因為樣子古怪的緣故，又因了這個名稱，卻相信它真可以有闢邪的功用。普通又用以稱有特別徵候的人物，如頭大的稱為「大頭鬼」，吃鴉片煙的（現在當然沒有了，但這句話還在沿用）稱「鴉片煙鬼」。至於「小鬼頭」一語，雖然也是一類，但是用作愛撫的話，用的時候似乎已是沒有什麼壞意思了。

我還記得在解放以前，有一本風行全國的英文書，是美國記者斯諾所著，書名《西行漫記》，報導解放區那時的情形。在中間出現，最得人的喜歡的，便是所謂「小鬼」。英文說是「小魔鬼」，未免太言重了，因為中國這個「鬼」是機靈乖巧的意思，不含一絲惡意，無寧是與「因普」這字相近。這大概是軍中收留的少年兵，所以活潑可愛，稱了作小鬼，想見大家對他的好感，實在比別的名稱要好得多了。就只可惜後來不見記錄，似乎已經不用了，這也是對的，因為清規戒律來了，恐怕有點不方便。其實這稱呼倒是很好的，含有幾分親愛的意思在裡頭，沒有別的譯名錶示得出的。如今幸而清規戒律已經取消，再也沒有什麼拘束，以後連戲臺上出鬼也已隨意，言語自然更可以隨意了。

不倒翁

不倒翁是很好的一種玩具，不知道為什麼在中國不很發達。這物事在唐朝就有，用作勸酒的東西，名為「酒鬍子」，大約是做為胡人的樣子，唐朝是諸民族混合的時代，所以或者很滑稽的表現也說不定。三十三年前曾在北京古董店看到一個陶俑，有北朝的一個胡奴像，坐在地上彈琵琶，同生人一樣大小。這是一個例子，可見在六朝以後，胡人是家庭中常見的。這酒鬍子有多麼大，現在不知道了，也不知道怎樣用法，我們只從元微之的詩裡，可以約略曉得罷了：

「遺悶多憑酒，公心只仰胡，挺胸唯直指，無意獨欺愚。」

這辦法傳到宋朝，《墨莊漫錄》記之曰：

「飲席刻木為人而銳其下，置之盤中左右欹側，僛僛然如舞狀，力盡乃倒，視其傳籌所至，酹之以杯，謂之勸酒胡。」

這勸酒胡是終於跌倒的——不過一時不容易倒——所以與後來的做法不盡相同；但於跌倒之前要利用它的重心，左右欹側，這又同後來是相近的了。做成「不倒翁」以後，輩分是長了，可是似乎代表圓滑取巧的作用，它不給人以好印象，到後來與兒童也漸益疏遠了。名稱改為「扳不倒」，方言叫做「勃弗倒」，勃字寫作正反兩個「或」字在一起，難寫得很，也很難有鉛字，所以從略。

不倒翁在日本的時運要好得多了。當初名叫「起來的小和尚」，就很好玩。在日本狂言裡便已說及。「狂言」系是一種小喜劇，盛行於十二三世紀，與中國南宋相當，後來通稱「達摩」，因畫作粗眉大眼，身穿緋衣，兜住了兩腳，正是「畫壁九年」的光景。這位達摩大師來至中國，建立禪宗，在思想史上確有重大關係，但與一般民眾和婦孺，卻沒有什麼情分。在日本，一說及達摩，真是人人皆知，草木蟲魚都有以他為名的，有形似的達摩船，女人有達摩髻，從背上脫去外套叫做「剝達摩」。眼睛光溜溜的達摩，又是兒童多麼熱愛的玩具呀！達摩的「趺跏而坐」的坐法，特別也與日本相近，要換別的東西上去很容易，這又使「達摩」變化成多樣的模型。從達摩一變而成「女達摩」，這彷彿是從「女菩薩」化出來的，又從女達摩一變而化作兒童，便是很順當的事情了。名稱雖是「達摩」，男的女的都可以有，隨後變成兒童，就是這個緣故。日本東北地方寒冷，冬天多用草囤安放小孩，形式略同「貓狗窩」相似，小孩坐在裡邊，很是溫暖；嘗見鶴岡地方製作這一種「不倒翁」，下半部是土製的，上半部小孩的臉同衣服，系用洋娃娃的材料製成。這倒很有一種地方色彩。

不倒翁本來是上好的發明，就只是沒有充分的利用，中國人隨後「垂腳而坐」的風氣，也不大好用它。但是，這總值得考慮，怎樣來重新使用這個發明，豐富我們玩具的遺產；問題只須離開成人，不再從左右搖擺去著想，只當他作小孩子看待，一定會得看出新的美來的吧。

羊肝餅

有一件東西，是本國出產的，被運往外國經過四五百年之久，又運了回來，卻換了別一個面貌了。這在一切東西都是如此，但在吃食有偏好關係的物事，尤其顯著，如有名茶點的「羊羹」，便是最好的一例。

「羊羹」這名稱不見經傳，一直到近時北京仿製，才出現市面上。這並不是羊肉什麼做的羹，乃是一種淨素的食品，系用小豆做成細餡，加糖精製而成，凝結成塊，切作長物，所以實事求是，理應叫做「豆沙糖」才是正辦。但是這在日本（因為這原是日本仿製的食品）一直是這樣寫，他們也覺得費解，加以說明，最近理的一種說法是，這種豆沙糖在中國本來叫做羊肝餅，因為餅的顏色相像，傳到日本，不知因何傳訛，稱為羊羹了。雖然在中國查不出羊肝餅的故典，未免缺恨，不過唐朝時代的點心有哪幾種，至今也實難以查清，所以最好承認，算是合理的說明瞭。

傳授中國學問技術去日本的人，是日本的留學僧人，他們於學術之外，還把些吃食東西傳過去。羊肝餅便是這些和尚帶回去的食品，在公曆十五六世紀「茶道」發達時代，便開始作為茶點而流行起來。在日本文化上有一種特色，便是「簡單」，在一樣東西上精益求精的幹下來，在吃食上也有此風，於是便有一家專做羊肝餅（羊羹）的店，正如做昆布（海帶）的也有專門市一樣。結果是「羊羹」大大的有名，有純粹豆沙的，這是正宗，也有加栗子的，或用柿子做的，那是旁門，不足重了。現在說起日本茶食，總第一要提出「羊羹」，不知它的祖宗是在中國，不過一時無可查考罷了。

近時在中國市場上，又查著羊肝餅的子孫，仍舊叫做「羊羹」，可是已經面目全非，——因為它已加入西洋點心的隊伍裡去了。它脫去了「簡單」的特別衣服，換上了時髦裝束，做成「奶油」、「香草」，各種果品的種類。我希望它至少還保留一種，有小豆的清香的純豆沙的羊羹，熬得久一點，可以經久不變，卻不可復得了。倒是做冰棒（上海叫棒冰）的在各式花樣之中，有一種小豆的，用豆沙做成，很有點羊肝餅的意思，覺得是頗可吃得，何不利用它去製成一種可口的吃食呢。

窩窩頭的歷史

北方雜糧以玉米為主，玉米粉稱為棒子麵，亦稱雜和麵。因為俗稱玉米為棒子，故得此名。南方人不懂，故有誤解。從前的小說上，說窮苦婦女流著眼淚，把棒子麵一根根往嘴裡送。玉米麵粉中摻和豆麵在內，故稱雜和，其實這如三七比例的摻入，就特別顯得香甜，所以不算是什麼粗糧，不過做成窩窩頭，乃有似黑麵包，普遍當作窮人的食糧罷了。南方如浙東臺州等處，老百姓也通常吃玉米麵粉，卻稱作六穀糊。光緒丁酉年距今剛剛一週甲，我住在杭州，一個姓宋的保母是臺州人，經常帶來吃，裡邊加上白薯，小時候倒覺得是很好吃的。普遍做了餅來吃，便是所謂窩窩頭，乃是做成圓錐形，而空其中，有拳頭那麼大，因為底下是個窩，故得是名。老百姓吃這東西，大概起源很早，歷史上找不著紀錄，當起於有玉米的時候了。本來這些事用不著努力去找它的緣起，現在不過偶爾找到一點紀錄，知道有什麼時代，已經有過，那也未始不是很有意思的事吧。

窩窩頭起源的歷史是不可考了，但我們知道至少在明朝已經有這個名稱，即是去今有三百多年的歷史了。李光庭著《鄉言解頤》卷五，載劉寬夫《日下七事詩》，末章中說及「愛窩窩」，小注云：「窩窩以糯米粉為之，狀如元宵粉荔，中有糖餡，蒸熟外糝白粉，上作一凹，故名窩窩。田間所食則用雜糧面為之，大或至斤許，其下一窩如臼而覆之。茶館所制甚小，曰愛窩窩，相傳明世中官有嗜之者，因名御愛窩窩，今但曰愛而已」。

照這樣說，愛窩窩由於御愛窩窩的縮稱，那末可見窩窩頭的名稱在明朝那時候已經有了。這也就是說，農民用玉米麵粉做這種食品，用這個名稱，也已經很久了。

天下事無獨有偶，窩窩頭的故事還有下文。北海公園有一家飯館名叫「仿膳」，是仿御膳房的做法的意思。他們的有名食品裡邊，便有一種「小窩窩頭」，據說是從前做來「供御」的，用栗子粉和入，現在則只以黃豆玉米粉加糖而已。所以北京市面上除真正窩窩頭以外，還有兩種愛窩窩與小窩窩頭，留下一點歷史的痕跡。「窩窩頭」極是微小的東西，但不料有這麼一段有意思的歷史，可見在有些吃食東西上如加以考究，也一定有許多事情可以發見的。

水鄉懷舊

住在北京很久了，對於北方風土已經習慣，不再懷念南方的故鄉了，有時候只是提起來與北京比對，結果卻總是相形見絀，沒有一點兒誇示的意思。譬如說在冬天，民國初年在故鄉住了幾年，每年腳裡必要生凍瘡，到春天才脫一層皮，到北京後反而不生了，但是腳後跟的斑痕四十年來還是存在，夏天受蚊子的圍攻，在南方最是苦事，白天想寫點東西只有在蚊煙的包圍中，才能勉強成功，但也說不定還要被咬上幾口，北京即是夜裡我也是不掛帳子的。但是在有些時候，卻也要記起它的好處來的，這第一便是水。因為我的故鄉是在浙東，乃是有名的水鄉，唐朝杜荀鶴送人遊吳的詩裡說：

君到姑蘇見，人家盡枕河。
古宮閒地少，水港小橋多。

他這裡雖是說的姑蘇，但在別一首裡說：「去越從吳過，吳疆與越連。」這話是不錯的，所以上邊的話可以移用，所謂「人家盡枕河」，實在形容得極好。北京照例有春旱，下雪以後絕不下雨，今年到了六月還沒有透雨，或者要等到下秋雨了吧。在這樣乾巴巴的時候，雖是常有的幾乎是每年的事情，便不免要想起那「水港小橋多」的地方有些事情來了。

在水鄉的城裡是每條街幾乎都有一條河平行著，所以到處有橋，低的或者只有兩三級，橋下才通行小船，高的便有六七級了。鄉下沒有這許多橋，可是汊港紛歧，走路就靠船隻，等於北方的用車，有錢的可以專僱，工作的人自備有「出坂」船，一般普通人只好趁公共的通航船隻。這有兩種，其一名曰埠船，是走本縣近路的，其二曰航船，走外縣遠路，大抵夜裡開，次晨到達。埠船在城裡有一定的埠頭，早上進城，下午開回去，大抵水程六七十里，一天裡可以打來回的，就都稱為埠船，埠船總數不知道共有多少，大抵中等的村子總有一隻，雖是私人營業，其實可以算是公共交通機關，魯迅短篇小說集《徬徨》裡有一篇講離婚的小說，說莊木三帶領他的女兒往龐莊找慰老爺去，即是坐了埠船去的，但是他在那裡使用國語稱作航船，小說又重在描畫人物，關於埠船的東西沒有什麼描寫。這是一種白篷的中型的田莊船，兩旁直行鑲板，並排坐人，中間可以擱放對象。船錢不過一二十文吧，看路的遠近，也不一定。鄉村的住戶是固定的，彼此都是老街坊，或者還是本家，上船一看乘客差不多是熟人，坐下就聊起天來，這裡的空氣與那遠路多是生客的航船便很有點不同。航船走的多是從前的驛路，終點即是驛站，它的職業是送往迎來的事，埠船卻辦著本村的公用事業，多少有點給地方服務的意思，不單是營業，它不但搭客上下，傳送信件，還替村裡代辦貨物，無論是一斤麻油，一尺鞋面布，或是一斤淮蟹，只要店鋪裡有的，都可以替你買來，他們也不寫帳，回來時只憑著記憶，這是三六叔的旱煙五十六文，這是七斤嫂的布六十四文，一件都不會遺漏或是錯誤。它載人上城，並且還代人跑街，這是很方便的事，但是也或者有人，特別是女太太們，要嫌憎買的不很稱心，那麼只好且略等候，等「船店」到來的時候，自己買了。城市裡本有貨郎擔，挑著擔子，手裡搖著一種雅號「驚閨」或是「喚嬌娘」的特製的小鼓，方言稱之為「袋絡擔」，據孫德祖的《寄龕乙志》卷四里說：「貨郎擔越中謂之袋絡擔，是貨什雜布帛及絲線之屬，其初蓋以絡索擔囊橐衒且售，故云。」後來卻是用藤竹織成，疊起來很高的一種箱擔了，但在水鄉大約因為行走不便，所以沒有，卻有一種便於水行的船店出來，來彌補這個缺憾。這外觀與普通的埠船沒有什麼不同，平常一個人搖著櫓，到得行近一個村莊，船裡有人敲起小鑼來，大家知道船店來了，一鬨的出到河岸頭，各自買需要的東西，大概除柴米外，別的日用品都可以買到，有洋油與洋燈罩，也有蕁麻鞋面布和洋頭繩，以及絲線。這是舊時代的辦法，其實卻很是有用的。我看見過這種船店，趁過這種埠船，還是在民國以前，時間經過了六十年，可能這些都已沒有了也未可知，那麼我所追懷的也只是前塵夢影了吧。不過如我上文所說，這些辦法雖舊，用意卻都是好的，近來在報上時常看見，有些售貨員努力到山鄉里去送什貨，這實在即是開船店的意思，不過更是辛勞罷了。

麟鳳龜龍

麟鳳龜龍，自昔稱為四靈，算作祥瑞。其中只有烏龜還是存在，蠢然一物，看不出什麼靈氣。麒麟這東西見於「西狩獲麟」的歷史，可見事實有過這種動物，而且望文生義的解說下去，可以說它是鹿的一種，那麼日本動物學家稱動物園裡的長頸鹿為麒麟，似乎是有些根據的。古來說它是仁獸，這是的確的，因為以它這龐然大物，卻是吃素的，這實是證據，雖然吃草的巨獸此外還有，但牛馬因為常見，所以沒有什麼稀奇，就是塞外的駱駝，也只落得被說是腫背的馬罷了。麟的出現雖是祥瑞，但是它本身並沒有什麼怪異的成分，那麼它也只是像赤烏白鹿之類，以稀見難得為貴。長頸鹿現在產於非洲，這一類動物的化石在中國曾有發見，其歷史也相當古老了。

鳳凰是什麼鳥，現在不容易解決。鳳字的古文就是「朋」字，系是象形，像它羽毛豐盛之貌。《山海經》上也只說：「丹穴山有鳥狀如鶴，五采而文，名曰鳳。」無非說它毛色好看而已，也沒有什麼神異。它大約是一種羽毛非常豔麗的鳥類，有如孔雀之屬，因為不容易看到，所以後人更錦上添花的加以形容。其中有兩樣乃系外來影響，不可不加區別。其一是《西遊記》裡的大鵬鳥，鵬字雖然可以作為鳳之別體，但釋迦如來的大鵬乃是佛經的「金翅鳥」的變相，是一種要吃龍的大鳥。其二是依據西洋古代的傳說，有這麼一種神鳥，它生活五百年，隨後自己收集香木焚身，再從灰燼中產生出一隻小鳥來。這鳥一點都沒有與鳳凰共同之處，只因名為福尼克斯，被浪漫的詩人拿去與鳳凰相接連，故有「鳳凰轉生」的頌歌。但是這兩樣都是和鳳凰毫無關係的。

說也奇怪，四靈的傳說雖然早已失了勢力，但這麟鳳與龍的字面卻一直通用著，還多用於姓名方面，這裡除掉那龜字，但在南宋總還是有的，如王十朋名龜齡，陸放翁別號龜堂都是，所以世傳自元朝起開始忌諱，或者是的。《水滸傳》裡說鄆哥戲弄武大，說他是鴨子，武大答說我老婆不偷漢子，我如何是鴨。可見那時罵人的這句話是說鴨的，至於為什麼這樣說，那理由或者是如鄆哥說的「便顛倒提起來也不妨，煮在鍋裡也沒氣」，是一種「飲亦醉」的性質吧，又或者是說母鴨不會孵蛋那種傳說裡變化出來，這便與說龜與蛇交的理由有點相近了。但在中國文字上忌諱的是龜字，而在口頭上聽見老爺式的罵人卻是「王八蛋」，這卻是所指是甲魚。龜鱉雖然很是相像，同屬於爬蟲類，但究竟不是同科，現在卻是張冠李戴，弄不清到底是怎麼一回事，可以說是一篇胡塗帳了。

現在還剩下一條龍鬚要研究，這事或者比較麻煩也未可知，因為它的性質複雜，有兩個來源。其一是實有的，古代有過記載，這乃是一種爬蟲類動物，《左傳》述晉史臣蔡墨回答魏獻子說，古代有人懂得豢龍的，夏朝孔甲時代有龍四條，雌雄各二，有劉累學得豢龍的方法，由他照管。後來一條雌龍死了，劉累醃了送給孔甲去吃，很是好吃，要叫劉累更去尋找，他怕找不到，所以逃了去了。這樣看來，可以知道它並不神異，只是很難找到的一種動物罷了。其次則是說它是神物，會得興雲下雨，在《易經》裡已是如此說，隨後變成龍王爺的信仰。這是本國的淵源，到了唐朝受到佛教的影響，龍王也從原來的「畜生道」升為天上，又加添了龍女，是理想的美人，加以文學描寫，以後把龍宮的內容寫成天堂一樣了。其實龍的本相乃是大蛇，也就是印度有名的眼鏡蛇，梵文裡稱作那伽，即是蛇的意義。佛經裡說無論龍王龍女總是不脫三苦，說他睡時現形為蛇，又說雖食百味，末後一口化為蝦蟆，這是說得很巧妙的。但是若是照這樣所說，那麼將使得好些唐人所寫如《柳毅傳書》的傳奇，便要減色，這真是殺風景的事了。

四靈之中，麟鳳龜三者都沒有神化，唯獨龍有這樣的幸運，這是很奇怪的。一條爬蟲有著下巴的，但是經過了藝術化，把怪異與美結合在一起，比單是雕塑牛馬的頭更好看，這是難得的事情。畫圖上的水墨龍也很好看，所以龍在美術上的生命，比那四靈之三要長得多了。

鬼唸佛

近來多少年中寫過好些說鬼的文章，彷彿是和鬼很有情分似的，其實當然不是如此。倘若是這樣說法，那麼我也頗有點喜歡說道學家與桐城派，難道也可以說我和他們很有情分麼？不過這兩邊說來也是有差別的，對於道學家與桐城派我只有反感，提起來時總不免說它幾句壞話，可是對於鬼卻並不這樣，要來說好話呢，那也未必，因為現在雖然不敢說是不怕鬼，過去聽它們的故事，影響實在受的太深了，但是我只敢說，我是自信就是死後也絕不會變鬼的。我之所以屢次講起它者，乃是因為對於它有興味，即是鬼的概念與現實生活有何矛盾與調和。即如關於鬼的生長的問題，經過了好些穿鑿卻終於沒有什麼結果，這可見鬼的問題是怎麼的不好搞了。

問題固然是不好搞，但是主要的原因卻也是因為材料實在是難得，這些材料全都是散在古今的雜書裡，第一要有閒工夫來雜亂的看書，才能一點點的聚集起來，第二是要有這許多書籍，這卻是一件難事。現在我所有的材料只是幾本日本舊書，其一是石橋臥波的《鬼》，是《普通學術叢書》之一，一九〇九年出版的。其二是武笠三諸編注的《鶉衣》，共有三冊，一九二四年三版，本是橫井也有的俳文集，因卷一中有一篇《鬼傳》和《妖物論》，所以這裡用作參考。其三是一九二一年稀書複製會所翻印的《追分繪》，乃是寶永六年（一七〇九）的原刊，共四十幅，畫者署名「雪舟末孫等碩」。雪舟名小田等揚，是十五世紀的畫僧，曾經到中國來過。等碩蓋是雪舟一派的畫師，所以和他父親高城寺等觀在名字裡都有一個等字，可以推知。這三部書性質很不一樣，可是關於說鬼在我很有用處，所以列舉在一起了。

日本的所謂鬼，與中國所說的很有些不同，彷彿他們的鬼大抵是妖怪，至於人死為鬼則稱曰幽靈，古時候還相信人如活著靈魂也可以出現，去找有怨恨的人，有時本人還不覺得，這就叫做生靈，和死靈相對。他們所說的鬼多少是參雜佛教思想與固有思想而成功的，它的形狀是身體如人，頭有雙角，圓眼巨口鋸牙，面如獅虎，兩足各有二趾或三趾，或云從佛經的牛首阿旁變來，或云占卜以東北方面為鬼門，中國稱為良方，日本則讀作醜寅，與牛虎同訓，故畫鬼像牛頭而著虎皮褲，則當是後起的說明，卻也說的很是巧妙。

日本講鬼那是妖怪的故事，有許多好的，可以和中國古代的志怪相比。因為這種物怪與人鬼不相同，幽靈找人，必定有什麼緣因，不論冤愆或是系戀，就是所謂業，它找的就是個人，無論在什麼地方必當找著，但是怪物必定蹲在一定的地方，你如若走到那裡去，就得碰上它，不管你和它有沒有恩怨。所以幽靈的故事動不動便成為講因果，而談妖怪的卻是全由於偶然，可以變化無窮，有些實在新異可喜。但是現在我們沒有這些工夫來長篇大頁的講故事，這裡只是因鬼怪的連帶關係，談一點關於鬼的俗諺罷了。

石橋的書裡在末卷有一節是說關於鬼的俗諺的，只有二十幾條，但其中也有好的。如說「鬼也有十八歲，粗茶也有新沏的時候」，又云「說來年的事，給鬼見笑」，可是最有意思的卻要算「鬼唸佛」了吧。書中說明道：「這是說不相稱的事情，李義山《雜纂》有不相稱一項，其中說屠家唸經，也是這個意思。」書裡還附有一張大津繪的插繪，題目便是「鬼唸佛」。俳文《鬼傳》中間也曾說到，「至今只留影像在瓦頭上邊，為大津繪所笑」。（棟頭飾鬼面瓦，猶中國的瓦將軍，與下句沒有關係。）

大津繪裡所畫的鬼，穿著偏衫，背上橫扛著雨傘，胸前懸鉦，右手執丁字槌敲打著，左手提了一本冊子，上題奉加帳（緣簿）字樣，神氣非常活現，只是因為是照相石印不好模寫，不及追分繪裡的那一張。這可名為「鬼子朝山」，因為它也是畫的鬼，卻不唸佛了，乃是拿著錫杖，背了行笈，上面寫著「日本回國」（回國即是巡禮的意思）四字，急急奔走，雖然不及唸佛的畫的得神，但是木刻翻印，所以比較清楚，可以當作諷刺美國佬在日本的一張漫畫。這雖是二百六十年前的作品，但是現在看起來還有生命，比現代有些專靠文字幫助作出繪解式的漫畫的，似乎要耐看多了。

貓打架

現在時值陰曆三月，是春氣發動的時候，夜間常常聽見貓的嚎叫聲甚淒厲，和平時迥不相同，這正是「貓打架」的時節，所以不足為怪的。但是實在吵鬧得很，而且往往是在深夜，忽然庭樹間嗥的一聲，雖然不是什麼好夢，總之給它驚醒了，不是愉快的事情。這便令我想起五四前後初到北京的事情來，時光過的真快，這已是四十多年前的事了。我寫過《補樹書屋舊事》，第七篇叫做《貓》，這裡讓我把它抄一節吧：

「說也奇怪，補樹書屋裡的確也不大熱，這大概與那大槐樹有關係，它好像是一頂綠的大日照傘，把可畏的夏日都給擋住了。這房屋相當陰暗，但是不大有蚊子，因為不記得用過什麼蚊子香；也不曾買有蠅拍子，可是沒有蒼蠅進來，雖然門外面的青蟲很有點討厭。那麼舊的屋裡該有老鼠，卻也並不是，倒是不知道哪裡的貓常在屋上騷擾，往往叫人整半夜睡不著覺，在一九一八年舊日記裡邊便有三四處記著『夜為貓所擾，不能安睡』。不知道在魯迅日記上有無記載，事實上在那時候大抵是大怒而起，拿著一枝竹竿，搬了小茶几，到後簷下放好，他便上去用竹竿痛打，把它們打散，但也不長治久安，往往過一會又回來了。《朝花夕拾》中有一篇講到貓的文章，其中有些是與這有關的。」

說到《朝花夕拾》，雖然這是有許多人看過的書，現在我也找有關摘抄一點在這裡：

「要說得可靠一點，或者倒不如說不過困為它們配合時候的嚎叫，手續竟有這麼繁重，鬧得別人心煩，尤其是夜間要看書睡覺的時候。當這些時候，我便要用長竹竿去攻擊它們。狗們在大道上配合時，常有閒漢拿了木棍痛打，我曾見大勃呂該爾的一張銅板畫上也畫著這樣事，可見這樣的舉動，是古今中外一致的。打狗的事我不管，至於我的打貓，卻只因為它們嚷嚷，此外並無惡意。」

可是奇怪得很，日本詩人們卻對它很是寬大，特別是以松尾芭蕉為祖師一派俳人（做俳句的人），不但不嫌惡它還收它到詩裡去，我們仿大觀園的傻大姐稱之曰貓打架的，他們卻加以正面的美稱曰貓的戀愛，在《俳諧歲時記》中春季項下堂堂的登載著。俳句中必須有季題，這歲時記便是那些季題的集錄，在《歲時記》春季的動物項下便有貓的戀愛這一種，解說道：

「貓的交尾雖是一年有四回，但以春天為顯著。時屆早春，凡入交尾期的貓也不怕人，不避風雨，晝夜找尋雌貓，到處奔走，連飯也不好好的吃。常有數匹發瘋似的爭鬥，用了極其迫切的叫聲訴其熱情。數日之後，憔悴受傷，遍身烏黑的回來，情形很是可憐。」

這裡詩人對於它們似乎頗有同情，芭蕉有詩云：

「吃了麥飯，為了戀愛而憔悴了麼，女貓。」

比他稍後的召波則云：

「爬過了樹，走近前來調情的男貓啊。」

但是高井幾董的句云：

「滾了下去的聲響，就停止了的貓的戀愛。」

又似乎說滾得好，有點拿長竹竿的意思了。小林一茶說：

「睡了起來，打一個大呵欠的貓的戀愛。」

這與近代女流俳人杉田久女所說的：

「戀愛的貓，一步也不走進夜裡的屋門。」

大概只是形容它們的忙碌罷了。

《俳諧歲時記》是從前傳下來的東西，雖然新的季題不斷的增入，可是舊的卻還是留著，這裡「貓的戀愛」與鳥雀交尾總還是事實，有些空虛的傳說卻也羅列著，例如「田鼠化為鴽」以及「獺祭魚」之類。大概這很受中國的《月令》裡七十二候的影響，不過大雪節的三候中有「虎始交」，《歲時記》裡卻並不收，我想或者是因為難得看見老虎的緣故吧。虎貓本是同類，恐怕也是那麼的嚷嚷的，但是不聽見有人說起過，現代講動物園的書有些描寫它們的生活，也不曾見有記錄。《七十二候圖贊》裡畫了兩隻老虎相對，一隻張著大嘴，似乎是吼叫的樣子，這或者是仿那貓的作風而畫的吧。贊曰：

「虎至季冬，感氣生育，虎客不復，后妃亂政。」

意思不很明白，第三句裡似乎可能有刻錯的字，但是也不知道正文是什麼字了。

鳥聲

許多年前我做過一篇叫做《鳥聲》的小文，說古人云以鳥鳴春，但是北京春天既然來得很短，而且城裡也不大能夠聽得鳥聲。我住在西北城當時與鄉下差不多少，卻仍然聽不到什麼，平常來到院子裡的，只是啾唧作聲的麻雀，此外則偶爾有隻啄木鳥，在單調的丁丁啄木之外，有時作一兩聲乾笑罷了。麻雀是中國到處都有的東西，所以並不希罕，啄木鳥卻是不常看見的，覺得有點意思，只是它的叫聲實在不能說是高明，所以文章裡也覺得不大滿意。

可是一計算，這已是四十年前的事了。時光真是十分珍奇的東西，這些年過去了，不但人事有了變化，便是物候似乎也有變遷。院子裡的麻雀當然已是昔年啾唧作聲的幾十世孫了，除了前幾年因麻雀被歸入四害，受了好幾天的圍剿，中斷了一兩年之外，仍舊來去庭樹間，唱那細碎的歌，這據學者們考究，大約是傳達給朋友們說話，每天早晨在枕上聽著（因為它們來得頗早，大約五點左右便已來了），倒也頗有意思的。但是今年卻添了新花樣，啄木鳥的丁丁響聲和它的像老人的乾枯的笑聽不見了，卻來了黃鶯的「翻叫」，這字在古文作囀，可是我不知道普通話是怎麼說，查國語字典也只注鳥鳴，謂聲之轉折者，也只是說明字義，不是俗語的對譯。黃鶯的翻叫是非常有名的，養鳥的人極其珍重它，原因一是它叫得好聽，二則是因為它很是難養。黃鶯這鳥其實是很容易捕得，鄉下用「踏籠」捕鳥，（籠作二室，一室中置鳥媒，俗語稱喚頭，古文是一個四字，月以引誘別的鳥近來，鄰室開著門，但是設有機關，一踏著機關門就落下了），目的是在「黃頭」，卻時時捕到黃鶯，它並不是慕同類而來，只是想得喚頭做吃食，因為它是肉食性，以小鳥為餌食的。可是它的性情又特別暴躁，關進籠裡便亂飛亂撲，往往不到半天工夫就急死了，大有不自由無寧死之風，鄉下人便說它是想妻子的緣故，這可能也有點說得對的。因此它雖是翻叫出名，可是難以馴養，讓人家裝在籠裡，掛在簷下，任我們從容賞玩，我們如要聽它的歌唱，所以只好任憑它們願意的時候，自由飛來獻技了。現在卻要每天早上，都到院子裡來，幾乎是有一定的時間，彷彿和無線電廣播一樣，來表示它的妙技。這具體的有怎樣美妙呢，這話當然無從說起，因為音樂的好處是不能用言語所能形容的。那許（Nash）的古詩裡所列舉的春天的鳥，第二種是夜鶯，這在中國是沒有的，但是他形容它的叫聲「茄格茄格」，雖是人籟不能及得天籟，卻也得其神韻，可以說得包括了黃鶯的叫聲了。中國舊詩裡說鶯聲「滑」，略能形容它的好處。院子裡並沒有什麼好樹，也無非只是槐柳之類，乃承蒙它的不棄每早準時光降，實在是感激不盡。還有那許說的第一種，即是布穀，它的「割麥插禾」的呼聲也是晚間很可聽的一種叫聲，唯獨後邊所說的大小貓頭鷹，我雖是也極想聽，但是住在城市裡邊，無論是地方怎麼偏僻，要想聽到這種山林裡的聲音，那總是不可能的，雖然也是極可惜的事。

（1964年6月發表，選自《知堂集外文・四九年以後》）

我們的敵人

我們的敵人是什麼？不是活人，乃是野獸與死鬼，附在許多活人身上的野獸與死鬼。

小孩的時候，聽了《聊齋志異》或《夜談隨錄》的故事，黑夜裡常怕狐妖殭屍的襲來；到了現在，這種恐怖是沒有了，但在白天裡常見狐妖殭屍的出現，那更可怕了。在街上走著，在路旁站著，看行人的臉色，聽他們的聲音，時常發見妖氣，這可不是「畫皮」麼？誰也不能保證。我們為求自己安全起見，不能不對他們為「防禦戰」。

有人說，「朋友，小心點，像這樣的神經過敏下去，怕不變成瘋子，——或者你這樣說，已經有點瘋意也未可知。」不要緊，我這樣寬懈的人那裡會瘋呢？看見別人便疑心他有尾巴或身上長著白毛，的確不免是瘋人行徑，在我卻不然，我是要用了新式的鏡子從人群中辨別出這些異物而驅除之。而且這法子也並不煩難，一點都沒有什麼神祕：我們只須看他，如見了人便張眼露齒，口嘸唾沫，大有拿來當飯之意，則必是「那件東西」，無論他在社會上是稱作天地君親師，銀行家，拆白黨或道學家。

據達爾文他們說，我們與虎狼狐狸之類講起來本來有點遠親，而我們的祖先無一不是名登鬼籙的，所以我們與各色鬼等也不無多少世誼。這些話當然是不錯的，不過遠親也好，世誼也好，他們總不應該借了這點瓜葛出來煩擾我們。諸位遠親如要講親誼，只應在山林中相遇的時節，拉拉鬍鬚，或搖搖尾巴，對我們打個招呼，不必戴了枯髏來夾在我們中間廝混；諸位世交也應恬靜的安息在草葉之陰，偶然來我們夢裡會晤一下，還算有點意思，倘若像現在這樣化作「重來」(Revenants)，居然現形於化日光天之下，那真足以駭人視聽了。他們既然如此胡為，要來侵害我們，我們也就不能再客氣了，我們只好憑了正義人道以及和平等等之名來取防禦的手段。

聽說昔者歐洲教會和政府為救援異端起見，曾經用過一個很好的方法，便是將他們的肉體用一把火燒了，免得他的靈魂去落地獄。這實在是存心忠厚的辦法，只可惜我們不能採用，因為我們的目的是相反的，我們是要從這所依附的肉體裡趕出那依附著的東西，所以應得用相反的方法。我們去拿許多桃枝柳枝，荊鞭蒲鞭，盡力的抽打面有妖氣的人的身體，務期野獸幻化的現出原形，死鬼依託的離去患者，留下借用的軀殼，以便招尋失主領回。這些趕出去的東西，我們也不想「聚而殲旃」，因為「嗖」的一聲吸入瓶中用丹書封好重湯煎熬，這個方法現在似已失傳，至少我們是不懂得用，而且天下大矣，萬牲百鬼，汗牛充棟，實屬力不勝辦，所以我們敬體上天好生之德，並不窮追，只要獸走於壙，鬼歸其穴，各安生業，不復相擾，也就可以罷手，隨他們去了。

至於活人，都不是我們的敵人，雖然也未必全是我們的友人。——實在，活人也已經太少了，少到連打起架來也沒有什麼趣味了。等打鬼打完了之後，(假使有這一天，)我們如有興致，喝一碗酒，卷捲袖子，再來比一比武，也好罷。(比武得勝，自然有美人垂青等等事情，未始不好，不過那是《劫後英雄略》的情景，現在卻還是《西遊記》哪。)

十三年十二月

死之默想

四世紀時希臘厭世詩人巴拉達思作有一首小詩道，

(Polla laleis，anthrope. —— Palladas)

「你太饒舌了，人呵，不久將睡在地下；

住口罷，你生存時且思索那死。」

這是很有意思的話。關於死的問題，我無事時也曾默想過，（不坐在樹下，大抵是在車上，）可是想不出什麼來，——這或者因為我是個「樂天的詩人」的緣故吧？但是其實我何嘗一定崇拜死，有如曹慕管君，不過我不很能夠感到死之神祕，所以不覺得有思索十日十夜之必要，於形而上的方面也就不能有所饒舌了。

竊察世人怕死的原因，自有種種不同，「以愚觀之」可以定為三項，其一是怕死時的苦痛，其二是捨不得人世的快樂，其三是顧慮家族。苦痛比死還可怕，這是實在的事情。十多年前有一個遠房的伯母，十分困苦，十二月底想去投河尋死，（我們鄉間的河是經冬不凍的，）但是投了下去，她隨即走了上來，說是因為水太冷了。有些人要笑她痴也未可知，但這卻是真實的人情。倘若有人能夠切實保證，誠如某生物學家所說，被猛獸咬死癢蘇蘇地很是愉快，我想一定有許多人裹糧入山去投身飼餓虎的了。可惜這一層不能擔保，有些對於別項已無留戀的人因此也就不能不稍為躊躇了。

顧慮家族，大約是怕死的原因中之較小者，因為這還有救治的方法。將來如有一日，社會制度稍加改良，除施行善種的節制以外，大家不同老幼可以各盡所能，各取所需，凡平常衣食住，醫藥教育，均由公給，此上更好的享受再由個人自己的努力去取得，那麼這種顧慮就可以不要，便是夜夢也一定平安得多了。不過我所說的原是空想，實現還不知在幾十百年之後，而且到底未必實現也說不定，那麼這也終是遠水不救近火，沒有什麼用處。比較確實的辦法還是設法發財，也可以救濟這個憂慮。為得安閒的死而求發財，倒是很高雅的俗事；只是發財不大容易，不是我們都能做的事，況且天下之富人有了錢便反死不去，則此法亦頗有危險也。

人世的快樂自然是很可貪戀的，但這似乎只在青年男女才深切的感到，像我們將近「不惑」的人，嘗過了凡人的苦樂。此外別無想做皇帝的野心，也就不覺得還有捨不得的快樂。我現在的快樂只想在閒時喝一杯清茶，看點新書，（雖然近來因為政府替我們儲蓄，手頭只有買茶的錢，）無論他是講蟲鳥的歌唱，或是記賢哲的思想，古今的刻繪，都足以使我感到人生的欣幸。然而朋友來談天的時候，也就放下書卷，何況「無私神女」（Atropos）的命令呢？我們看路上許多乞丐，都已沒有生人樂趣，卻是苦苦的要活著，可見快樂未必是怕死的重大原因，或者捨不得人世的苦辛也足以叫人留戀這個塵世罷。講到他們，實在已是了無牽掛，大可「來去自由」，實際卻不能如此，倘若不是為了上邊所說的原因，一定是因為怕河水比徹骨的北風更冷的緣故了？

對於「不死」的問題，又有什麼意見呢？因為少年時當過五六年的水兵，頭腦中多少受了唯物論的影響，總覺得造不起「不死」這個觀念來，雖然我很喜歡聽荒唐的神話。即使照神話故事所講，那種長生不老的生活我也一點兒都不喜歡。住在冷冰冰的金門玉階的屋裡，吃著五香牛肉一類的麟肝鳳脯，天天遊手好閒，不在松樹下著棋，便同金童玉女廝混，也不見得有什麼趣味，況且永遠如此，更是單調而且睏倦了。又聽人說，仙家的時間是與凡人不同的，詩云，「山中方七日，世上已千年，」所以爛柯山下的六十年在棋邊只是半個時辰耳，那裡會有日子太長之感呢？但是由我看來，仙人活了二百萬歲也只抵得人間的四十春秋，這樣浪費時間無裨實際的生活，殊不值得費盡了心機去求得他；倘若二百萬年後刼波到來，就此溘然，將被五十歲的凡夫所笑。較好一點的還是那西方鳳鳥（Phoenix）的辦法，活上五百年，便爾蛻去，化為幼鳳，這樣的輪迴倒很好玩的，——可惜他們是隻此一家，別人不能仿作。大約我們還只好在這被容許的時光中，就這平凡的境地中，尋得些須的安閒悅樂，即是無上幸福；至於「死後，如何？」的問題，乃是神祕派詩人的領域，我們平凡人對於成仙做鬼都不關心，於此自然就沒有什麼興趣了。

（十三年十二月）

上下身

戈丹的三個賢人，
坐在碗裡去漂洋去。
他們的碗倘若牢些，
我的故事也要長些。

——英國兒歌

人的肉體明明是一整個（雖然拿一把刀也可以把他切開來），背後從頭頸到尾閭一條脊椎，前面從胸口到「丹田」一張肚皮，中間並無可以卸拆之處，而吾鄉（別處的市民聽了不必多心）的賢人必強分割之為上下身，——大約是以肚臍為界。上下本是方向，沒有什麼不對，但他們在這裡又應用了大義名分的大道理，於是上下變而為尊卑、邪正、淨不淨之分了：上身是體面紳士，下身是「該辦的」下流社會。這種說法既合於聖道，那麼當然是不會錯的了，只是實行起來卻有點為難。不必說要想攔腰的「關老爺一大刀」分個上下，就未免斷送老命，固然斷乎不可，即使在該辦的範圍內稍加割削，最端正的道學家也絕不答應的。平常沐浴時候（幸而在賢人們這不很多），要備兩條手巾兩只盆兩桶水，分洗兩個階級，稍一疏忽不是連上便是犯下，紊了尊卑之序，深於德化有妨。又或坐在高凳上打盹，跌了一個倒栽蔥，更是本末倒置，大非佳兆了。由我們愚人看來，這實在是無事自擾，一個身子站起睡倒或是翻個觔斗，總是一個身子，並不如豬肉可以有里脊五花肉等之分，定出貴賤不同的價值來。吾鄉賢人之所為，雖曰合於聖道，其亦古代蠻風之遺留歟。

有些人把生活也分作片段，僅想選取其中的幾節，將不中意的梢頭棄去。這種辦法可以稱之曰抽刀斷水，揮劍斬云。生活中大抵包含飲食，戀愛，生育，工作，老死這幾樣事情，但是聯結在一起，不是可以隨便選取一二的。有人希望長生而不死，有人主張生存而禁慾，有人專為飲食而工作，有人又為工作而飲食，這都有點像想齊肚臍鋸斷，釘上一塊底板，單把上半身保留起來。比較明白而過於正經的朋友則全盤承受而分別其等級，如走路是上等而睡覺是下等，吃飯是上等而飲酒喝茶是下等是也。我並不以為人可以終日睡覺或用茶酒代飯吃，然而我覺得睡覺或飲酒喝茶不是可以輕蔑的事，因為也是生活之一部分。百餘年前日本有一個藝術家是精通茶道的，有一回去旅行，每到驛站必取出茶具，悠然的點起茶來自喝。有人規勸他說，行旅中何必如此，他答得好，「行旅中難道不是生活麼。」這樣想的人才真能尊重並享樂他的生活。沛德（W. Pater）曾說，我們生活的目的不是經驗之果而是經驗本身。正經的人們只把一件事當作正經生活，其餘的如不是不得已的壞癖氣，也總是可有可無的附屬物罷了：程度雖不同，這與吾鄉賢人之單尊重上身（其實是，不必細說，正是相反），乃正屬同一種類也。

戈丹（Gotham）地方的故事恐怕說來很長，這只是其中的一兩節而已。

（選自《雨天的書》，北京北新書局1925年版）

抱犢谷通訊

〔小引〕

我常羨慕小說家，他們能夠撿到一本日記，在舊書攤上買到殘抄本，或是從包花生米的紙上錄出一篇東西來，變成自己的絕好的小說。我向來沒有這種好運，直到近來才拾得一卷字紙，——其實是一個朋友前年在臨城附近撿來的，日前來京才送給我。這是些另另碎碎的紙張，只有寫在一幅如意籤上的是連貫的文章，經我點竄了幾處，發表出來，並替他加上了一個題目。這是第一遭，不必自己費心而可以算是自己的作品，真是僥倖之至。

這篇原文的著者名叫鶴生，如篇首所自記，又據別的紙片查出他是姓呂。他大約是「肉票」之一，否則他的檔案不會掉在失事的地方，但是他到抱犢谷以後下落終於不明：孫美瑤招安後放免的旅客名單上遍查不見呂鶴生的名字。有人說，看他的文章頗有非聖無法的氣味，一定因此為匪黨所賞識，留在山寨裡做軍師了，然而孫團長就職時也不聽說有這樣一個參謀或佐官。又有人說，或者因為他的狂妄，被匪黨所殺了也未可知；這頗合於情理，本來強盜也在擁護禮教的。總之他進了抱犢谷，就不復再見了。

甲子除夕記。

癸亥孟夏，鶴生。

我為了女兒的事這幾天真是煩惱極了。

我的長女是屬虎的。這並不關係什麼民間的迷信，但當她生下來以後我就非常擔心，覺得女子的運命是很苦的，生怕她也不能免，雖然我們自己的也並不好。撫養我的祖母也是屬虎，——她今年是九十九歲，——她的最後十年我是親眼看見的，她的瘦長的虔敬的臉上絲絲刻著苦痛的痕跡，從祖父怒罵的話裡又令我想見她前半生的不幸。我心目中的女人一生的運命便是我這祖母悲痛而平常的影像。祖母死了，上帝安她的魂魄！如今我有了一個屬虎的女兒，（還有兩個雖然是屬別肖的，）不禁使我悲感，也並不禁有點迷信。我雖然終於是懦弱的人，當時卻決心要給她們奮鬥一回試一試，無論那障害是人力還是天力。要使得她們不要像她們的曾祖母那樣，我苦心的教育她們，給她們人生的知識和技能，可以和諧而又獨立地生活；養成她們道德的趣味，自發地愛貞操，和愛清潔一樣；教她們知道戀愛只能自主地給予，不能賣買；希望她們幸福地只見一個丈夫，但也並不詛咒不幸而知道幾個男子。我的計畫是做到了，我祝福她們，放她們出去，去求生活。但是實際上卻不能這樣圓滿。

她們嘗過了人生的幸福和不幸，得到了她們各自的生活與戀愛，都是她們的自由以及責任。就是我們為父母的也不必而且不能管了，——然而所謂社會卻要來費心。他們比父親丈夫更嚴厲地監督她們，他們造作謠言，隨即相信了自己所造作的謠言來加裁判。其實這些事即使是事實也用不著人家來管，並不算是什麼事。我的長女是二十二歲了，（因為她是我三十四歲時生的，）現在是處女非處女，我不知道，也沒有知道之必要，倘若她自己不是因為什麼緣故來告訴我們知道。我們把她教養成就之後，這身體就是她自己的，一切由她負責去處理，我們更不須過問。便是她的丈夫或情人——倘若真是受過教育的紳士，也絕不會來問這些無意義的事情。這或者未免太是烏托邦的了，我知道在智識階級中間還有反對娶寡婦的事，但我總自信上邊所說的話是對的，明白的人都應如此。

文明是什麼？我不曉得，因為我不曾研究過這件東西。但文明的世界是怎樣，我卻有一種界說，雖然也只是我個人的幻覺：我想這是這樣的一個境地，在那裡人生之不必要的犧牲與衝突盡可能地減少下去。我們的野蠻的祖先以及野蠻的堂兄弟之所以為野蠻，即在於他們之多有不必要的犧牲與衝突。他們相信兩性關係於天行人事都有影響，與社會的安危直接相關，所以取締十分地嚴重，有些真出於意表之外。現在知道這些都是迷信，便不應再這樣的做，我想一個人只要不因此而生添痴狂低能以貽害社會，其餘都是自己的責任，與公眾沒有什麼關係。或者這又是理想的話，至少現在難能實現，但文明的趨勢總是往這邊走；或者這說給沒有適當教養的男女聽未免稍早，但在談論別人的戀愛事件的旁觀者不可不知這個道理，努力避去遺傳的蠻風。

我現在且讓一步承認性的過失，承認這是不應為的，我仍不能說社會的嚴厲態度是合於情理。即使這是罪，也只是觸犯了他或她的配偶，不關第三者的事。即使第三者可以從旁評論，也當體察而不當裁判。「她」或者真是有「過去」，知道過一兩個男子，但既然她的丈夫原許了，（或者他當初就不以為意，也未可知，）我們更沒有不可原許，並不特別因為是自己的女兒。我不是基督教徒，卻是崇拜基督的一個人：時常現在我的心目前面令我最為感動的，是耶穌在殿裡「彎著腰用指頭在地上畫字」的情景。「你們中間誰是沒有罪的，誰就可以先拿石頭打她。」我們讀到這裡，真感到一種偉大和神聖，於是也就覺得那些一臉凶相的聖徒們並不能算是偉大和神聖。我不能擺出聖人的架子，說一切罪惡都可容忍，唯對於性的過失總以為可以原許，而且也沒有可以不原許的資格。

那些偽君子——假道學家，假基督教徒，法利賽人和撒都該人等，卻偏是喜歡多管這些閒事，這是使我最覺得討嫌的。假如我有一個敵人，我雖願意和他拚個你死我活，但絕不能幸樂他家裡的流言，更不必說別人的事了。你們偽君子平常以此為樂，到底是什麼意思？你們依恃自己在傳統道德前面是個完人，相信在聖廟中有你的分，便傲慢地來侮蔑你的弟妹，說「讓我來裁判你，」至少也總是說，「讓我來饒恕你。」我們不但不應裁判，便是饒恕也非互相饒恕不可，因為我們脆弱的人類在這世界存在的期間總有著幾多弱點，因了這弱點，並不因了自己的優點才饒恕人。你們偽君子們不知道自己也有弱點，只因或種機緣所以未曾發露，卻自信有足以凌駕眾人的德性，更處處找尋人家的過失以襯貼自己的賢良，如把別人踏得愈低，則自己的身分也就抬得愈高，所以幸災樂禍，苛刻的吹求，你們的意思就只是竭力踐踏不幸的弟妹以助成你的得救！你們的仲尼耶穌是這樣的教你的麼？你們心裡的淫念使你對於淫婦起妒忌怨恨之念，要拿石頭打死她們，至今也還在指點譏笑她。這是怎樣可憐憫可嫌惡的東西！你們笑什麼？你們也配笑麼？我不禁要學我所愛讀的小說家那樣放大了喉嚨狠命的叫罵著說，

「……」

〔附記〕

這篇東西似乎未完，但因為是別人的文章，我不好代為續補。看文中語氣，殆有古人所謂「老牛舐犢」之情，篇名題作《抱犢谷通訊》，文義雙關，正是巧合也。編者又記。

黑背心

我不知怎地覺得是生在黑暗時代，森林中虺蜴虎狼之害總算是沒有了，無形的鬼魅卻仍在周圍窺伺，想吞吃活人的靈魂。我對於什麼民有民享，什麼集會言論自由，都沒有多大興趣，我所覺得最關心的乃是文字獄信仰獄等思想不自由的事實。在西洋文化史裡中古最牽引我的注意，宗教審問所的「信仰行事」(Auto da fe) 嘍，滿畫火焰與鬼的黑背心 (Sambenito) 嘍，是我所頂心愛的事物，猶如文明紳士之於交易所的訊息。不過雖有這個嗜好而很難得滿足，在手頭可以翻閱的只是柏利 (Bury) 教授的《思想自由史》和洛柏孫 (Robertson) 的《古今自由思想小史》等，至於素所羨慕的黎 (H. Lea) 氏的《中古及西班牙宗教審問史》則在此刻「竭誠枵腹」的時候無緣得見，雖然在南城書店的塵封書架上看見書背金字者已逾十次，但終未曾振起勇氣抽出一捲來看它一看。

日本廢姓外骨的《筆禍史》早看過了，雖有些離奇的地方，不能算什麼，倘若與中國相比。在內田魯庵的《獏之舌》裡見到一篇講迫害基督教徒的文章，知道些十七世紀時日本政府對於所謂邪宗門所用的種種毒奇的刑法，但是很略，據說有公教會發行的《鮮血遺書》及《公教會之復活》兩書紀載較詳，卻也弄不到手。最近得到姉崎正治博士所著《切支丹宗門之迫害及潛伏》，知道一點迫害者及被迫害者的精神狀態，使我十分高興。切支丹即「南蠻」(葡萄牙) 語 Christan 的譯音，還有吉利支丹，鬼理死丹，切死丹等等譯法，現代紀述大都採用這個名稱，至於現今教徒則從英語稱 Christian 了。書中有幾章是轉錄當時流傳的鼓勵殉道的文書，足以考見教徒的心情，固然很可寶重，但特別令我注意的是在禁教官吏所用的手段。其一是恩威並用，大略像雍正之對付曾靜，教門審問記錄第七種中有這一節話可供參考：「先前一律處斬，掛殺或火焚之時，神甫仍時時渡來，其後改令棄教，歸依日本佛教，安置小日向切支丹公所內，賞給妻女，神甫則各給十人口糧，賜銀百兩，訊問各項事情，有不答者即付拷問，自此以後教徒逐漸減少。」如義大利人約瑟喀拉 (Giuseppe Chiara) 棄教後入淨土宗，納有司所賜死刑囚之妻，承受其先夫的姓名曰岡本三右衛門，在教門審問處辦事，死後法號入專淨真信士，即其一例。

其二是零碎查辦，不用一網打盡的方法。教門審問記錄第五種中有一條云，「如有人告密，舉發教徒十人者，其時應先捕三人或五人查辦，不宜一舉逮捕十人。但『有特別情形之時』應呈請指示機宜辦理。」不過這只是有司手段之圓滑，在被迫害者其苦痛或更甚於一網打盡，試舉葛木村權之丞妻一生三十三年中的大事，可以想見這是怎樣的情形了。

一六三六　生

五九　母親死

六〇　夫權之丞被捕旋死刑

六一　先夫之妹四人被捕

六二　夫妹四人死刑

侄婿權太郎被捕

再嫁平兵衛

六五　夫弟太兵衛夫之從妹阿松被捕

六六　夫弟太兵衛死刑

夫之從妹阿淵被捕

六七　本人與先夫之繼母同被捕

六八　本人與夫之從妹二人同時死刑

夫平兵衛被捕

七二　夫平兵衛死刑

其三是利用告密。據延寶二年（1674）所出賞格，各項價目如下：

神甫　銀五百枚

教士　銀三百枚

教友　銀五十或一百枚

這種手段雖然一時或者很有成效，但也擔負不少的犧牲，因為這惡影響留下在國民道德上者至深且大。在中國則現今還有些人實行此策，恬不為怪，戰爭時的反間收買，或互出賞格，不必說了，就是學校鬧潮的時候，校長也常用些小手段，「釜底抽薪」，使多數化為少數，然而學風亦因此敗壞殆盡。還有舊式學校即在平時也利用告密，使學生互相偵察祕密報告於監督，則尤足以使學生品格墮落。據同鄉田成章君說他有一個妹子在一教會女校讀書，校規中便有獎勵學生告密的文句，此真是與黑暗時代相稱之辦法。

我們略知清朝誅除大逆之文字獄的事跡，但是排斥異端之禁教事件卻無從去查考，我覺得這是很可惜的。如有這樣的一部書出現，我當如何感激，再有一部佛教興廢史那自然是更好了。讀《弘明集》、《佛道論衡》等書，雖是一方面之言，也已給與我們不少的趣味與教訓，若有系統的學術的敘述，其益豈有限量，我願預約地把它寫入「青年必讀書」十部之內了。

我覺得中國現在最切要的是寬容思想之養成。此刻現在絕不是文明世界，實在還是二百年前黑暗時代，所不同者以前說不得甲而現今則說不得乙，以前是皇帝而現今則群眾為主，其武斷專制卻無所異。我相信西洋近代文明之精神衹是寬容，我們想脫離野蠻也非從這裡著力不可。著力之一法便是參考思想爭鬥史，從那裡看出迫害之愚與其罪惡，反抗之正當，而結果是寬容之必要。昔羅志希君譯柏利的《思想自由史》登在《國民公報》上，因赴美留學中輟，時時想起，深覺得可惜，不知他回國後尚有興致做這樣工作否？我頗想對他勸進，像他勸吳稚暉先生似的。

十四年六月

吃烈士

這三個字並不是什麼音譯，雖然讀起來有點佶屈聱牙，其實乃是如字直說，就是說把烈士一塊塊地吃了下去，不論生熟。

中國人本來是食人族，象徵地說有吃人的禮教，遇見要證據的實驗派可以請他看歷史的事實，其中最冠冕的有南宋時一路吃著人臘去投奔江南行在的山東忠義之民。不過這只是吃了人去做義民，所吃的還是庸愚之肉，現在卻輪到吃烈士，不可謂非曠古未聞的口福了。

前清時捉到行刺的革黨，正法後其心臟大都為官兵所炒而分吃，這在現在看去大有吃烈士的意味，但那時候也無非當作普通逆賊看，實行國粹的寢皮食肉法，以維護綱常，並不是如妖魔之於唐僧，視為十全大補的特品。若現今之吃烈士，則知其為——且正因其為烈士而吃之，此與歷來之吃法又截然不同者也。

民國以來久矣沒有什麼烈士，到了這回五卅——終於應了北京市民的杞天之慮，因為陽曆五月中有兩個四月，正是庚子預言中的「二四加一五」，——的時候，才有幾位烈士出現於上海。這些烈士的遺骸當然是都埋葬了，有親眼見過出喪的人可以為憑，但又有人很有理由地懷疑，以為這恐怕全已被人偷吃了。據說這吃的有兩種方法，一日大嚼，一日小吃。大嚼是整個的吞，其功效則加官進祿，牛羊繁殖，田地開拓；有此洪福者聞不過一二武士，所吞約占十分七八，下餘一兩個的烈士供大眾知味者之分嘗。那些小吃者多不過肘臂，少則一指一甲之微，其利益亦不厚，僅能多賣幾頂五卅紗秋，幾雙五卅弓鞋，或者牆上多標幾次字號，博得蠅頭之名利而已。嗚呼，烈士殉國，於委蛻更有何留戀，苟有利於國人，當不惜舉以遺之耳。然則國人此舉既得烈士之心，又能廢物利用，殊無可以非議之處，而且順應潮流，改良吃法，尤為可喜，西人嘗稱中國人為精於吃食的國民，至有道理。我自愧無能，不得染指，但聞「吃烈士」一語覺得很有趣味，故作此小文以申論之。

乙丑大暑之日。

薩滿教的禮教思想

四川督辦因為要維持風化，把一個犯奸的學生槍斃，以昭炯戒。

湖南省長因為求雨，半月多不回公館去，即「不同太太睡覺」，如《京副》上某君所說。

茀來則博士（J. G. Frazer）在所著《普須該的工作》（Psyche.s Task）第三章《迷信與兩性關係》上說，「他們（野蠻人）想像，以為只須舉行或者禁戒某種性的行為，他們可以直接地促成鳥獸之繁殖與草木之生長。這些行為與禁戒顯然都是迷信的，全然不能得到所希求的效果。這不是宗教的，但是法術的；就是說，他們想達到目的，並不用懇求神靈的方法，卻憑了一種錯誤的物理感應的思想，直接去操縱自然之力。」這便是趙恆惕求雨的心理，雖然照感應魔術的理論講來，或者該當反其道而行之才對。

同書中又說，「在許多蠻族的心裡，無論已結婚或未結婚的人的性的過失，並不單是道德上的罪，只與直接有關的少數人相干；他們以為這將牽涉全族，遇見危險與災難，因為這會直接地發生一種魔術的影響，或者將間接地引起嫌惡這些行為的神靈之怒。不但如此，他們常以為這些行為將損害一切禾穀瓜果，斷絕食糧供給，危及全群的生存。凡在這種迷信盛行的地方，社會的意見和法律懲罰性的犯罪便特別地嚴酷，不比別的文明的民族，把這些過失當作私事而非公事，當作道德的罪而非法律的罪，於個人終生的幸福上或有影響，而並不會累及社會全體的一時的安全。倒過來說，凡在社會極端嚴厲地懲罰親屬奸，既婚奸，未婚奸的地方，我們可以推測這種辦法的動機是在於迷信；易言之，凡是一個部落或民族，不肯讓受害者自己來罰這些過失，卻由社會特別嚴重地處罪，其理由大抵由於相信性的犯罪足以擾亂天行，危及全群，所以全群為自衛起見不得不切實地抵抗，在必要時非除滅這犯罪者不可。」這便是楊森維持風化的心理。固然，捉姦的愉快也與妒忌心有關，但是極小的一部分罷了，因為合法的賣淫與強姦社會上原是許可的，所以普通維持風化的原因多由於怕這神祕的「了不得」——彷彿可以譯多島海的「太步」。

中國據說以禮教立國，是崇奉至聖先師的儒教國，然而實際上國民的思想全是薩滿教的（Shamanistic 比稱道教的更確）。中國絕不是無宗教國，雖然國民的思想裡法術的分子比宗教的要多得多。講禮教者所喜說的風化一語，我就覺得很是神祕，含有極大的超自然的意義，這顯然是薩滿教的一種術語。最講禮教的川湘督長的思想完全是野蠻的，既如上述，京城裡「君師主義」的諸位又如何呢？不必說，都是一窟隴的狸子啦。他們的思想總不出兩性的交涉，而且以為在這一交涉裡，宇宙之存亡，日月之盈昃，家國之安危，人民之生死，皆系焉。只要女學生齋戒——一個月，我們姑且說，便風化可完而中國可保矣，否者七七四十九之內必將陸沉。這不是野蠻的薩滿教思想是什麼？我相信要了解中國須得研究禮教，而要了解禮教更非從薩滿教入手不可。

十四年九月二日

死法

「人皆有死」，這句格言大約是確實的，因為我們沒有見過不死的人，雖然在書本上曾經講過有這些東西，或稱仙人，或是「屍忒盧耳不盧格」（Strulbrug），這都沒有多大關係。不過我們既然沒有親眼見過，北京學府中靜坐道友又都剩下蒲團下山去了，不肯給予凡人以目擊飛昇的機會，截至本稿上板時止本人遂不能不暫且承認上述的那句格言，以死為生活之最末後的一部分，猶之乎戀愛是中間的一部分，——自然，這兩者有時並在一處的也有，不過這仍然不會打破那個原則，假如我們不相信死後還有戀愛生活。總之，死既是各人都有分的，那麼其法亦可得而談談了。

統計世間死法共有兩大類，一曰「壽終正寢」，二曰「死於非命」。壽終的裡面又可以分為三部。一是老熟，即俗云燈盡油幹，大抵都是「喜喪」，因為這種終法非八九十歲的老太爺老太太莫辦，而渠們此時必已四世同堂，一家裡擁上一兩百個大大小小男男女女，實在有點住不開了，所以渠的出缺自然是很歡送的。二是猝斃，某一部機關發生故障，突然停止進行，正如鐘錶之斷了發條，實在與磕破天靈蓋沒有多大差別，不過因為這是屬於內科的，便是在外面看不出痕跡，故而也列入正寢之部了。三是病故，說起來似乎很是和善，實際多是那「秒生」（Bacteria）先生作的怪，用了種種凶殘的手段，謀害「蟻命」，快的一兩天還算是慈悲，有些簡直是長期的拷打，與「東廠」不相上下，那真是厲害極了。總算起來，一二都倒還沒有什麼，但是長壽非可幸求，希望心臟麻痺又與求仙之難無異，大多數人的運命還只是輪到病故，揆諸吾人避苦求樂之意實屬大相逕庭，所以欲得好的死法，我們不得不離開了壽終而求諸死於非命了。

非命的好處便是在於他的突然，前一刻鐘明明是還活著的，後一刻鐘就直挺地死掉了，即使有苦痛（我是不大相信）也只有這一刻，這是他的獨門的好處。不過這也不能一概而論。十字架據說是羅馬處置奴隸的刑具，把他釘在架子上，讓他活活地餓死或倦死，約莫可以支撐過幾天；茶毗是中世紀衛道的人對付異端的，不但當時烤得難過，隨後還剩下些零星末屑，都覺得不很好。車邊斤原是很爽利，是外國貴族的特權，也是中國好漢所歡迎的，但是孤另另的頭像是一個西瓜，或是「柚子」，如一位友人在長沙所見，似乎不大雅觀，因為一個人的身體太走了樣了。吞金喝鹽滷呢，都不免有點婦女子氣，吃鴉片煙又太有損名譽了，被人叫做煙鬼，即使生前並不曾「與芙蓉城主結不解緣」。懷沙自沉，前有屈大夫，後有……，倒是頗有英氣的，只恐怕泡得太久，卻又不為魚鱉所親，像治咳嗽的「胖大海」似的，殊少風趣。吊死據說是很舒服，（注意：這只是據說，真假如何我不能保證，）有島武郎與波多野秋子便是這樣死的，有一個日本文人曾經半當真半取笑地主張，大家要自盡應當都用這個方法。可是據我看來也有很大的毛病。什麼書上說有縊鬼降乩題詩云，

「目如魚眼四時開，身若懸旌終日掛。」

（記不清了，待考；彷彿是這兩句，實在太不高明，恐防是不第秀才做的。）又聽說英國古時盜賊處刑，便讓他掛在架上，有時風吹著骨節珊珊作響，（這些話自然也未可盡信，因為盜賊不會都是鎖子骨，然而「聽說」如此，我也不好一定硬反對，）雖然有點唐珊尼爵士（Lord Dunsany）小

說的風味，總似乎過於怪異——過火一點。想來想去都不大好，於是乎最後想到槍斃。槍斃，這在現代文明裡總可以算是最理想的死法了。他實在同丈八蛇矛嚓喇一下子是一樣，不過更文明瞭，便是說更便利了，不必是張翼德也會使用，而且使用得那樣地廣和多！在身體上鑽一個窟窿，把裡面的機關攪壞一點，流出些蒲公英的白汁似的紅水，這件事就完了：你看多麼簡單。簡單就是安樂，這比什麼病都好得多了。三月十八日中法大學生胡錫爵君在執政府被害，學校裡開追悼會的時候，我送去一副對聯，文曰：

「什麼世界，還講愛國？

如此死法，抵得成仙！」

這末一聯實在是我衷心的頌辭。倘若說美中不足，便是彈子太大，掀去了一塊皮肉，稍為觸目，如能發明一種打鳥用的鐵砂似的東西，穿過去好像是一支粗銅絲的痕，那就更美滿了。我想這種髮明大約不會很難很費時日，到得成功的時候，喝酸牛奶的梅契尼柯夫（Metchinikoff）醫生所說的人的「死欲」一定也已發達，那麼那時真可以說是「合之則雙美」了。

我寫這篇文章或者有點受了正岡子規的俳文《死後》的暗示，但這裡邊的話和意思都是我自己的。又上文所說有些是玩話，有些不是，合併宣告。

十五年五月案，所說俳文《死後》已由張鳳舉先生譯出，登在《沉鐘》第六期上。十六年八月編校時再記。

啞巴禮讚

俗語云，「啞巴吃黃連」，謂有苦說不出也。但又云，「黃連樹下彈琴」，則苦中作樂，亦是常有的事。啞巴雖苦於說不出話，蓋亦自有其樂，或者且在吾輩有嘴巴人之上，未可知也。

普通把啞巴當作殘廢之一，與一足或無目等視，這是很不公平的事。啞巴的嘴既沒有殘，也沒有廢，他只是不說話罷了。《說文》云，「瘖，不能言病也。」就是照許君所說，不能言是一種病，但這並不是一種要緊的病，於嘴的大體用處沒有多大損傷。查嘴的用處大約是這幾種，（一）吃飯，（二）接吻，（三）說話。啞巴的嘴原是好好的，既不是缺少舌尖，也並不是上下唇連成一片，那麼他如要吃喝，無論番菜或是「華餐」，都可以儘量受用，決沒有半點不便，所以啞巴於個人的榮衛上毫無障礙，這是可以斷言的。至於接吻呢？既如上述可以自由飲啖的嘴，在這件工作當然也無問題，因為如荷蘭威耳德（Van de Velde）醫生在《圓滿的結婚》第八章所說，接吻的種種大都以香味觸三者為限，於聲別無關係，可見啞巴不說話之絕不妨事了。歸根結蒂，啞巴的所謂病還只是在「不能言」這一點上。據我看來，這實在也不關緊要。人類能言本來是多此一舉，試看兩間林林總總，一切有情，莫不自遂其生，各盡其性，何曾說一句話。古人云「猩猩能言，不離禽獸，鸚鵡能言，不離飛鳥」。可憐這些畜生，辛辛苦苦，學了幾句人家的口頭語，結果還是本來的鳥獸，多被聖人奚落一番，真是何苦來。從前四隻眼睛的倉頡先生無中生有地造文字，害得好心的鬼哭了一夜，我怕最初類猿人裡那一匹直著喉嚨學說話的時候，說不定還著實引起了原始天尊的長嘆了呢。人生營營所為何事，「飲食男女，人之大欲存焉，」既於大欲無虧，別的事豈不是就可以隨便了麼？中國處世哲學裡很重要的一條是，多一事不如少一事，如啞巴者，可以說是能夠少一事的了。

語云，「病從口入，禍從口出。」說話不但於人無益，反而有害，即此可見。一說話，話中即含有臧否，即是危險，這個年頭兒，人不能老說「我愛你」等甜美的話，——況且仔細檢查，我愛你即含有我不愛他或不許他愛你等意思，也可以成為禍根。哲人見客寒暄，但云「今天天氣……哈哈哈！」不再加說明，良有以也，蓋天氣雖無知，唯說其好壞終不甚妥，故以一笑了之。往讀楊惲報孫會宗書，但記其「種一頃豆，落而為萁」等語，心竊好之，卻不知楊公竟因此而腰斬，猶如湖南十五六歲的女學生們以讀《落葉》（系郭沫若的，非徐志摩的《落葉》）而被槍決，同樣地不可思議。然而這個世界就是這樣不可思議的世界，其奈之何哉。幾千年來受過這種經驗的先民留下遺訓曰，「明哲保身」。幾十年來看慣這種情形的茶館貼上標語曰，「莫談國事」。吾家金人三緘其口，二千五百年來為世楷模，聲聞弗替。若啞巴者豈非今之金人歟！

常人以能言為能，但亦有因裝啞巴而得名者，並且上下古今這樣的人並不很多，即此可知啞巴之難能可貴了。第一個就是那鼎鼎大名的息夫人。她以傾國傾城的容貌，做了兩任王后，她替楚王生了兩個兒子，可是沒有對楚王說一句話。喜歡和死了的古代美人弔膀子的中國文人於是大做特做其詩，有的說她好，有的說她壞，各自發揮他們的臭美，然而息夫人的名聲也就因此大起來了。老實說，這實是婦女生活的一場悲劇，不但是一時一地一人的事情，差不多就可以說是婦女全體的運命的象徵。易卜生所作《玩偶之家》一劇中女主角娜拉說，她想不到自己竟替漠不相識的男子生了兩個子女，這正是息夫人的運命，其實也何嘗不就是資本主義下的一切婦女的運命呢。還有一位不說話的，是漢末隱士姓焦名先的便是。吾鄉金古良作《無雙譜》，把這位隱士收在裡面，還有一首贊題得好：

「孝然獨處，絕口不語，默隱以終，笑殺狐鼠。」

並且據說「以此終身，至百餘歲」，則是裝了啞巴，既成高士之名，又享長壽之福，啞巴之可讚美蓋彰彰然明矣。

世道衰微，人心不古，現今啞巴也居然裝手勢說起話來了。不過這在黑暗中還是不能用，不能說話。孔子曰，「邦無道，危行言遜。」啞巴其猶行古之道也歟。

十八年十一月十三日，北平。

北溝沿通訊

某某君：

一個月前你寫信給我，說「薔薇社」週年紀念要出特刊，叫我做一篇文章，我因為其間還有一個月的工夫，覺得總可以偷閒來寫，所以也就答應了。但是，現在收稿的日子已到，我還是一個字都沒有寫，不得不趕緊寫一封信給你，報告沒有寫的緣故，務必要請你原諒。

我的沒有工夫作文，無論是預約的序文或寄稿，一半固然是忙，一半也因為是懶，雖然這實在可以說是精神的疲倦，乃是在變態政治社會下的一種病理，未必全由於個人之不振作。還有一層，則我對於婦女問題實在覺得沒有什麼話可說。我於婦女問題，與其說是頗有興趣，或者還不如說很是關切，因為我的妻與女兒們就都是女子，而我因為是男子之故對於異性的事自然也感到牽引，雖然沒有那樣密切的關係。我不很贊同女子參政運動，我覺得這只在有些憲政國裡可以號召，即使成就也沒有多大意思，若在中國無非養成多少女政客女豬仔罷了。想來想去，婦女問題的實際只有兩件事，即經濟的解放與性的解放。然而此刻現在這個無從談起，並不單是無從著手去做，簡直是無可談，談了就難免得罪，何況我於經濟事情了無所知，自然更不能開口，此我所以不克為《薔薇》特刊作文之故也。

我近來讀了兩部書，覺得都很有意思，可以發人深省。他們的思想雖然很消極，卻並不令我怎麼悲觀，因為本來不是樂天家，我的意見也是差不多的。其中的一部是法國呂滂（G· Le Bon）著《群眾心理》，中國已有譯本，雖然我未曾見，我所讀的第一次是日本文，還在十七八年前，現在讀的乃是英譯本。無論人家怎樣地罵他是反革命，但他所說的話都是真實，他把群眾這偶像的面幕和衣服都揭去了，拿真相來給人看，這實在是很可感謝雖然是不常被感謝的工作。群眾還是現在最時新的偶像，什麼自己所要做的事都是應民眾之要求，等於古時之奉天承運，就是真心做社會改造的人也無不有一種單純的對於群眾的信仰，彷彿以民眾為理性與正義的權化，而所做的事業也就是必得神佑的十字軍。這是多麼謬誤呀！我是不相信群眾的，群眾就只是暴君與順民的平均罷了。然而因此凡以群眾為根據的一切主義與運動，我也就不能不否認，——這不必是反對，只是不能承認他是可能。婦女問題的解決，似乎現在還不能不歸在大的別問題裡，而且這又不能脫了群眾運動的範圍，所以我實在有點茫然了。婦女之經濟的解放是切要的，但是辦法呢？方子是開了，藥是怎麼配呢？這好像是一個居士遊心安養淨土，深覺此種境界之可樂，乃獨不信阿彌陀佛，不肯唱佛號以求往生，則亦終於成為一個烏托邦的空想家而已！但是，此外又實在是沒有辦法了。

還有一部書是維也納婦科醫學博士鮑耶爾（B. A. Bauer）所著的《婦女論》，是英國兩個醫生所譯，宣告是專賣給從事於醫學及其他高等職業的人與心理學社會學的成年學生的，我不知道可以有那一類的資格，卻承書店認我是一個 Sexologiste，也售給我一本，得以翻讀一過。奧國與女性不知有什麼甚深因緣，文人學士對於婦女總特別有些話說，這位鮑博士也不是例外，他的意見倒不受佛洛依特的影響，卻是有點歸依那位《性與性格》的著者華寧格耳的，這於婦女及婦女運動都是沒有多大好意的。但是我讀了卻並沒有什麼不以為然，而且也頗以為然，雖然我自以為對於女性稍有理解，壓根兒不是一個憎女家（Misogyniste）。我固然不喜歡像古代教徒之說女人是惡魔，但尤不喜歡有些女性崇拜家，硬頌揚女人是聖母，這實在與老流氓之要求貞女有同樣的可惡。我所贊同者是混和說，華寧格耳之主張女人中有母婦娼婦兩類，比較地有點兒相近了。這裡所當說明者，所謂娼婦類的女子，名稱上略有語病，因為這只是指那些人，她的性的要求不是為種族的繼續，乃專在個人的欲樂，與普通娼妓之以經濟關係為主的全不相同。鮑耶爾以為女子的生活始終不脫性的範圍，我想這是可以承認的，不必管他這有否損失女性的尊嚴。現代的大謬誤是在一切以男子為標準，即婦女運動也逃不出這個圈子，故有女子以男性化為解放之現象，甚至關於性的事情也以男子觀點為依據，讚揚女性之被動性，而以有些女子性心理上的事實為有失尊嚴，連女子自己也都不肯承認了。其實，女子的這種屈服於男性標準下的性生活之損害，絕不下於經濟方面的束縛，假如鮑耶爾的話是真的，那麼女子這方面即性的解放，豈不更是重要了麼？鮑耶爾的論調雖然頗似反女性的，但我想大抵是真實的，使我對於婦女問題更多了解一點，相信在文明世界裡這性的解放實是必要，雖比經濟的解放或者要更難也未可知：社會文化愈高，性道德愈寬大，性生活也愈健全，而人類關於這方面的意見卻也最頑固不易變動，這種理想就又不免近於晝夢。

反女性的論調恐怕自從「天雨粟鬼夜哭」以來便已有之，而憎女家之產生，則大約在盤古開天闢地以後不遠罷。世人對於女性喜歡作種種非難譭謗，有的說得很無聊，有的寫得還好，我在小時候見過《唐代叢書》裡的一篇《黑心符》，覺得很不錯，雖然三十年來沒有再讀，文意差不多都忘記了。我對於那些說女子的壞話的也都能諒解，知道他們有種種的緣由和經驗，不是無病呻吟的，但我替她們也有一句辯解：你莫怪她們，這是宿世怨對！我不是奉「《安士全書》人生觀」的人，卻相信一句話曰「遠報則在兒孫」，《新女性》發刊的時候來徵文，我曾想寫一篇小文題曰「男子之果報」，說明這個意思，後來終於未曾做得。男子幾千年來奴使婦女，使她在家庭社會受各種苛待，在當初或者覺得也頗快意，但到後來漸感到勝利之悲哀，從不平等待遇中養成的多少習性發露出來，身當其衝者不是別人，即是後世子孫，真是所謂天網恢恢疏而不漏，怪不得別人，只能怨自己。若講補救之方，只在莫再種因，再加上百十年的光陰淘洗，自然會有轉機。像普通那樣地一味怨天尤人，全無是處。但是最後還有一件事，不能算在這筆帳裡，這就是宗教或道學家所指點的女性之狂蕩。我們只隨便引佛經裡的一首偈，就是好例，原文見《觀佛三昧海經》卷八：

若有諸男子年皆十五六

盛壯多力勢數滿恆河沙

持以供給女不滿須臾意

這就是視女人如惡魔，也令人想起華寧格耳的娼婦說來。我們要知道，人生有一點惡魔性，這才使生活有些意味，正如有一點神性之同樣地重要。對於婦女的狂蕩之攻擊與聖潔之要求，結果都是老流氓的變態心理的表現，實在是很要不得的。華寧格爾在理論上假立理想的男女性（FM），但知道在事實上都是多少雜糅，沒有純粹的單個，故所說母婦娼婦二類也是一樣地混和而不可化分，雖然因分量之差異可以有種種的形相。因為娼婦在現今是準資本主義原則賣淫獲利的一種賤業，所以字面上似有侮辱意味，如換一句話說女子有種族的繼續與個人的欲樂這兩種要求，有平均發展的，有偏於一方的，則不但語氣很是平常，而且也還是極正當的事實了。從前的人硬把女子看作兩面，或是禮拜，或是詛咒，現在才知道原只是一個，而且這是好的，現代與以前的知識道德之不同就只是這一點，而這一點卻是極大的，在中國多數的民眾（包括軍閥官僚學者紳士遺老道學家革命少年商人勞農諸色人等）恐怕還認為非聖無法，不見得能夠容許哩。古代希臘人曾這樣說過，一個男子應當娶妻以傳子孫，納妾以得侍奉，友妓（Hetaira 原語意為女友）以求悅樂。這是宗法時代的一句不客氣的話，不合於現代新道德的標準了，但男子對於女性的要求卻最誠實地表示出來。義大利經濟學家密乞耳思著《性的倫理》（英譯在「現代科學叢書」中）引有威尼思地方的諺語，云女子應有四種相，即是：

街上安詳（Matrona in strada，）

寺內端莊（Modesta in chiesa，）

家中勤勉（Massaia in casa，）

□□顛狂（Mattona in letto.）

可見男子之永遠的女性便只是聖母與淫女（這個佛經的譯語似乎比上文所用的娼婦較好一點）的合一，如據華寧格耳所說，女性原來就是如此，那麼理想與事實本不相背，豈不就很好麼？以我的孤陋寡聞，尚不知中國有何人說過，（上海張競生博士只好除外不算，因為他所說缺少清醒健全，）但外國學人的意見大抵不但是認而且還有點頌揚女性的狂蕩之傾向，雖然也只是矯枉而不至於過直。古來的聖母教崇奉得太過了，結果是家庭裡失卻了熱氣，狹邪之巷轉以繁盛；主婦以儀式名義之故力保其尊嚴，又或恃離異之不易，漸趨於乖戾，無復生人之樂趣，其以婚姻為生計，視性為敲門之磚，蓋無不同，而別一部分的女子致意於性的技巧者又以此為生利之具，過與不及，其實都可以說殊屬不成事體也。我最喜歡談中庸主義，覺得在那裡也正是適切，若能依了女子的本性使她平勻發展，不但既合天理，亦順人情，而兩性間的有些麻煩問題也可以省去了。不過這在現在也是空想罷了，我只希望注意婦女問題的少數青年，特別是女子，關於女性多作學術的研究，既得知識，也未始不能從中求得實際的受用，只是這須得求之於外國文書，中國的譯著實在沒有什麼，何況這又容易以「有傷風化」而禁止呢？

我看了鮑耶爾的書，偶然想起這一番空話來，至於答應你的文章還是寫不出，這些又不能做材料，所以只能說一聲對不起，就此宣告恕不做了。草草不一。

十一月六日，署名（選自《談虎集》，上海北新書局 1928 年版）

吃菜

偶然看書講到民間邪教的地方，總常有吃菜事魔等字樣。吃菜大約就是素食，事魔是什麼事呢？總是服侍什麼魔王之類罷，我們知道希臘諸神到了基督教世界多轉變為魔，那麼魔有些原來也是有身分的，並不一定怎麼邪曲，不過隨便地事也本可不必，雖然光是吃菜未始不可以，而且說起來我也還有點贊成。本來草的莖葉根實只要無毒都可以吃，又因為有維他命某，不但充饑還可養生，這是普通人所熟知的，至於專門地或有宗旨地吃，那便有點兒不同，彷彿是一種主義了。現在我所想要說的就是這種吃菜主義。

吃菜主義似乎可以分作兩類。第一類是道德的。這派的人並不是不吃肉，只是多吃菜，其原因大約是由於崇尚素樸清淡的生活。孔子云，「飯疏食，飲水，曲肱而枕之，樂亦在其中矣，」可以說是這派的祖師。《南齊書．周顒傳》云，「顒清貧寡慾，終日長蔬食。文惠太子問顒菜食何味最勝，顒曰，春初早韭，秋末晚菘。」黃山谷題畫菜云，「不可使士大夫不知此味，不可使天下之民有此色。」——當作文章來看實在不很高明，大有帖括的意味，但如算作這派提倡咬菜根的標語卻是頗得要領的。李笠翁在《閒情偶寄》卷五說：

「聲音之道，絲不如竹，竹不如肉，為其漸近自然，吾謂飲食之道，膾不如肉，肉不如蔬，亦以其漸近自然也。草衣木食，上古之風，人能疏遠肥膩，食蔬蕨而甘之，腹中菜園不使羊來踏破，是猶作羲皇之民，鼓唐虞之腹，與崇尚古玩同一致也。所怪於世者，棄美名不居，而故異端其說，謂佛法如是，是則謬矣。吾輯《飲饌》一卷，後肉食而首蔬菜，一以崇儉，一以復古，至重宰割而惜生命，又其念茲在茲而不忍或忘者矣。」笠翁照例有他的妙語，這裡也是如此，說得很是清脆，雖然照文化史上講來吃肉該在吃菜之先，不過笠翁不及知道，而且他又那裡會來斤斤地考究這些事情呢。

吃菜主義之二是宗教的，普通多是根據佛法，即笠翁所謂異端其說者也。我覺得這兩類顯有不同之點，其一吃菜只是吃菜，其二吃菜乃是不食肉，笠翁上文說得蠻好，而下面所說念茲在茲的卻又混到這邊來，不免與佛法發生糾葛了。小乘律有殺戒而不戒食肉，蓋殺生而食已在戒中，唯自死鳥殘等肉仍在不禁之列，至大乘律始明定食肉戒，如《梵網經》菩薩戒中所舉，其辭曰：

「若佛子故食肉，——一切眾生肉不得食：夫食肉者斷大慈悲佛性種子，一切眾生見而捨去。是故一切菩薩不得食一切眾生肉，食肉得無量罪，——若故食者，犯輕垢罪。」賢首疏云，「輕垢者，簡前重戒，是以名輕，簡異無犯，故亦名垢。又釋，瀆汙清淨行名垢，禮非重過稱輕。」因為這裡沒有把殺生算在內，所以算是輕戒，但話雖如此，據《目蓮問罪報經》所說，犯突吉羅眾學戒罪，如四天王壽，五百歲墮泥犁中，於人間數九百千歲，此墮等活地獄，人間五十年為天一晝夜，可見還是不得了也。

我讀《舊約．利未記》，再看大小乘律，覺得其中所說的話要合理得多，而上邊食肉戒的措辭我尤為喜歡，實在明智通達，古今莫及。《入楞伽經》所論雖然詳細，但仍多為粗惡凡人說法，道世在《諸經要集》中酒肉部所述亦復如是，不要說別人了。後來講戒殺的大抵偏重因果一端，寫得較好的還是蓮池的《放生文》和周安士的《萬善先資》，文字還有可取，其次《好生救劫編》、《衛生集》等，自鄶以下更可以不論，裡邊的意思總都是人吃了蝦米再變蝦米去還吃這一套，雖然也好玩，難免是幼稚了。我以為菜食是為了不食肉，不食肉是為了不殺生，這是對的，再說為什麼不殺生，那麼這個解釋我想還是說不欲斷大慈悲佛性種子最為得體，別的總說得支離。眾生有一人不得度的時候自己絕不先得度，這固然是大乘菩薩的弘願，但凡夫到了中年，往往會看輕自己的生命而尊重人家的，並不是怎麼奇特的現象。難道肉體漸遠老衰，精神也就與宗教接近麼？未必然，這種態度有的從宗教出，有的也會從唯物論出的。或者有人疑心唯物論者一定是主張強食弱肉的，卻不知道也可以成為大慈悲宗，好像是《安士全書》信者，所不同的他是本於理性，沒有人吃蝦米那些律例而已。

據我看來，吃菜亦復佳，但也以中庸為妙，赤米白鹽綠葵紫蓼之外，偶然也不妨少進三淨肉，如要講淨素已不容易，再要徹底便有碰壁的危險。《南齊書 孝義傳》紀江泌事，說他「食菜不食心，以其有生意也」，覺得這件事很有風趣，但是離徹底總還遠呢。英國柏忒勒（Samuel Butler）所著《有何無之鄉遊記》（Erewhon）中第二十六七章敘述一件很妙的故事，前章題曰《動物權》，說古代有哲人主張動物的生存權，人民實行菜食，當初許可吃牛乳雞蛋，後來覺得擠牛乳有損於小牛，雞蛋也是一條可能的生命，所以都禁了，但陳雞蛋還勉強可以使用，只要經過檢查，證明確已陳年臭壞了，貼上一張「三個月以前所生」的查票，就可發賣。次章題曰《植物權》已是六七百年過後的事了，那時又出了一個哲學家，他用實驗證明植物也同動物一樣地有生命，所以也不能吃，據他的意思，人可以吃的只有那些自死的植物，例如落在地上將要腐爛的果子，或在深秋變沒了的菜葉。他說只有這些同樣的廢物人們可以吃了於心無愧。「即使如此，吃的人還應該把所吃的蘋果或梨的核，杏核，櫻桃核及其他，都種在土裡，不然他就將犯了墮胎之罪。至於五穀，據他說那是全然不成，因為每顆谷都有一個靈魂像人一樣，他也自有其同樣地要求安全之權利。」結果是大家不能不承認了的理論，但是又苦於難以實行，逼得沒法了便索性開了葷，仍舊吃起豬排牛排來了。這是諷刺小說的話，我們不必認真，然而天下事卻也有偶然暗合的，如《文殊師利問經》云：

「若為己殺，不得啖。若肉林中已自腐爛，欲食得食。若欲啖肉者，當說此咒：如是，無我無我，無壽命無壽命，失失，燒燒，破破，有為，除殺去。此咒三說，乃得啖肉，飯亦不食。何以故？若思唯飯不應食，何況當啖肉。」這個吃肉林中腐肉的辦法豈不與陳雞蛋很相像，那麼爛果子黃菜葉也並不一定是無理，實在也只是比不食菜心更徹底一點罷了。

二十年十一月十八日，於北平。

讀戒律

我讀佛經最初還是在三十多年前。查在南京水師學堂時的舊日記，光緒甲辰（一九〇四）十一月下有云：

初九日，下午自城南歸經延齡巷，購經二卷，黃昏回堂。

又云：

十八日，往城南購書，又《西方接引圖》四尺一紙。

十九日，看《起信論》，又《纂注》十四頁。

這頭一次所買的佛經，我記得一種是《楞嚴經》，一種是《諸佛要集經》與《投身飼餓虎經》等三經同卷。第二次再到金陵刻經處請求教示，據云頂好修淨土宗，而以讀《起信論》為入手，那時所買的大抵便是論及註疏，一大張的圖或者即是對於西土嚮往。可是我看了《起信論》不大好懂，淨土宗又不怎麼喜歡，雖然他的意思我是覺得可以懂的。民國十年在北京自春至秋病了大半年，又買佛經來看了消遣，這回所看的都是些小乘經，隨後是大乘律。我讀《梵網經》菩薩戒本及其他，很受感動，特別是賢首疏，是我所最喜讀的書。卷三在「盜戒」下注云：

善見云，盜空中鳥，左翅至右翅，尾至顛，上下亦爾，俱得重罪。準此戒，縱無主，鳥身自為主，盜皆重也。

我在七月十四日的《山中雜信》四中云：「鳥身自為主，這句話的精神何等博大深厚，然而又豈是那些提鳥籠的朋友所能了解的呢？」又舉「食肉戒」云：

若佛子故食肉，——一切眾生肉不得食：夫食肉者斷大慈悲佛性種子，一切眾生見而捨去。是故一切菩薩不得食一切眾生肉，食肉得無量罪。——若故食者，犯輕垢罪。

在《吃菜》小文中我曾說道：「我讀《舊約．利未記》，再看大小乘律，覺得其中所說的話要合理得多，而上邊「食肉戒」的措辭我尤為喜歡，實在明智通達，古今莫及。」這是民國二十年冬天所寫，與《山中雜信》相距已有十年，這個意見蓋一直沒有變更，不過這中間又讀了些小乘律，所以對於佛教的戒律更感到興趣與佩服。小乘律的重要各部差不多都已重刻了，在各經典流通處也有發售，但是書目中在這一部門的前面必定注著一行小字云「在家人勿看」，我覺得不好意思開口去問，並不是怕自己碰釘子，只覺得顯明地要人家違反規條是一件失禮的事。末了想到一個方法，我就去找梁漱溟先生，託他替我設法去買，不久果然送來了一部《四分律藏》，共有二十本。可是後來梁先生離開北京了，我於是再去託徐森玉先生，陸續又買到了好些，我自己也在廠甸收集了一點，如《薩婆多部毗尼摩得勒伽》十卷，《大比丘三千威儀》二卷，均明末刊本，就是這樣得來的。《書信》中「與俞平伯君書三十五通」之十五云：

前日為二女士寫字寫壞了，昨下午趕往琉璃廠買六吉宣賠寫，順便一看書攤，買得一部《薩婆多部毗尼摩得勒伽》，共二冊十卷，係崇禎十七年八月所刻。此書名據說可譯為《一切有部律論》，其中所論有極妙者，如卷六有一節云：云何廁？比丘入廁時，先彈指作相，使內人覺知，當正念入，好攝衣，好正當中安身，欲出者令出，不肯者勿強出。古人之質樸處蓋至可愛也。

時為十九年二月八日，即是買書的第二天。其實此外好的文章尚多，如同卷中說類似的事云：

「云何下風？下風出時不得作聲。」

「云何小便？比丘不得處處小便，應在一處作坑。」

「云何唾？唾不得作聲。不得在上座前唾。不得唾淨地。不得在食前唾，若不可忍，起避去，莫令餘人得惱。」

這莫令餘人得惱一句話我最喜歡，佛教的一種偉大精神的發露，正是中國的恕道也。又有關於齒木的：

「云何齒木？齒木不得太大太小，不得太長太短，上者十二指，下者六指。不得上座前嚼齒木。有三事應屏處，謂大小便嚼齒木。不得在淨處樹下牆邊嚼齒木。」《大比丘三千威儀》捲上云：

「用楊枝有五事。一者，斷當如度。二者，破當如法。三者，嚼頭不得過三分。四者，疏齒當中三嚙。五者，當汁澡目用。」金聖嘆作施耐庵《水滸傳序》中云：

「朝日初出，蒼蒼涼涼，澡頭面，裹巾飡，進盤饗，嚼楊木。」即從此出，唯義淨很反對楊枝之說，在《南海寄歸內法傳》卷一「朝嚼齒木」項下云：

「豈容不識齒木，名作楊枝。西國柳樹全稀，譯者輒傳斯號，佛齒木樹實非楊柳，那爛陀寺目今親觀，既不取信於他，聞者亦無勞致惑。」淨師之言自必無誤，大抵如周松靄在《佛爾雅》卷五所云，「此方無竭陀羅木，多用楊枝，」譯者遂如此稱，雖稍失真，尚取其通俗耳。至今日本俗語猶稱牙刷曰楊枝，牙籤曰小楊枝，中國則僧俗皆不用此，故其名稱在世間也早已不傳了。

《摩得勒伽》為宋僧伽跋摩譯，《三千威儀》題後漢安世高譯，僧祐則云失譯人名，但總之是六朝以前的文字罷。卷下有至舍後二十五事亦關於登廁者，文繁不能備錄，但如十一不得大咽使面赤，十七不得草畫地，十八不得持草畫壁作字，都說得很有意思，今抄簡短者數則：

「買肉有五事。一者，設見肉完未斷，不應便買。二者，人已斷餘乃應買。三者，設見肉少，不得盡買。四者，若肉少不了妄增錢取。五者，設肉已盡，不得言當多買。」

「教人破薪有五事。一者，莫當道。二者，先視斧柄令堅。三者，不得使破有青草薪。四者，不得妄破塔材。五者，積著燥處。」

我在《入廁讀書》文中曾說：

偶讀大小乘戒律，覺得印度先賢十分周密地注意於人生各方面，非常佩服。即以入廁一事而論，《三千威儀》下列舉至舍後者有二十五事，《摩得勒伽》六自「云何下風」至「云何籌草」凡十三條，《南海寄歸內法傳》二有第十八「便利之事」一章，都有詳細的規定，有的是很嚴肅而幽默，讀了忍不住五體投地。

我又在《談龍集》裡講到阿剌伯奈夫札威上人的《香園》與印度殼科加師的《欲樂祕旨》，照中國古語說都是房中術的書，卻又是很正經的，「他在開始說不雅馴的話之先，恭恭敬敬地要禱告一番，叫大悲大慈的神加恩於他，這的確是明朗樸實的古典精神，很是可愛的。」自兩便以至劈柴買肉（小乘律是不戒食肉的），一方面關於性交的事，這雖然屬於佛教外的人所做，都說的那麼委曲詳盡，又合於人情物理，這真是難得可貴的事。中國便很缺少這種精神，到了現在我們同胞恐怕是世間最不知禮的人之一種，雖然滿口仁義禮智，不必問他心裡如何，只看日常舉動很少顧慮到人情物理，就可以知道了。查古書裡卻也曾有過很好的例，如《禮記》裡的兩篇《曲禮》，有好些話都可以與戒律相比。凡為長者糞之禮一節，凡進食之禮一節，都很有意思。中云：

「毋摶飯，毋放飯，毋流歠，毋吒食，毋嚙骨，毋反魚肉，毋投與狗骨。」這用意差不多全是為得「莫令餘人得惱」，故為可取。《僧只律》云：

「不得大，不得小，如淫女兩粒三粒而食，當可口食。」又是很有趣的別一說法，正可互相補足也。居喪之禮一節也很好，下文有云：

「鄰有喪，舂不相，裡有殯，不巷歌。適墓不歌，哭日不歌。送喪不由徑，送葬不闢塗潦。」讀這些文章，深覺得古人的神經之纖細與感情之深厚，視今人有過之無不及，《論語》卷四記孔子的事云：

「子食於有喪者之側，未嘗飽也。子於是日哭則不歌。」實在也無非是上文的實行罷了。從別一方面發明此意者有陶淵明，在《輓歌詩》第三首中云：

「向來相送人，各自還其家，親戚或餘悲，他人亦已歌。」此並非單是曠達語，實乃善言世情，所謂亦已歌者即是哭日不歌的另一說法，蓋送葬回去過了一二日，歌正亦已無妨了。陶公此語與「日暮狐狸眠塚上，夜闌兒女笑燈前」的感情不大相同，他似沒有什麼對於人家的不滿意，只是平實地說這一種情形，是自然的人情，卻也稍感寥寂，此是其佳處也。我讀陶詩而懂得禮意，又牽連到小乘律上頭去，大有纏夾之意，其實我只表示很愛這一流的思想，不論古今中印，都一樣地隨喜禮讚也。

民國二十五年四月十四日，於北平苦茶庵。

劉香女

離開故鄉以後，有十八年不曾回去，一切想必已經大有改變了吧。據說石板路都改了馬路，店門往後退縮，因為後門臨河，只有縮而無可退，所以有些店面很扁而淺，櫃臺之後剛容得下一個夥計站立。這倒是很好玩的一種風景，獨自想像覺得有點滑稽，或者簷前也多裝著蹩腳的廣播收音機，吱吱喳喳地發出非人間的怪聲吧。不過城廓雖非，人民猶是，莫說一二十年，就是再加上十倍，恐怕也難變化那裡的種種瑣屑的悲劇與喜劇。木下杢太郎詩集《食後之歌》裡有一篇《石竹花》，民國十年曾譯了出來，收在《陀螺》裡，其詞云：

走到薄暮的海邊，
唱著二上節的時候，
龍鍾的盲人跟著說道，
古時人們也這樣的唱也！
那麼古時也同今日沒有變化的
人心的苦辛，懷慕與悲哀。
海邊的石牆上，
淡紅的石竹花開著了。

近日承友人的好意，寄給我幾張《紹興新聞》看。開啟六月十二日的一張來看時，不禁小小的吃一驚，因為上面記著一個少女投井的悲劇。大意云：

「城東鎮魚化橋直街陳東海女陳蓮香，現年十八歲，以前曾在城南獅子林之南門小學讀書，天資聰穎，勤學不倦，唯不久輟學家居，閒處無俚，輒以小說如《三國志》等作為消遣，而尤以《劉香女》一書更百看不倦，其思想因亦為轉移。民國二十年間由家長作主許字於嚴某，素在上海為外國銅匠，蓮香對此婚事原表示不滿，唯以屈於嚴命，亦無可如何耳，然因此態度益趨消極，在家常時茹素唪經，已四載於茲。最近聞男家定於陰曆十月間迎娶，更覺憂鬱，乃於十一日上午潛行寫就遺書一通，即赴後園，移開井欄，躍入井中自殺。當赴水前即將其所穿之黑色嗶嘰鞋脫下，擱於井傍之樹枝上，遺書則置於鞋內。書中有云，不願嫁夫，得能清禍了事，則反對婚姻似為其自殺之主因，遺書中又有今生不能報父母辛勞，只得來生犬馬圖報之語，至於該遺書原文已由其外祖父任文海攜赴東關，堅不願發表全文云。」

這種社會新聞恐怕是很普通的，為什麼我看了吃驚的呢？我說小小的，乃是客氣的說法，實在卻並不小。因為我記起四十年前的舊事來，在故鄉鄰家裡就見過這樣的少女，拒絕結婚，茹素誦經，憂鬱早卒，而其所信受愛讀的也即是《劉香寶卷》，小時候聽宣卷，多在這屠家門外，她的老母是發起的會首。此外也見過些灰色的女人，其悲劇的顯晦大小雖不一樣，但是一樣的黯淡陰沉，都抱著一種小乘的佛教人生觀，以寶卷為經史，以尼庵為歸宿。此種灰色的印象留得很深，雖然為時光所掩蓋，不大顯現出來了，這回忽然又復遇見，數十年時間恍如一瞬，不禁愕然，有別一意義的今昔之感。此數十年中有甲午戊戌庚子辛亥諸大事，民國以來花樣更多，少信的人雖不敢附和謂天國近了，大時代即在明日，也總覺得多少有些改變，聊可慰安，本亦人情，而此區區一小事乃即揭穿此類樂觀之虛空者也。

北平未聞有宣卷，寶卷亦遂不易得。湊巧在相識的一家舊書店裡見有幾種寶卷，《劉香女》亦在其中，便急忙去拿了來，價頗不廉，蓋以希為貴歟。書凡兩卷，末葉云，同治九年十一月吉日曉庵氏等敬刊，板存上海城隍廟內翼化堂善書局，首葉刻蟠龍位牌，上書「皇圖鞏固，帝道遐昌，佛日增輝，法輪常轉」四句，與普通佛書相似。全部百二十五葉，每半葉九行十八字，共計三萬餘言，疏行大字，便於誦讀，唯流通甚多，故稍後印便有漫漶處，書本亦不闊大，與幼時所見不同，書面題辛亥十月，可以知購置年月。完全的書名為《太華山紫金鎮兩世修行劉香寶卷》，敘湘州李百倍之女不肯出嫁，在家修行，名喚善果，轉生為劉香，持齋唸佛，勸化世人，與其父母劉光夫婦，夫狀元馬玉，二夫人金枝，婢玉梅均壽終後到西方極樂世界，得生上品。文體有說有唱，唱的以七字句為多，間有三三四句，如俗所云攢十字者，體裁大抵與普通彈詞相同，性質則蓋出於說經，所說修行側重下列諸事，即敬重佛法僧三寶，裝佛貼金，修橋補路，齋僧布施，賙濟貧窮，戒殺放生，持齋把素，看經唸佛，而歸結於淨土信仰。這些本是低階的佛教思想，但正因此卻能深入民間，特別是在一般中流以下的婦女，養成她們一種很可憐的「女人佛教人生觀」。十五年前曾在一篇小論文裡說過，中國對於女人輕視的話是以經驗為本的，只要有反證這就容易改正。若佛教及基督教的意見，把女人看作穢惡，以宗教或迷信為本，那就更可怕了。《劉香女》一卷完全以女人為對象，最能說出她們在禮教以及宗教下的所受一切痛苦，而其解脫的方法則是出家修行，一條往下走的社會主義的路。捲上記劉香的老師真空尼在福田庵說法，開宗明義便立說云：

你道男女都一樣　誰知貴賤有差分

先說男子怎樣名貴，隨後再說女子的情形云：

女在孃胎十個月　背娘朝外不相親
娘若行走胎先動　孃胎落地盡嫌憎
在娘肚裡娘受獄　出娘肚外受嫌憎
閤家老小都不喜　嫌我女子累娘身
爺娘無奈將身養　長大之時嫁與人

嫁人的生活還都全是苦辛，很簡括的說道：

公婆發怒忙陪笑　丈夫怒罵不回聲
剪碎綾羅成罪孽　淘籮落米罪非輕
生男育女穢天地　血裙穢洗犯河神
點脂搽粉招人眼　遭刑犯法為佳人
若還堂上公婆好　週年半載見娘親
如若不中公婆意　孃家不得轉回程

這都直截的刺入心坎，又急下棒喝道：

任你千方並百計　女體原來服侍人
這是前生罪孽重　今生又結孽冤深

又說明道：「男女之別，竟差五百劫之分，男為七寶金身，女為五漏之體。嫁了丈夫，一世被他拘管，百般苦樂，由他做主。既成夫婦，必有生育之苦，難免血水，觸犯三光之罪。」至於出路則只有這一條：

若是聰明智慧女　持齋唸佛早修行
女轉男身多富貴　下世重修淨土門

我這裡仔細的摘錄，因為他能夠很簡要的說出那種人生觀來，如我在捲上所題記，悽慘憂鬱，聽之令人不歡。本來女子在社會上地位的低盡人皆知，俗語有「做人莫做女人身，百年苦樂由他人」之語。汪悔翁為清末奇士，甚有識見，其二女出嫁皆不幸，死於長毛時，故對於婦女特有創見。《乙丙日記》卷三錄其《生女之害》一條云：

「人不憂生女，偏不受生女之害，我憂生女，即受生女之害。自己是求人的，自己是在人教下的。女是依靠人的，女是怕人的。」後又說明其害，有云：

「平日婿家若凌虐女，己不敢校，以女究在其家度日也，添無限煩惱。婿家有言不敢校，女受翁姑大伯小叔妯娌小姑等氣，己不敢校，遂為眾人之下。」此只就「私情」言之，若再從「公義」講，又別有害：

「通籌大局，女多故生人多而生禍亂。」故其所舉長治久安之策中有下列諸項：

「弛溺女之禁，推廣溺女之法，施送斷胎冷藥。家有兩女者倍其賦。嚴再嫁之律。廣清節堂。廣女尼寺，立童貞女院。廣僧道寺觀，唯不塑像。三十而娶，二十五而嫁。婦人服冷藥，生一子後服之。」

又有云：

「民間婦女有丁錢，則貧者不養女而溺女，富者始養女嫁女，而天下之貧者以力相尚者不才者皆不得取，而人少矣，天下之平可卜。」

悔翁以人口多為禍亂之源，不愧為卓識，但其方法側重於女人少，至主張廣溺女之法，則過於偏激，蓋有感於二女之事，對於女人的去路只指出兩條最好的，即是死與出家，無意中乃與女人佛教人生觀適合，正是極有意義的事。悔翁又絮絮於擇婿之難，此不獨為愛憐兒女，亦足以表其深知女人心事，因愛之切知之深而欲求徹底的解決，唯有此忍心害理的一二下策矣。《劉香女》卷以佛教為基調，與悔翁不同，但其對於婦女的同情則自深厚，唯愛莫能助，只能指引她們往下走去，其態度亦如溺女之父母，害之所以愛之耳。我們思前想後良久之後，但覺得有感慨，未可讚同，卻也不能責難，我所不以為然者只是寶卷中女人穢惡之觀念，此當排除，此外真覺得別無什麼適當的話可說也。

往上走的路亦有之乎？英詩人卡本德云，婦女問題要與工人問題同時解決。若然則是中國所云民生主義耳。雖然，中國現時「民生」只作「在勤」解，且俟黃河之清再作計較，我這裡只替翼化堂充當義務廣告，勸人家買一部《劉香寶卷》與《乙丙日記》來看看，至於兩性問題中亦可藏有危險思想，則不佞未敢觸及也。

廿五年六月廿五日，於北平。

夢想之一

鄙人平常寫些小文章，有朋友辦刊物的時候也就常被叫去幫忙，這本來是應該出力的。可是寫文章這件事正如俗語所說是難似易的，寫得出來固然是容容易易，寫不出時卻實在也是煩煩難難。《笑倒》中有一篇笑話云：

「一士人赴試作文，艱於構思。其僕往候於試門，見納卷而出者紛紛矣，日且暮，甲僕問乙僕曰，不知作文章一篇約有多少字。乙僕曰，想來不過五六百字。甲僕曰，五六百字難道胸中沒有，到此時尚未出來。乙僕慰之曰，你勿心焦，渠五六百字雖在肚裡，只是一時湊不起耳。」這裡所說的湊不起實在也不一定是笑話，文字湊不起是其一，意思湊不起是其二。其一對於士人很是一種挖苦，若是其二則普通常常有之，我自己也屢次感到，有交不出卷子之苦。這裡又可以分作兩種情形，甲是所寫的文章裡的意思本身安排不好，乙是有著種種的意思，而所寫的文章有一種對象或性質上的限制，不能安排的恰好。有如我平時隨意寫作，並無一定的對象，只是用心把我想說的意思寫成文字，意思是誠實的，文字也還通達，在我這邊的事就算完了，看的是些男女老幼，或是看了喜歡不喜歡，我都可以不管。若是預定要給老年或是女人看的，那麼這就沒有這樣簡單，至少是有了對象的限制，我們總不能說的太是文不對題，雖然也不必要揣摩討好，卻是不能沒有什麼顧忌。我常想要修小乘的阿羅漢果並不大難，難的是學大乘菩薩，不但是誓願眾生無邊度，便是應以長者居士長官婆羅門婦女身得度者即現婦女身而為說法這一節，也就迴不能及，只好心嚮往之而已。這回寫文章便深感到這種困難，躊躇好久，覺得不能再拖延了，才勉強湊合從平時想過的意思中間挑了一個，略為敷陳，聊以塞責，其不會寫得好那是當然的了。

在不久以前曾寫小文，說起現代中國心理建設很是切要，這有兩個要點，一是倫理之自然化，一是道義之事功化。現在這裡所想說明幾句的就是這第一點。我在《螟蛉與螢火》一文中說過：

「中國人拙於觀察自然，往往喜歡去把他和人事連線在一起。最顯著的例，第一是儒教化，如烏反哺，羔羊跪乳，或梟食母，都一一加以倫理的附會。第二是道教化，如桑蟲化為果蠃，腐草化為螢，這恰似仙人變形，與六道輪迴又自不同。」說起來真是奇怪，中國人似乎對於自然沒有什麼興趣，近日聽幾位有經驗的中學國文教員說，青年學生對於這類教材不感趣味，這無疑的是的確的事實，雖然不能明白其原因何在。我個人卻很看重所謂自然研究，覺得不但這本身的事情很有意思，而且動植物的生活狀態也就是人生的基本，關於這方面有了充分的常識，則對於人生的意義與其途逕自能更明確的了解認識。平常我很不滿意於從來的學者與思想家，因為他們於此太是怠惰了，若是現代人尤其是青年，當然責望要更為深切一點。我只看見孫仲容先生，在《籀廎述林》的一篇《與友人論動物學書》中，有好些很是明達的話，如云：

「動物之學為博物之一科，中國古無傳書。《爾雅》蟲魚鳥獸畜五篇唯釋名物，罕詳體性。《毛詩》、《陸疏》旨在詁經，遺略實眾。陸佃鄭樵之論，摭拾浮淺，同諸自鄶。……至古鳥獸蟲魚種類今既多絕滅，古籍所紀尤疏略，非徒《山海經》、《周書．王會》所說珍禽異獸荒遠難信，即《爾雅》所云比肩民比翼鳥之等咸不為典要，而《詩》、《禮》所云螟蛉果蠃，腐草為螢，以逮鷹鳩爵蛤之變化，稽核物性亦殊為疏闊。……今動物學書說諸蟲獸，有足者無多少皆以偶數，絕無三足者，《爾雅》有鱉三足能，龜三足賁，殆皆傳之失實矣。……中土所傳云龍鳳虎休徵瑞應，則揆之科學萬不能通，今日物理既大明，固不必曲徇古人耳。」這裡假如當作現代的常識看去，那原是極普通的當然的話，但孫先生如健在該是九十七歲了，卻能如此說，正是極可佩服的事。現今已是民國甲申，民國的青年比孫先生至少要更年輕六十歲以上，大部分也都經過高小初中出來，希望關於博物或生物也有他那樣的知識，完全理解上邊所引的話，那麼這便已有了五分光，因為既不相信腐草為螢那一類疏闊的傳說，也就同樣的可以明瞭，羔羊非跪下不能飲乳，（羊是否以跪為敬，自是別一問題，）烏鴉無家庭，無從反哺，凡自然界之教訓化的故事其原意雖亦可體諒，但其並非事實也明白的可以知道了。我說五分光，因為還有五分，這便是反面的一節，即是上文所提的倫理之自然化也。

我很喜歡《孟子》裡的一句話，即是，人之所以異於禽獸者幾希。這一句話向來也為道學家們所傳道，可是解說截不相同。他們以為人禽之辨只在一點兒上，但是二者之間距離極遠，人若逾此一線墮入禽界，有如從三十三天落到十八層地獄，這遠才真叫得是遠。我也承認人禽之辨只在一點兒上，不過二者之間距離卻很近，彷彿是窗戶裡外只隔著一張紙，實在乃是近似遠也。我最喜歡焦理堂先生的一節，屢經引用，其文云：

「先君子嘗曰，人生不過飲食男女，非飲食無以生，非男女無以生生。唯我欲生，人亦欲生，我欲生生，人亦欲生生，孟子好貨好色之說盡之矣。不必屏去我之所生，我之所生生，但不可忘人之所生，人之所生生。循學《易》三十年，乃知先人此言聖人不易。」我曾加以說明云：

「飲食以求個體之生存，男女以求種族之生存，這本是一切生物的本能，進化論者所謂求生意志，人也是生物，所以這本能自然也是有的。不過一般生物的求生是單純的，只要能生存便不顧手段，只要自己能生存，便不惜危害別個的生存，人則不然，他與生物同樣的要求生存，但最初覺得單獨不能達到目的，須與別個聯繫，互相扶助，才能好好的生存，隨後又感到別人也與自己同樣的有好惡，設法圓滿的相處。前者是生存的方法，動物中也有能夠做到的，後者乃是人所獨有的生存的道德，古人云人之所以異於禽獸者幾希，蓋即此也。」這人類的生存的道德之基本在中國即謂之仁，己之外有人，己亦在人中，儒與墨的思想差不多就包含在這裡，平易健全，為其最大特色，雖云人類所獨有，而實未嘗與生物的意志斷離，卻正是其崇高的生長，有如荷花從蓮根出，透出水面的一線，開出美麗的花，古人稱其出淤泥而不染，殆是最好的贊語也。

人類的生存的道德既然本是生物本能的崇高化或美化，我們當然不能再退縮回去，復歸於禽道，但是同樣的我們也須留意，不可太爬高走遠，以至與自然違反。古人雖然直覺的建立了這些健全的生存的道德，但因當時社會與時代的限制，後人的誤解與利用種種原因，無意或有意的發生變化，與現代多有齟齬的地方，這樣便會對於社會不但無益且將有害。比較籠統的說一句，大概其緣因出於與自然多有違反之故。人類擯絕強食弱肉，雌雄雜居之類的禽道，固是絕好的事，但以前憑了君父之名也做出好些壞事，如宗教戰爭，思想文字獄，人身賣買，宰白鴨與賣淫等，也都是生物界所未有的，可以說是落到禽道以下去了。我們沒有力量來改正道德，可是不可沒有正當的認識與判斷，我們應當根據了生物學人類學與文化史的知識，對於這類事情隨時加以檢討，務要使得我們道德的理論與實際都保持水線上的位置，既不可不及，也不可過而反於自然，以致再落到淤泥下去。這種運動不是短時期與少數人可以做得成的，何況現在又在亂世，但是俗語說得好，人落在水裡的時候第一是救出自己要緊，現在的中國人特別是青年最要緊的也是第一救出自己來，得救的人多起來了，隨後就有救別人的可能。這是我現今僅存的一點夢想，至今還亂寫文章，也即是為此夢想所眩惑也。

民國甲申立春節。

北大的支路

我是民國六年四月到北大來的，如今已是前後十四年了。本月十七日是北大三二週年紀念，承同學們不棄叫我寫文章，我回想過去十三年的事情，對於今後的北大不禁有幾句話想說，雖然這原是老生常談，自然都是陳舊的話。

有人說北大的光榮，也有人說北大並沒有什麼光榮，這些暫且不管，總之我覺得北大是有獨特的價值的。這是什麼呢，我一時也說不很清楚，只可以說他走著他自己的路，他不做人家所做的而做人家所不做的事。我覺得這是北大之所以為北大的地方，這假如不能說是他唯一的正路，我也可以讓步說是重要的一條支路。

蔡孑民先生曾說，「讀書不忘救國，救國不忘讀書」，那麼讀書總也是一半的事情吧？北大對於救國事業做到怎樣，這個我們且不談。但只就讀書來講，他的趨向總可以說是不錯的。北大的學風彷彿有點迂闊似的，有些明其道不計其功的氣概，肯冒點險卻並不想獲益，這在從前的文學革命五四運動上面都可以看出，而民六以來計畫溝通文理，注重學理的研究，開闢學術的領土，尤其表示得明白。別方面的事我不大清楚，只就文科一方面來說，北大的添設德法俄日各文學系，創辦研究所，實在是很有意義，值得注意的事。有好些事情隨後看來並不覺得什麼希奇，但在發起的當時卻很不容易，很需要些明智與勇敢，例如十多年前在大家只知道尊重英文的時代加添德法文，只承認詩賦策論是國文學的時代講授詞曲，——我還記得有上海的大報曾經痛罵過北大，因為是講元曲的緣故，可是後來各大學都有這一課了，罵的人也就不再罵，大約是漸漸看慣了吧。最近在好些停頓之後朝鮮蒙古滿洲語都開了班，這在我也覺得是一件重大事件，中國的學術界很有點兒廣田自荒的現象，尤其是東洋歷史語言一方面荒得可以，北大的職務在去種熟田之外還得在荒地上來下一鍤，來不問收穫但問耕耘的幹一下，這在北大舊有的計畫上是適合的，在現時的情形上更是必要，我希望北大的這種精神能夠繼續發揮下去。

我平常覺得中國的學人對於幾方面的文化應該相當地注意，自然更應該有人去特別地研究。這是希臘，印度，亞剌伯與日本。近年來大家喜歡談什麼東方文化與西方文化，我不知兩者是不是根本上有這麼些差異，也不知道西方文化是不是用簡單的三兩句話就包括得下的，但我總以為只根據英美一兩國現狀而立論的未免有點籠統，普通稱為文明之源的希臘我想似乎不能不予以一瞥，況且他的文學哲學自有獨特的價值，據聽見說來他的思想更有與中國很相接近的地方，總是值得螢雪十載去鑽研他的，我可以擔保。印度因佛教的緣故與中國關係密切，不待煩言，亞剌伯的文藝學術自有成就，古來即和中國接觸，又因國民內有一部分回族的關係，他的文化已經不能算是外國的東西，更不容把他閒卻了。日本有小希臘之稱，他的特色確有些與希臘相似，其與中國文化上之關係更彷彿羅馬，很能把先進國的文化拿去儲存或同化而光大之，所以中國治「國學」的人可以去從日本得到不少的數據與參考。從文學史上來看，日本從奈良到德川時代這千二百餘年受的是中國影響，處處可以看出痕跡，明治維新以後，與中國近來的新文學相同，受了西洋的影響，比較起來步驟幾乎一致，不過日本這回成為先進，中國老是追著，有時還有意無意地模擬販賣，這都給予我們很好的對照與反省。以上這些說明當然說得不很得要領，我只表明我的一種私見與奢望，覺得這些方面值得注意，希望中國學術界慢慢地來著手，這自然是大學研究院的職務，現在在北大言北大，我就不能不把這希望放在北大——國立北京大學及研究院——的身上了。

我重複地說，北大該走他自己的路，去做人家所不做的而不做人家所做的事。北大的學風寧可迂闊一點，不要太漂亮，太聰明。過去一二年來北平教育界的事情真是多得很，多得很，我有點不好列舉，總之是政客式的反覆的打倒擁護之類，僥倖北大還沒有做，將來自然也希望沒有，不過這只是消極的一面，此外還有積極的工作，要奮勇前去開闢荒地，著手於獨特的研究，這個以前北大做了一點點了，以後仍須繼續努力。我並不懷抱著什麼北大優越主義，我只覺得北大有他自己的精神應該保持，不當去模仿別人，學別的大學的樣子罷了。

「讀書不忘救國，救國不忘讀書」，那麼救國也是一半的事情吧。這兩個一半不知道究竟是那一個是主，或者革命是重要一點亦未可知。我姑且假定，救國、革命是北大的幹路吧，讀書就算作支路也未始不可以，所以便加上題目叫做《北大的支路》云。

民國十九年十二月十一日，於北平。（選自《苦竹雜記》，上海良友圖書公司 1936 年版）

西山小品

我住著的房屋後面，廣闊的院子中間，有一座羅漢堂。他的左邊略低的地方是寺裡的廚房，因為此外還有好幾個別的廚房，所以特別稱他作大廚房。從這裡穿過，出了板門，便可以走出山上。淺的溪坑底里的一點泉水，沿著寺流下來，經過板門的前面。溪上架著一座板橋。橋邊有兩三棵大樹，成了涼棚，便是正午也很涼快，馬伕和鄉民們常常坐在這樹下的石頭上，談天休息著。我也朝晚常去散步。適值小學校的暑假，豐一到山裡來，住了兩禮拜，我們大抵同去，到溪坑底里去撿圓的小石頭，或者立在橋上，看著溪水的流動。馬伕的許多驢馬中間，也有帶著小驢的母驢，豐一最愛去看那小小的可愛而且又有點呆相的很長的臉。

大廚房裡一總有多少人，我不甚瞭然。只是從那裡出入的時候，在有一匹馬轉磨的房間的一角裡，坐在大木箱的旁邊，用腳踏著一枝棒，使箱內撲撲作響的一個男人，卻常常見到。豐一教我道，那是寺裡養那兩匹馬的人，現在是在那裡把馬所磨的麥的皮和粉分做兩處呢。他大約時常獨自去看寺裡的馬，所以和那男人很熟習，有時候還叫他，問他各種的小孩子氣的話。

這是舊曆的中元那一天。給我做飯的人走來對我這樣說，大廚房裡有一個病人很沉重了。一個月以前還沒有什麼，時時看見他出去買東西。舊曆六月底說有點不好，到十多里外的青龍橋地方，找中醫去看病。但是沒有效驗，這兩三天倒在床上，已經起不來了。今天在寺裡作工的木匠把舊板拼合起來，給他做棺材。這病好像是肺病。在他床邊的一座現已不用了的舊竈裡，吐了許多的痰，滿竈都是蒼蠅。他說了又勸告我，往山上去須得走過那間房的旁邊，所以現在不如暫時不去的好。

我聽了略有點不舒服。便到大殿前面去散步，覺得並沒有想上山去的意思，至今也還沒有去過。

這天晚上寺裡有焰口施食。方丈和別的兩個和尚唸咒，方丈的徒弟敲鐘鼓。我也想去一看，但又覺得麻煩，終於中止了，早早的上床睡了。半夜裡忽然醒過來，聽見什麼地方有鐃鈸的聲音，心裡想道，現在正是送鬼，那麼施食也將完了罷，以後隨即睡著了。

早飯吃了之後，做飯的人又來通知，那個人終於在清早死掉了。他又附加一句道：「他好像是等著棺材的做成呢。」

怎樣的一個人呢？或者我曾經見過也未可知，但是現在不能知道了。

他是個獨身，似乎沒有什麼親戚。由寺裡給他收拾了，便在上午在山門外馬路旁的田裡葬了完事。

在各種的店裡，留下了好些的欠帳。麵店裡便有一元餘，油醬店一處大約將近四元。店裡的人聽見他死了，立刻從帳簿上把這一葉撕下燒了，而且又拿了紙錢來，燒給死人。木匠的頭兒買了五角錢的紙錢燒了。住在山門外低的小屋裡的老婆子們，也有拿了一點點的紙錢來吊他的。我聽了這話，像平常一樣的，說這是迷信，笑著將它抹殺的勇氣，也沒有了。

一九二一年八月三十日作。

周作人的再論喫茶：
涉世箋言，品茗之外的生活隨筆

作　　者：周作人
發 行 人：黃振庭
出 版 者：複刻文化事業有限公司
發 行 者：複刻文化事業有限公司
E-mail：sonbookservice@gmail.com
粉 絲 頁：https://www.facebook.com/sonbookss/
網　　址：https://sonbook.net/
地　　址：台北市中正區重慶南路一段六十一號八樓 815 室
Rm. 815, 8F., No.61, Sec. 1, Chongqing S. Rd., Zhongzheng Dist., Taipei City 100, Taiwan
電　　話：(02)2370-3310
傳　　真：(02)2388-1990
印　　刷：京峯數位服務有限公司
律師顧問：廣華律師事務所 張珮琦律師
定　　價：350 元
發行日期：2023 年 12 月第一版
◎本書以 POD 印製
Design Assets from Freepik.com

國家圖書館出版品預行編目資料

周作人的再論喫茶：涉世箋言，品茗之外的生活隨筆 / 周作人著 . -- 第一版 . -- 臺北市：複刻文化事業有限公司 , 2023.12
面；　公分
POD 版
ISBN 978-626-7403-78-5(平裝)
855　　112020591

電子書購買

臉書

爽讀 APP